JN022150

AREA 12 INVESTIGATIVE REPORT

VOLUME : 05

TOP SECRET

This confidential document is under the control of JDA

PROJECT : D Genesis

WRITTEN BY : Kono Tsuranori

ILLUSTRATION BY : ttl

グラス
偉そう。
背伸びをする
少年タイプ。
グレイサット
人懐こい。
コロコロしていて
しぐさも可愛いらしい。

DEPARTMENT

D.
DUNGEON AT

JDA
Japan Dungeon Association

D
GENESIS
ダンジョンが出来て3年
WRITTEN BY Kono Tsuranori
ILLUSTRATION BY ttl
05
It has been three years since the dungeon had been made. I've decided to quit job and enjoy laid-back lifestyle since I've ranked at number one in the world all of a sudden.

CONTENTS

INFORMATION

この物語はフィクションです。
登場する人物・団体・イベント・商品その他の名称は架空であり、
それが、どんなにどんなにどんなに似ていたとしても、実在のものとは関係ありません。
This story is a fiction.
The names of individuals, groups, events, products and other indications are fictional,
and no matter how similar they are, there are no connection with actual things.

There are moments when one has to choose between living one's own life, fully, entirely, completely—or dragging out some false, shallow, degrading existence that the world in its hypocrisy demands.

——— *Lady Windermere's Fan / Oscar Wilde*

人生には選ばなければならない瞬間がある。

自分の人生を、十分に、完全に、完璧に生きるか、

それとも偽善に満ちた世界が求める、

偽りの、浅薄で、劣悪な存在を引きずるのかのどちらかを。

——— *ウィンダミア卿夫人の扇 / オスカー・ワイルド*

序章

プロローグ

It has been three years since the dungeon had been made.
I've decided to quit job and enjoy laid-back lifestyle
since I've ranked at number one in the world all of a sudden.

PROLOGUE

SECTION：

港区　赤坂

その日、テンコーは、カメラマンの城が所属する赤坂のスタジオの近くにあるファミレスに呼び出されていた。

横浜からだと控えめに言っても遠いと言える打ち合わせ場所に、少し面倒だなと考えながら、そのドアを開けると、奥のボックスに座っていた吉田が手を上げた。

「お、テンコーさん、ここだよ」

テンコーは小さく手を上げてそれに応えると、席へと向かいながら、予備校の自習室みたいな一人用ボックスがずらりと並んでいる店内に、場所柄とはいえ、どこがファミリーなんだろうと内心首を傾げていた。

そこで、ひと通り現在の状況と今後の予定を話した吉田は、得意満面な笑顔で二人に言った。

「というわけで、本番の撮影日は斎藤涼子のスケジュール次第ってことになった」

話が一段落したところで、ドリンクバーへお代わりを取りに行った城が、その飲み物を二人に配りながら疑問を口にした。

「しかし、よく斎藤涼子のプロダクションからＯＫが出ましたね」

普通に考えれば、今更ダンジョン探索バラエティーに出演したところで、斎藤涼子側に得るものなど何もない。しかもただのパイロットだ。

「いや、門前払いされたよ」

吉田はエスプレッソに砂糖を入れながら、何事もなかったようにそう答えた。

「へ？」

城が上げた、あまりに間抜けな声の様子に、吉田はカップを持ち上げたまま苦笑して続けた。

「ただし、本人にはＯＫを貰ったぜ？」

その言葉に、城は顔をしかめた。

「吉田さん、なにかヤバい橋を渡ったんじゃないでしょうね？」

中央とも付き合いのある彼のスタジオで、局のプロジェクトに手を突っ込んでかき回すなんて、下手をすればおまんまの食い上げだ。場合によっては協力を拒否する必要が――

「心配するなよ。ちょっと本人と会って話をしただけさ」

「話？」

ますます不穏な情報に、城は、何か彼女の弱みを握って脅したんじゃないだろうかと不安になった。もしもそのネタが、自分が洗った映像だったりしたら共犯のようなものだからだ。

「大丈夫。城のところに迷惑を掛けたりはしないよ」

城は疑わしそうに吉田を見た。そもそもプロダクションに門前払いを食らっておきながら、タレント本人に接触するという行為自体が問題だ。

「なんでも今週、光が丘でやってる新春アーチェリー大会とかいうローカルな大会で撮影があるんだと。それが終わったら時間を作ってくれるってよ」

「はぁ」

「せやけど、護衛増やさんとあかんのちゃう？　ワテ一人だと二人の護衛で手一杯でっせ」

そのやりとりを見ていたテンコーは、現実的な話を切り出した。彼にとって、出演者のごたごたなどはどうでもよく、現場の状況が問題だったのだ。

「それなんだけどさ、彼女、あの館から出て来たんだぜ？　護衛なんか要るか？」

誰かに抱えられていたとはいえ、あの館の中から走り出してきたことは間違いない。自分で撮った映像を見る限り、あんなのに対峙して生きていられること自体が奇跡のようなあの館から。

「だけど吉田さん。今の話だと、彼女、まだ撮影中でしょ。怪我でもさせたら……」

「そこは自己責任だろ？」

「どんな誘い方したんか知らんけど、それで行けんの？　十層やで？」

代々木の十層が死の層だということは、日本の探索者の常識だ。

同化薬の登場以来、通過の問題は解決されたとはいえ、それを揃えてみたところで、何かがあれば、すぐに死に直結する危険な層だということに変わりはなかった。代々木で果てた探索者の半分はこの層の犠牲者なのだ。

「昔はヤバかったって聞くが、今は通るだけなら大丈夫なんだろ？　そりゃ戦闘の画があれば派手だろうが、命あっての物種だからな」

「ならええけど」

テンコーは、館のモンスターから逃げもせず、最後までスマホをかざしていた吉田の姿を見ていただけに、そこはかとない不安を感じていた。だが今更ここで降りるというわけにはいかない。彼にも生活というものがあるのだ。

「しかも、余禄がありそうだろ？」

「余禄？」

「城だってこないだ興奮してたじゃないか」

「何の話です？」

「師匠だよ、師匠」

「師匠って……斎藤の？」

「そうさ」

吉田は自信満々の態度で、カップを口にすると、足を組み替えて言った。

「いいか？　斎藤が不承不承参加して、しかも行き先が十層だ」

「やっぱり、不承不承だったんですか……」

城は、がっくりと肩を落とすと、この人一体何をしたんだと、不安に襲われた。

「いや、そこじゃないよ！　ほら、もしも彼女のことを心配したとしたら、師匠とやらも出張って来そうじゃないか？」

いい画が撮れそうだろと含み笑いをする吉田に、このおっさんは、ほんまに大丈夫なんかいなと、テンコーは不安になるより先に呆れていた。

第06章

ザ・ファントム

It has been three years since the dungeon had been made.
I've decided to quit job and enjoy laid-back lifestyle
since I've ranked at number one in the world all of a sudden.

CHAPTER 06

二〇一九年　一月八日（火）

SECTION：代々木八幡　事務所

「と、いうわけだから、師匠、なんとかして！」

「ええ……」

いきなり事務所へとやって来た斎藤さんが、死にそうな顔をして何を言い出すのかと思えば、十層へ行かなければならなくなったから、なんとかしてほしいとのことだ。

元はと言えば、俺たちが秘密にしてるっぽい何かを他人に知られてしまったために、強く出られなかったようだから、無関係とはいえないのだが、なんとかったたってなぁ。

「探検隊見守り隊は、こっそりやるとして、後は斎藤さんの底上げじゃないですか？」

三好が、こともなげにそう言ったが、話はそう簡単ではないのだ。

「底上げったってな……」

俺は腕を組んで、むぅと唸った。

斎藤さんの余剰ＳＰは、去年のクリスマス前に全部割り振ってしまっている。多少は溜まっているかもしれないが、それにしたところで大して多くはないだろう。

斎藤さんのステータスは、前回調整したときの値でこんな感じだったはずだ。

NAME	斎藤 涼子
SP	0.23
HP	34.90
MP	60.50
STR	[-] 10 [+]
VIT	[-] 16 [+]
INT	[-] 30 [+]
AGI	[-] 25 [+]
DEX	[-] 50 [+]
LUC	[-] 12 [+]

ぱっと見、十層くらいなら平気で行けそうなステータスだが、いかんせん攻撃手段が弓というのが問題だ。十層との相性が悪すぎる。

（なあ、三好。どう思う？）

（矢はなくなっちゃいますからね。それに近づかれたらアウトですよね、これ）

何しろＳＴＲ（強さ）が普通の成人男性程度しかない。ＶＩＴ（体力）に振られていないからＨＰも低めだし、十層で囲まれでもしたらすぐに命に関わるだろう。

（収納系で無限の矢をキープするか、ＩＮＴ（知力）を上げて攻撃魔法を覚えるか、お供にヘルハウンドを侍（はべ）らせるか、そうでなけりゃ、ＳＴＲとＶＩＴを目いっぱい上げて、メイスあたりでぶん殴るかですけど……）

むー。そうは言っても余剰ＳＰはほとんどないのだ。

「Dカード持ってる?」

「うん」

「ちょっと現在の状態を確認してみるから、パーティを組んで例のデバイスに乗っかってみて」

「おっけー」

彼女が差し出したDカードでパーティを組むと、三好にステータス測定デバイスでの計測を任せつつ、こっそりと〈メイキング〉を起動してみた。

NAME	斎藤 涼子
SP	4.19
HP	35.00
MP	62.80
STR	- 10 +
VIT	- 16 +
INT	- 31 +
AGI	- 26 +
DEX	- 53 +
LUC	- 12 +

去年弄(いじ)った時から、9ポイントくらいSPが増えて、DEX（器用さ）とAGI（敏捷）とINTに自然に振られている感じだ。

三好が計測した値も、同じだった。

「去年計った時から、何回潜ったの？」

「えーっと……三回かな」

三回ってことは、平均百五十匹くらいだろう。

「真面目にやってたんだな。結構ステータスも増えてるよ」

「はるちゃんに付いて行くと自然にね」

斎藤さんは苦笑気味に言ったが、確かに彼女のプレイは、まるで修行僧だ。

「それで、どのくらい猶予があるの？」

「んーっと、十三日に外せない撮影があるから、ダンジョン行は十四か十五だと思う。一月の終わりからまとまった撮りがあるし、なんだか次のドラマの準備もあるらしいし、パイロットの撮影は三日間だってことだから、早めに入れないと参加できないって言っておいたから」

「つまり今日を入れても……丸五日か」

「ええ?!　五日間ずっと特訓ってこと？　レッスンがあるんだけど！」

「それってキャンセルできる？」

「それはまあ……ああ、我侭女だと陰口を叩かれそうだよ……」

こんなに愛らしい性格なのに、とブツブツ言っていた。まあそういうところは、愛らしいと言えば言えるのかもしれないが。

（アルスルズに協力させて、その間に方向性を考えるしかありませんね）

（なんとも泥縄だな）

（得意でしょ、先輩）

（前から気になってたんだけど、お前、俺のこと誤解してない？）

「だけどさ。三日間の撮影って、それタレント一人で行っていいわけ？　よく知らないけど、普通はマネが付いて来るんじゃ？」

「ああ、それは大丈夫」

なんでも御劔さんと潜るときと同様、表向きはお休み扱いなのだそうだ。そもそも彼女のマネージャーはWDAカードを所有していないから、付いて来ようがないのだとか。

「これはもう、裏ブートキャンプの開催ですね！　いっそのこと御劔さんも一緒に鍛えます？」

「あ、はるちゃんはNYの準備で忙しいみたいだよ。私と違って、レッスンをぶっちぎったりしないからねぇ、彼女」

「「NY？」」

俺と三好は、顔を見合わせながら彼女の言った内容を繰り返した。

「って、何？」

「元はニューアムステルダムと呼ばれていたアメリカの都市ですよ、先輩」

三好がすまし顔で解説した。

いかにもオランダからイングランドへ所有権が移りましたって感じだが、実際は二度行ったり来たりしていて、途中一年だけニューオラニエなんて名前になったこともある。

「知ってるよ！　なんでかってことだろ」

「なんでって、来月の七日からNYで二〇一九秋冬のファッションウィークだから」

「ファッションウィーク？　いや、だからなんでそんなことになってんの？　どっかの専属になったんじゃなかったっけ？」

「いやー、それがさ、なんだか先月の中頃から、突然覚醒したらしくって」

「覚醒？」

一ターンで二回行動が可能になったり(注1)……したわけじゃないよな。

「あれ？　ミッドタウンで何か言われなかった？」

そういえば「クリスマスプレゼントだと思っておきます」とか言われたな。

（そりゃDEX70ですからね、何かしら感じるところはあると思いますよ）

（あれか……）

「私もレッスンを見たけどさ、もうオーラ出てるんだよ、オーラ。こう、ぐわーって感じで」

手で立ち上るオーラを表現して、謎の擬音を発する彼女を見て、俺は思わず吹き出した。

「なんだよ、それ」

「本当にそんな感じなんだって。それでね、技術的にはもう教えることがないから、後はセンスと

(注1)　**一ターンで二回行動が可能**
『スーパーロボット大戦』シリーズの精神コマンドのこと。

正確には一ターンで行動できる回数が一回増える。

経験なんだって言われたらしくってさ」

「センス？」

「例えば着ている服を見せるセンスとかじゃない？　丁度いい時期だし、とにかく今のうちに経験を積んでこいって、レッスンを見ていた偉い先生が、コネでどっかのブランドに押し込んだそうだよ」

押し込んだって……そんな簡単にできることなのか？

「そりゃまた……でも、日本人だと身長が足りないんじゃないか？」

御剱さんは、女性にしては背が高いとはいえ、百七十センチちょっとだ。ああいうコレクションに出るようなモデルは、大抵が百七十センチ台後半で、百八十センチオーバーも珍しくない。

「最近はそうでもないんだってさ。まあさすがに百七十一センチは低いんだけど、女優なんかから引っ張ってきてたりするから、百七十三センチくらいの人は結構いるみたいだよ」

「へぇ」

「ポリコレだの、痩せすぎ非難だのの悪影響っぽいよ」

「あー」

そりゃそういう選び方をすれば、必要なプロパティがモデルの能力と関係ないところまで広がって、結果として質が変化しても仕方がないのか……

「ジゼル・ブンチェンが最後のスーパーモデルだ、なんて言う人もいるし」

「まあ、いい経験にはなるだろうし、めでたいことか」

「んだんだ。頑張れって連絡してやって」

「そうだな。で、いつ戻ってくるって？」

「下旬に出発らしいけど、もしも全部回ってきたとしたら、ロンドンが二月十五日～十九日、ミラノが十九日～二十五日、でもって、パリが二十五日～三月五日。だから、そんくらいじゃない？　スポットならもっと早いと思うけど」

「はー、すげーな」

「だよねぇ」

いや、斎藤さんも充分凄いから。こいつは調子に乗るから口には出せないけれど。

だが、それなら御劔さんも6～7ポイントくらいは余剰がありそうだ。一度会って、どこかに割り振ってあげたいな。

「で、先輩。裏ブートキャンプの件ですけど」

「ん？　ああ。仕方ない、今日から三好のところへ泊まり込みで――」

「ええ?!」

「時間がないんだろ？」

「そうだけど……そうだけどぉ。ああ……レッスン全キャンセルで撮影にだけ顔を出す？　五日間、さぼってないのにさぼりっぽくて、しかも自宅にいないって……男に溺れてるとか、天狗になってるとか、裏でバリバリ陰口を叩かれそうな予感がー」

ああー、ああー、と頭を抱えている彼女に、「今しかできない、秘密の特訓だとでも言っておけよ」とテキトーなことを言うと、突然真面目な顔をした彼女が、「本当に？　物見が押し寄せてきてもいいんならそうさせてもらうけど」と脅された。

§

斎藤さんが、特訓の準備と各所への連絡のために一旦事務所を後にすると、三好が資料を手に話題を変えた。

「色々とイベントが盛りだくさんのところなんなんですけど、こっちも見つかりましたよ」

「見つかったたって、なにが？」

「ほら、実験室に使えそうな、小さなフロアのダンジョンですよ」

三好が持っていた資料は、国内のダンジョンの想定フロア面積をリストしたもののようだ。国外にはかなり狭いダンジョンがあるらしいが、そんなところを利用できるはずがない。

「え？　マジ？　どこにあるんだ、そのダンジョン」

「横浜です」

「横浜？」

横浜のダンジョンといえば、ガチャダンで一世を風靡したダンジョンしかないはずだ。もちろん行ったことはないが名前だけは有名なので知っている。

「商業ビルの地下にできたやつか？　あそこは地下駐車場だけに、かなり広いだろう？　そりゃ、代々木の広さとは比較にならないだろうけど」

　それが最小だと言うのなら、何かのテストに使えるような広さのダンジョンは、国内には存在しないということだ。

「先輩、結論を急いじゃいけません。いいですか？　横浜ダンジョンって、モンスターがガチで強力じゃないですか」

「らしいな。確か自衛隊の部隊が三層で引き返したっきり、その先へ進んだ探索者はいないって聞いた気がする」

「そうなんです。今では入ダンもランクで制限されている高難易度ダンジョンです。でもそれっておかしくないか？と、調べた人がいるんですよ」

「おかしいって、モンスターの強さがか？」

「そうです」

「変わった研究者だな」

　ダンジョン間のモンスターの強さの違いなんて、ただの偶然だと思う方が圧倒的に多いだろう。そこに疑問を抱いて調べるなんて、何か切っ掛けがあったのだろうか。

「宮内典弘（くないのりひろ）、三十一歳。人呼んで、ガチャダンマスター・テンコーですよ」

　それを聞いた俺は、自分でも微妙な顔になったことを自覚した。

「……世の中にはいろんな二つ名の人がいるんだな」

「彼の場合は元自称ですけどね。みんなが面白がって定着したタイプです」

「自称でそれ？　つまりそういうタイプの人？」

「ともかく彼は、ダンジョンへ下りていく階段の一段一段がダンジョンのフロアなんじゃないかという仮説を立てたんですよ」

「おいおい、それって……」

建築基準法の規定だと、屋内に作られる階段の一段の高さは二十三センチ以下で、奥行きは十五センチ以上だ。

地下駐車場の天井は結構低いとはいえ、梁の部分や床の厚みを考えれば、ざっと一フロア三メートルはあるだろう。そして階段の高さを二十センチとすると、おおよそ十五段ってことか。

十五層ごとに駐車場フロアがあるとすると、各フロアは十六層の倍数に当たるってことだ。

「面白い発想だが、それだとモンスターが弱すぎるんじゃないか？」

「そこは、一フロアがあまりに狭すぎて何かの制限があるとか、二段で一フロアだとか、言ってしまえばダンジョンの特質だとか、色々考えてらっしゃるみたいですね」

「ダンジョンの特質なんて言い出したら、なんでもありだろ」

「問題はそこじゃないんです。彼は一年かけて、ついに地下フロア以外でモンスターを発見したと主張しているんです」

「それって、その狭い階段で？　そいつ、そっから出ないわけ？」

一般に、モンスターは自分が発生したフロアから移動しない。

ただし、例外が三つ知られている。

一つ目は、ダンジョンが作られるときに、ゴブリンなどの弱いモンスターが周囲にばらまかれる現象だ。これはダンジョンができたことを意味するサインだと言われている。稀に一層から外部へと移動するものが出るのもこの一種だとされている。

二つ目は、一定以上に狂乱した魔物が戦闘対象を追いかける場合だ。通常の戦闘程度なら、フロアをまたいで逃げ出すことで、いわゆる「タゲが外れる」のだが、何度もそれを繰り返したり、激しい戦いをしている場合は、フロアをまたいで追いかけてくることが確認されている。

そうして三つ目がいわゆるスタンピードだ。

ダンジョン碑文にその記載があるだけで、現実に起こったことはないのだが、フロアを放置してモンスターが一定以上に増えた場合、そのフロアからあふれ出すということらしい。そうしてあふれ出したモンスターは、層の概念に縛られなくなるそうだ。

もっとも、あれだけ放置された代々木の一層で起こっていない以上、それが起こるためには相当密度が高まらなければならないのだろう。とはいえ未発見のダンジョンや、既知のダンジョンの誰も訪れたことのない深層でそれが発生していない理由はよく分かっていない。単に時間の問題なのか、もっと別の要素があるのか、詳しい研究が必要な領域だ。

「さすがに階段での発生は確認されていませんよ。Dファクターが足りないんですかね？　発生したのは踊り場だそうです。テンコーさんの言葉を借りるなら『踊り場フロア』です」

「踊り場か……」

「もしもそれが事実なら、世界最小のダンジョンフロアの一つだと断言できます」

それが本当かどうかは、ここで考えていてもらちが明かない。ここは行動あるのみか。

「とにかく一度行ってみるか？」

「そう来るだろうと思って、テンコー氏にアポを取っておきました」

「え、連絡先を公開してる人なんだ？」

「そらもう。リアルダンジョンヨコハマってブログ書いてますよ、この人。もちろんＹｏｕＴｕｂｅにチャンネルも持ってます」

三好は、タブレットにそのページを表示した。

「はは……」

「セルフプロデュースが上手いのは悪いことじゃないですよ」

「ま、まあな。だけどいつ行くんだ？　斎藤さんの特訓もあるだろ？」

「明日の午後です」

「明日?!」

「善は急げって言うじゃないですか。午前中は斎藤さんの特訓に付き合って、彼女が慣れたらアイスレムと二人（？）で修業してもらいましょう」

「あいつらがいれば、一人でも大丈夫か」

「一層ですしね」

さまよえる館も、つい最近出現させたところだし、特に危険はないだろう。

俺はその言葉に頷（うなず）くと、若干テンコー氏のキャラに不安を感じながらも、明日の午後、三好と共に桜木町へと向かうことにした。

SECTION：

市ヶ谷　防衛省

「やあ、どうしました？」

繋がった電話の向こうから、妙に明るい声が聞こえた。

「お久しぶりです、斎賀さん。昨日始まった例のオークションですが」

「ああ、例のアレですか」

「出品されていないようですが――」

「え？　もしかして落札される予定があったんですか？」

くっ、そんなはずがないことを知っているくせにこの言い草とは、相変わらず食えない奴だ。

「一つだけ教えていただきたい」

「なんです？」

「性能――主に容量はどうなってるんです？」

ヒトマルやキドセンどころか、輸送防護車が持ち込めるだけで、隊員の安全度は格段に上がる。

アパッチでも持ち込めるなら、格段に攻略が簡単になる場所も多いだろう。

「それなんですがね……」

電話の向こうの答えには、何かを躊躇するような一瞬の間があった。

「正直に言いましょう。まだ分からんのです」

「分からない？」

意味が分からない。もし庭先で落札しているのだとしたら、すでに使われていなければおかしいタイミングだ。

「受け渡し日時がまだ先だという意味ですか？」

「それもありますが——寺沢さん、仮に自衛隊がこれを手に入れたとして、一体誰に使わせるつもりなんです？」

「それは……」

ＪＤＡがいくら払ったのかは知らないが、かなり高額であることは予想に難くない。オーブを使うということは、その高額な装備を個人にバインドさせて、他人には使えなくするということに他ならない。しかもそれはリバインドできないのだ。

職業選択の自由が保障されている現代日本で、それを誰に使わせるのか？　それはかなり難しい問題だ。使用者が辞めることを強制的に引き留めることはできないからだ。

寺沢は答えに窮した。

「まあそういうことです。使用者が決まらなければその性能を知ることもできませんから」

「しかし、生存期間が——」

「そこは、融通を利かせていただいています」

「……融通ね」

その二文字に込められた意味に寺沢は頭を掻いた。

「じゃあ、もしも分かりましたら——」

「もちろんその情報はご提供しますよ——代わりと言っては何ですが」

「なんです？」

「何かあった場合は、ご助力いただければ」

「何か、ですか？」

「何か、です」

　この使用者を巡っては、確かに色々とありそうだ。だが、うまくすればその助力を得ることもできるかもしれない。自分たちのところで使用させる人員に悩むくらいなら、それを使った人間の助力をアウトソーシングで得た方が気楽でいいだろう。

「分かりました。どうやらお互いに協力できることはありそうだ」

「ご理解いただけて助かります。では」

　そう言って、通話が終了した。

「何か、ね」

　寺沢は受話器をフックに掛けて、そう呟いた。

二〇一九年　一月九日（水）

SECTION：

横浜　桜木町

午前中、斎藤さんの特訓の序盤に付き合った俺たちは、予定通りアイスレムをパートナーに付けて、桜木町へと向かっていた。

代々木八幡からなら、新宿経由で湘南新宿ラインに乗っても、代々木公園から明治神宮前へ出てFライナーを使っても、横浜までは同じくらいの時間で到着する。そこから目的地までは、根岸線で三分だ。

ただし、運賃は前者の方が百円以上高くつく。未だにせこい俺たちは、つい八幡ではなく代々木公園駅を使ってしまうのだった。

「いっぺん、タクシーを捕まえて、『横浜』とか言ってみたいよな」

「先輩。電車の方がずっと早いですし、時間に正確ですよ」

それはまあ確かにその通りだ。都市部あるあるだよなぁ……

電車の吊革（つりかわ）に摑（つか）まった三好は、腰まであるストレートの黒髪を揺らしていた。

「今日はその格好なのか」

そう、今日の彼女は、先日のＴＶ出演の時の変装だ。

「そりゃ、Ｄパワーズの三好として会うんですから。先輩こそ素のままでいいんですか？」

「大丈夫だろ。客観的に見て、単なるオマケにすぎないし」

「カレシ同伴ってわけですね」

「お前ね……ま、知らない男に会うんだし、そういうカバーでもいいか」

「よろしくお願いしまーす」

代々木公園駅から電車に揺られること約一時間。ＪＲ桜木町駅に着いた俺たちは、北改札を抜けて、東口へと折れた。

そうして建物を出ると、目の前には、なんというか閑散とした、とりとめのないデザインの広場が広がっていた。

「なんかあれだな。駅前広場って言うより、ただのスペースって感じだな」

「それは仕方ありませんよ、実際ここは、四つのエリアごとに貸し出されるイベント用のスペースになってますから」

区切りを分かりやすくするためだろうか、広場の地面には、赤レンガで正方形を描いたスペースが規則正しく配置されていた。

「その左手のビルですね。ヌーヴォ・マーレ。通称ダンジョンビルです」

「こんなに近いのか」

建設中は、なんとかマーレという名前だったらしいが、ダンジョンによって計画が中断された後、新たなるマーレってことで現在の名称になった経緯があるそうだ。もっとも、世間ではダンジョンビルという通称の方が有名なのだが。

「待ち合わせ場所は——ほら、その二階に見える、椿屋カフェさんです。ギリギリですから急ぎま

しょう」

三好はそう言うと、少し先にあるビルの階段を上がり始めた。

本来、正面玄関にあたる部分は、ＪＤＡの管理事務所の入り口になっていて、一階と二階は内部では繋がっていないそうだ。

「あ、三好さん！」

椿屋に入店すると、一番奥の席にいたきれいに日焼けした男が手を振った。

「あれが？」

「テンコーさんですね」

俺たちが近づくと、男は嬉しそうに三好の手を握って握手をしたが、その間も、左手は自撮り棒で器用に撮影しているようだった。最初っから、強烈な人だな。

「いやー、よくおいでくださいました。ワテがテンコーです」
ワ、ワテ？　今時そんな一人称使う人がいるのか？
「えーっと……失礼ですけど、宮内さんって神奈川の方ですよね？」

「自分、かったいなー。テンコー言うてや。これはやな――まあ、キャラ作りってやつですよ」

「はぁ」

まるでスイッチがオフになったかのように、突然普通の関東人と化した彼の落差に、ちょっと戸惑った。

「ただのハマっ子が、横浜紹介しても普通でしょ？　私は湘南寄りですけど」

確かに彼は、昔、ちょっと爽やかなサーファーでしたって感じだ。

「それで、何かインパクトが欲しいなと思って始めた、いかにも似非な関西弁が割と受けたんでね、以降、そうしてるってわけ。だから気にせず——付き合ってーな、な？」

「はぁ、分かりました。じゃ、テンコーさんで？」

「よっしゃ、それで。あんじょうよろしゅう頼むわ」

そうこうしているうちに、ちょっと古いメイドさんを彷彿とさせる制服の店員が注文を取りに来た。現代ギャルソン風の店員も、ちらほらと見かけるので、なんだか妙な感じだ。

オーダーが終わると、三好が早速切り出した。

「それで、メールでもお話ししましたが、『踊り場フロア』についてお聞きしたいんです」

「それそれ。自分ら信じてくれるん？　あれな、上からちらっと、確かに見た思たんやけど、それ以降見えるところに出てきーへんねん」

「え、確認に行かれたんじゃ？」

「アホ言いなや。ワテこれやもん」

そうして彼が取り出したＷＤＡカードには、Ｃと書かれていた。

「Ｃ？」

「せや。って、なんかちょっと前にもこんなやりとりした気がするな」

「ええっと、入ダンできないのに、どうやって調べたんです？」

「あそこはやな——」

　どうやら横浜ダンジョンに入るためには、Bランク以上が在籍するパーティでなければならないが、一階の受付まではWDAカードがあれば入れるらしかった。

　そこで、下り階段の先を未練がましく見ていると、角の踊り場でちらりとモンスターを見たような気がしたそうだ。

「興奮して確認しようとするやん？　そしたら、係員に制止されてな」

「そりゃされますよ」

「ワテはもうくやしゅーて、くやしゅーて。世紀の大発見やん？　知らんけど」

（おい、三好。これ、ほんとに大丈夫なんだろうな）

（うーん。ちょっと不安になってきましたねー）

「じゃあ、ちょっとこれから潜ってみますから、その踊り場の場所だけ教えてもらえますか？」

「え？　あんたらB以上なんか？」

「え？　ええまあ」

　それを聞いた瞬間、テンコーさんはガバっと身を乗り出して、必死にアピールを始めた。

「発見したんはワテ！　ワテやで!?　ワテも連れてってんか！　後生やから！　頼むわ、三好さん！」

「え？　だけど準備が……」

「三十……いや二十五分で戻ってくるさかい、ほんっと頼むわ！」

「わ、分かりました。先にちょっと雰囲気だけ見ておきますから、三十分後に入ダン受付の前で待ち合わせましょう」

「ホンマか!? おおきに！ すぐ取ってくる！」

そう言って、彼はいきなり立ち上がると、素早くダッシュして風のように店を出て行った。

「濃い人だなぁ」

「そうですね。しかも伝票置いて行かれましたよ？」

もちろん故意ではないだろうが、支払いも忘れてダッシュするとは、下手をしたら食い逃げ扱いされてしまうぞ。

「会いたいって連絡したのはこっちだし、それはまあいいだろ。とにかく先にちょっと見てこうぜ。いきなり知らない人と潜って、何かあっても困るしな」

「了解です」

そうして俺たちは、一旦ビルを出ると、一階の受付へと足を運んだ。

§

「これが、横浜ダンジョンか」

ダンジョンビルの一階で入ダン手続きを済ませた俺たちの前には、地下へと続く薄暗い階段が横たわっていた。

元々地下一階は、食料品などを扱うフロアとして作られていて、それなりにスペースが区切られていたらしい。そのせいかどうかは分からないが、ガチャダン特有のワンフロアボス部屋構造は、地下二階の駐車場フロアからだということだった。

「この階段も含めて、どっからがダンジョンなんだろうな？」

「先輩の〈メイキング〉で、どこまで戻ったらリセットされるかを確かめてみればどうです？」

地下一階でモンスターを倒して、任意の階段まで戻ってから、もう一度地下一階で、同じモンスターを倒して経験値を確認すれば、どこからがダンジョンなのかは分かるだろう。だが――

「あれは、0層とでもいうべきダンジョンの周囲の領域も判定に入ってるからなぁ……こういう調査には向かないぞ」

どこまでがダンジョンが影響を及ぼしている領域かは分かるが、どこまでがダンジョンの一層なのかは分からないのだ。

「ま、必要になったら何か考えてみるか」

「じゃ、行きますか」

三好は代々木と同じ装備を身に付けて、カメラなどを有効にすると階段を下り始めた。

テンコーさんが戻ってくるまでは自重しなくてもいいだろう。現在地下一階へ潜っているチームはゼロだそうだ。過疎どころか貸し切りだ。

階段を二十段下りたところが、階段の角に当たる踊り場だった。おそらくテンコーさんが言っていた場所だろう。

小さなスライムでもいないかと、辺りを見回してみたが、特に何も見つからなかった。

「やっぱ、見間違いだったのかな」

俺は、踊り場から階段の上を見上げながらそう言った。照明がないのでかなり薄暗い。見間違いだったとしても、おかしくはないだろう。

「たまに訪れる探索者が、もののついでに倒していったのかもしれませんけど」

モンスターは、時折一層から出て、ダンジョンの周辺にいることがある。層を移動しないモンスターの例外行動の一つだ。そのため、ダンジョンの入り口まわりは厳重に管理されているのだ。

ここを訪れた探索者が、そういう類いのモンスターだと思って処理した可能性は確かにゼロではないだろう。

念のために、後で受付に聞いてみよう。報告が上がっているかもしれないし。

そこからさらに十四段下りたところに、地下一階への入り口があった。右手の奥には、地下二階の駐車場へと続く階段が暗がりへと延びていた。

「出てくるモンスターは、代々木の七~八層くらいの強さらしいですから、オークとかブラッドベアクラスですね」

「やっぱ人型や動物型か?」

「いえ、一番厄介なのは蜘蛛らしいですよ」

「蜘蛛?」

「ハエトリグモのでっかいヤツです。五十センチくらいあるそうで、ジャンピングスパイダーって言うらしいです」

「まんまじゃん。しかし、虫型かよ……」

「先輩、蜘蛛は虫じゃ——」

「分かった、皆まで言うな。他には？」

モンスターに、六脚亜門も鋏角亜門もあるもんか。

「ヒュージセンチピードに、後はクラゲがいるそうです」

「クラゲ？　水なんかないぞ？」

まさか水没している部分があるのか？

「空中に浮いてるそうですよ。その名もサイアネアだそうです」

「サイアネア？　どっかで……って、ライオンのたてがみか？」

「まったくダンジョンも色々考えますよね」

三好は、頷きながらそう言った。

コナン・ドイルの書いたシャーロックホームズシリーズの中に、執筆者たるワトソン博士が登場しない作品が二つある。それらは、ワトソン博士が結婚生活のためにホームズと別居していた際に起こったとされている事件で、ホームズ自身によって語られるという体裁をとった物語だ。

その二つの話のうちの一つが、『ライオンのたてがみ（The Adventure of the Lion's Mane）』というタイトルだ。そして、この話に登場するクラゲが、サイアネア・カピラータ。別名ライオンのたてがみと呼ばれる、猛毒を持つ巨大なクラゲだ。何しろ触手が何十メートルもある個体がいるらしい。

「さすがに、あれほどデカくはないんだろ？」

六十メートルもあったら、地下のどこにいても襲われそうだ。

「触手は一メートルかそこらみたいです」

「なら大丈夫だろ。なるべく近づかないで倒そう」

「了解」

「しかし、そのノリなら、犬と蛇もいそうじゃないか？」

バスカヴィル家の犬も、まだらの紐も、有名なホームズの作品だ。ただし、後者は英語で読まないと音の関係で、いまいち面白さが伝わらない内容になっている。日本語で読んでも、どうしてこれをホームズの短編の中の一位にドイルが挙げたのかよく分からないだろう。

「ハウンド・オブ・バスカヴィルとか、スペクルド・バンドとかいう名前のですか？」

「そうそう。口笛で呼び戻せることができて、ミルクを嗜む蛇なんだよ」

「残念ながら、どちらも横浜の一層にはいませんね」

そんな軽口を叩きながら、俺たちは、地下一階のドアを開いた。

そこはよくあるデパ地下の食料品売り場といった感じの空間だった。ただし——

「暗いな」

灯りらしい灯りといえば、フロアのあちこちに設置されている非常灯くらいだ。

「一応電気は来てるのか」

「いえ、来ていないそうです」

「え？　あの非常灯は？」

「あれ、ダンジョンのオブジェクトらしいです」

そう聞いて驚いた俺は、近くにある非常灯をまじまじと眺めた。

もっともそうでなければ人工物だってことでスライムに片付けられてしまうのだろうが、それはどこをどう見ても本物にしか見えなかった。

「じゃあ、並んでる棚なんかも？」

「破壊できないそうですから、おそらく」

俺はその棚をコンコンと拳で叩いてみた。

「しかし、こんなものまで作り出せるなら、本当に3Dプリンタ化も夢じゃないかもな」

「無機物に対して、ダンジョンの管理を活性化させるスイッチが見つかれば、ですけどね」

何しろ、現在そうだろうと思われるスイッチは発芽なのだ。無機物を発芽させるのは、さすがに無理というものだ。

ひと通り周囲の観察を終えた俺たちは、メットのライトをオンにした。

「さて、行くか」

「急がないと、テンコーさんとの待ち合わせもありますからね」

「そうだな……って、やっぱ、ちょっと面倒くさいな」

「まあまあ、先輩。変身ならぬ、献身ヒーローというのも、たまにはいいものですよ」

「そういうの、昔の特撮番組の特集で見たことがあるぞ、あれは確か——ん？　なにか素早いのが来るぞ」

正面の通路の奥から、素早く動いては止まりを繰り返している何かが近づいてくるのが、〈生命探知〉に引っ掛かった。

「たぶん蜘蛛ですね。ハエトリグモっぽい動きですし」

「よし、じゃあ、最初は魔法が通用するかどうかを試してみるか」

「じゃ、お任せします」

俺は、献身ヒーローのことを思い出しつつ、ウォーターランスを準備すると、そのヒーローの決め技（？）を小さく叫んだ。何しろそれは水色の光線なのだ。実にウォーターランスっぽい。

「外道照身霊破光線！」

「……先輩」

三好に呆れられながら射出された二本のウォーターランスは、こちらに飛びかかってきたジャンピングスパイダーを直撃した。

そのまま、力なく床に落ちたジャンピングスパイダーは、しばらくひくひくと蠢いていたが、その動きを止めると同時に黒い光へと還元され、後には小さな音を立てて硬い何かがころりと転がった。それを見た俺は、思わず硬直した。

「み、三好さん？　あれって……」

三好は泰然と、わずかな光源を反射して光る何かに近づくと、それを拾い上げた。

「見事なラウンドブリリアントカットのブルーダイアですね。二カラットはありそうです」

「な、汝の正体みたり！　前世魔人、コンゴーセッキ！」

俺は蜘蛛のいた場所を指差してそう言ったが、さすがの三好も「バレたかー」と突っ込んではくれなかった。

「先輩、現実から目を逸らしたって、なんにも解決しませんよ？」

「いや、だってお前、なんでジャンピングスパイダーがそんなものをドロップするんだよ?!」

もしもそれが知られていれば、閑古鳥が鳴いているはずがない。

「そりゃもう、ここが二十層より下の扱いで、先輩が〈マイニング〉を持ってるからに決まってるじゃないですか」

「いや、それにしたってな……」

「先輩が『ダイヤモンド・アイ』のことなんか考えながら倒したからブルーダイアってのはでき過ぎだと思いますけど」

ダイヤモンド・アイは、そのインパクトのある見た目と、やたらとメジャーな「外道照身霊破光線」で知られている特撮ヒーローだ。決め技の名前は誰も知らないくせに、「外道照身霊破光線」だけは、みんなが知っているという、なんとも歪な人気を誇っている。中には、それが決め技の名前だと思っている人までいるのだ。

しかしこれって、本当にでき過ぎなだけか？　俺は奇妙な既視感に捉われていた。

「なんにしても良かったじゃないですか。仮説が証明されて」

　確かにここが二十層よりも下の扱いだというのなら、階段が一層扱いだという仮説は、ほぼ証明されたも同然だ。何しろ他に考えようがない。

「で、どうするよ？」

「テンコーさんと一緒に、ここを探索するのは危ないですね……特に彼の目の前で私たちがモンスターを倒しちゃうのはかなり問題が。あの人絶対録画するでしょうし」

「ここって普通のダンジョンと違って人間の造った施設だよな？　電波はどうなってんだ？」

　代々木が階層ごとに別空間だっていうのは分かるが、ここはもともとここにあった施設だ。もしも電波が届いていて、ライブ配信されでもしたら、取り返しがつかない事態が起こりかねない。

　三好はすぐに自分のスマホを取り出すと、入り口付近で入感しているかどうかを確かめた。

「圏外ですね。見た目は以前の施設のままですけど、別空間と考えた方がいいんじゃないでしょうか」

「とりあえずライブ配信される危険性はないか」

　そう安心したとき、大分先の視界の隅で、何かがかさかさと蠢くのが見えた。

　それまで静止していたから気にしなかったが、どうやらそいつは光に吸い寄せられる性質があるようで、ヘッドライトの光がよぎると同時に動き始めた。

「おい、あれ⁉」

　それは、大人の身長くらいはありそうな不気味な大ムカデだった。黄色っぽく硬そうな足がぎちぎちと蠢いて、素早くこちらへと近づいてくる。

俺が何かをする前に、三好が引きつった顔で二・五センチの鉄球を散弾風にばらまいて頭を潰していた。さすがにあれは気持ち悪かったらしく、嫌そうな顔をしていた。

「はー」

「あんなのが、天井から降ってきたりしたらぞっとしないな」

スライムならくっつかれるだけだが、あれに押し倒されて齧られたら命に関わるだろう。

「やめてくださいよ！」

三好は思わず上を見上げて天井を照らしたが、幸いそこには何もいなかった。

ヒュージセンチピードが消えると、そこにはやはり、美しくカットされた透明な宝石が残されていた。

「モンスターの死体が残らない仕様でほんと助かりました」

そう言って、三好はその宝石を拾い上げた。

「三分の一が最初に来たみたいですね。私のは普通に透明なダイアのようです。こっちは一カラットくらいですね」

ラウンドブリリアントカットされたダイアの直径は、一カラットで六・五ミリ、二カラットなら八・二ミリくらいだ。わずかに二ミリ未満の違いだとはいえ、実際に見るとかなり違う。

「しかし、ダイアが出ることは確定したわけだ」

「しかもカット済みで、メレじゃないサイズですよ」

メレダイアは、ダイアをカットする際に出る余剰部分から作られるダイアで、大抵〇・二カラット以下の大きさだ。

「これって、デビアスあたりと揉めないか？」

デビアス社は、事実上ダイアの価格を統制している企業だ。

何しろここは、体感上はダンジョンの一層だ。そこでカットされたダイアがドロップする。

そして一カラットはわずか〇・二グラムだ。金属のインゴットと違い、やる気になればいくらでも持ち運べるだろう。

ついでに言えば、この鉱山には所有者がいない。見つけた者の物になるのなら、統制そのものが難しいだろう。もしも〈マイニング〉所有者が四十九人を超えて訪れれば、その後は、探索者が殺到することは間違いない。おそらくＭＭＯＲＰＧの人気狩場のごとくモンスターの取り合いが起こるだろう。そして世界中のダイアの価格に影響を与える恐れすらあるかもしれない。

「以前聞いた話だと、日本のダイアの輸入量は、大体年間二百万〜二百五十万カラットくらいはあるらしいですよ。だから、こんな小さなダンジョンのワンフロアから、少しくらい産出したところで、さすがにそれほどの影響は――って、あれ？」

三好は何かを計算しているような顔で中空を見つめていた。

「よく考えてみたら、二百万匹のモンスター討伐って、一日五千五百匹弱ですから、一時間で二百三十匹弱ですよね？　それって、輸入量の10％くらいなら先輩だけで楽勝な気が……」

リポップ速度が間に合うなら、一時間で二十三匹は楽勝だ。全部が一カラット級だと仮定すれば、三好が言っていることもあながち間違いではないだろう。

　通常のＬＵＣ（運）だと、さらに三倍する必要があるが、それでも一時間に七十四匹弱だ。十チームなら一チームあたり七匹。フロアにいるモンスターの数とリポップにかかる時間次第だが、全然不可能な数字ではない。

「紛争ダイアならぬダンジョンダイアとして、新しい規制が行われかねないな、それって」

「そう簡単に行きますか？　紛争ダイアと違って大義名分がありません。価格を維持するために、なんて、分かっていても誰も口にしない名分がおおっぴらに使われるのは無理がありますよ」

　さらに産出するのはカット済みダイアだ。キンバリー・プロセス認証などもそうだが、大抵、規制対象は原石なのだ。

「せいぜいが合成ダイアと同じように、カテゴリー分けしちゃうくらいでしょうけど、これって分類はおそらくナチュラルですよね。たぶん、普通の天然物と見分けがつかないでしょうし」

「まあ、一応天然っちゃー、天然だもんな」

　俺はさっき三好が拾ったブルーダイアを掌の上で転がしながらそう言った。

「もしも、何か特徴があったりしたら、ダンジョン産の稀少なダイアとして、従来のダイアの上のカテゴリーになっちゃうかもしれません」

「よし、こいつは考えても無駄だ。ここは鳴瀬さんに丸投げしよう！」

　困ったときは鳴瀬にお任せ。よし、いいぞ、標語になりそうだ。

　後は、彼女の眉間のしわが増えないことを祈るだけだ。

「実験用に考えていた踊り場フロアも、なんというか信憑性が出てきたわけだけど、これ、どうやって利用する?」

「そうですね……横浜ダンジョンは、利用者が極小にもかかわらず、都市部だけに管理は厳重にやる必要がありますから大赤字のはずです。いっそのこと丸ごと買えませんかね?」

「は?」

ダンジョンを丸ごと買う?

「今日だって入ダンしたのは私たちだけって感じですし、きっとここはJDAのお荷物ダンジョンのはずです。踊り場を使うなら、一層への入り口までの通過点になっちゃいますから、いっそのこと一層丸ごと買うか借りるかできれば――」

ダイアもごまかせますよ?と、三好がウィンクした。

「お前、凄いことを考えるなぁ……」

個人がJDAにダンジョンの入り口のある土地を売却した例はそれなりにあっても、JDAからダンジョンを買い取った例はないはずだ。

「だが買えたとしても入り口付近の土地だけだろ? ダンジョン内はWDA管轄だったはずだ」

「先輩。我々は代々木で坪三万に文句を言いながらも、すでに先例を作っているんですよ。組織は大抵先例主義ですから」

三好が悪そうな笑みを浮かべて、そう言った。

「いいですか、代々木は滅茶苦茶広いですけど、この商業ビルの敷地面積は、所詮(しょせん)一万一千平米です。建築面積は九千四百平米。完成後に所有権が移転されたときは全体で六百六十五億でした」

「なんでそんなに詳しい？」

「大規模プロジェクトラブな人が作ったサイトに書いてありました。十五年も前に作られた個人サイトを今でもメンテナンスしてるって凄いですよね」

ここへ来る前に横浜ダンジョンのことを調べていて見つけたらしい。

「交渉は二千八百五十坪計算だと思いますけど、たとえ、三千三百三十三坪だとしても、一フロア、月額一億円にすぎないんですよ」

代々木二層の賃貸料は、一坪三万円だった。

三好が、新宿三丁目や六本木レベルだと憤慨した価格だが、それと同等だとしても九千九百九十九万円——約一億円だ。

「一階を買い取っちゃえば、当面、階段と地下一階を占有すればいいだけですから、年間十二億。百年借り切ったって千二百億です」

しかも価値が低いから値切れそうですしと、三好が笑った。

代々木より高額なことは、ここの価値的にあり得ない。前回と違って今度は基準があるから交渉もしやすいだろう。

その時、三好の足元で、コツンと小さな音がして、点けていたライトに光る小さな石が転がっていた。

「ま、それがバレなきゃな」

産出するのがダイアだと先にばれたら、占有させてもらえるはずがない。

「アルスルズ、ですよね？」

「だろうな。なんだかあいつらをここに放流しておけば、仕事なんかなんにもしなくても生きていけそうな気がしてきたぞ」

　召喚した魔物が倒したモンスターは、召喚主が倒したのと同じ扱いになるようだ。だからドロップアイテムもこうやって手に入る。三好とアルスルズのいる層が違う場合、どうなるのかは検証が必要だろうが。

「家賃分だけで充分ですよ」

「まあそうだな。欲をかくと、ろくなことにならない」

　デビアス様の逆鱗（げきりん）に触れそうだし。

「しかし、一層だけの占有だと、地下二階以降への入ダンに踊り場を通過されちゃうぞ？」

「先輩。わざわざ踊り場以外に一層まで借り切っちゃうのは、ダイアのためというより、地上から直接一層へ下りるには踊り場経由ルートしか入り口がないからですよ」

「ん？」

　ちっちっちと人差し指を振った三好は、裏手を親指で指差しながら言った。

「二層へは、地上からの直通ルートがあるんですよ」

　そこで俺は、三好が言いたいことに気が付いた。

　二層――つまり地下二階は、本来地下駐車場だ。つまり車をそこへ乗り入れるためのゲートが、階段とは別に用意されている。ＪＤＡの受付をそちらへ作ってしまえば、階段は占有しても問題ないわけだ。

もちろん地下二階から一階へ上がる階段もあるにはあるが、まさか一層へ下りる人に向かって、二層経由で移動しろとは言いにくい。何しろ二層はボス部屋だからだ。

一層を占有して、移動そのものを禁止すれば分かりやすいということだろう。

「しかし結局受付が必要になるのなら、大した経費の節約にはならんだろ？」

「そんなことはないと思いますよ。ビル一階の賃貸料金の方が高いでしょうし、冷暖房だって、ここはフロアごとですからね」

ダンジョンビルの一階は、本来デパートの正面玄関用に豪華に作られている。ダンジョン化したのは地下だけだったため、その上は普通に営業できると、当初は考えられていたのだ。

しかし、ダンジョンからモンスターがあふれた場合に適用されることになった、無過失責任が大きなネックになり、運営会社は一階をＪＤＡに売却、または貸し出すことで、その責任を回避しようとした。現在どのような契約になっているのかは知らないが、九千四百平米の空調も含めて、それなりにコストがかかっているだろう。

「それに、ここの一階って、もともとデパートの一階のつもりで建てられてますから、インフラが整ってるんですよ。実験室を作るにしても、なかなかお得な気がしません？」

「実験室？」

「今後は、研究支援も増えるでしょうし、一部はここを使うってのもありでしょう？」

研究施設か。確かにあれば便利だろう。

「そうですね、『津々庵』とでも名付けましょうか」

「おいおい、宇宙根源の力に感謝でもするつもりなのかよ」

　真々庵は、故松下幸之助さんがＰＨＰの研究活動を再開するために購入された庵の名前だ。彼の人の哲学の根底には、宇宙根源の力があったらしい。

「ダンジョンってそれっぽくないですか？」

「そう言われればそうかもしれないけどさ」

　三好の思惑はともかく、考えてみれば距離だって代々木から一時間くらいだから、許容範囲と言えば言える。

　それに、これだけ階層（階段だ）があるなら、一層からモンスターがあふれるなんてことは、ほぼゼロに違いない。無過失責任については特に気にしなくてもいいだろう。

「悪くないかもな」

「じゃあ、会社の方から打診してみます」

「よし、テンコーさんをちょっと案内したら、さっさと帰ろうぜ」

「そうしましょう」

　俺たちは、一見すると滅茶苦茶のように思えるプランに期待を膨らませながら、テンコーさんと約束した受付の前へと向かった。

SECTION：

代々木ダンジョン 一層

「ひー……ねぇねぇ、アイスレム君。ちょっと休もうよ。もう腰が……うぅー」

そう言いながら涼子は背中を伸ばして、バキバキと音を立てた。

「ああ、こんなおばさんっぽいしぐさを誰かに見られたら、私もう生きていけない……」

「わふー？」

何言ってんだこいつといった様子でアイスレムが首を傾げると、彼女はアイスレムに向かって、腰に手を当てると残念な子を見る目つきで語り始めた。

「そりゃ、キミとは種が違うから分からないかもしれないけどね——」

昨日初めて案内役として紹介されたときは、「ええ、犬?!」と思ったものだが、なんだかこっちの話している内容も大体理解しているような様子に、こんな賢い犬なら自分も欲しいなあと思った涼子は、すっかりアイスレムを友達扱いしていた。

立て板に水のごとく、とうとうと持論を展開する彼女を見て、こいつはヤバいやつだと認識したアイスレムだったが、任せられた仕事は彼女のお手伝いだ。そこには逃げるに逃げられず額に汗を浮かべ畏（かしこ）まるヘルハウンド然とした生き物がいた。

「分かった？」

「わ、わふ……」

おとなしく頭を下げたアイスレムを見て、涼子は思わず口にした。

「なんという賢さ。さすがはモンスター」

それを聞いたアイスレムは、胸を反らして、首輪についた鑑札をふんふん言いながら彼女に押し付けた。

「ああ、そうだね。犬だったね、犬」

分かっていただけて嬉しいとばかりに、アイスレムは彼女の頬に鼻を付けてぐりぐりと動かした。

普通、狼に犬とか言ったら違うと怒るもんじゃないの？と彼女は呆れたが、アイスレムは休憩は終了だとばかりに彼女を鼻面で押した。

「きゃっ。何を――」

するのよと言おうとした彼女の目の前に、ふよふよと蠢くスライムがいた。

「ううう。なんというスパルタ。まるで鬼軍曹のようだよ」

涙目の演技をしながら彼女は、それに向かっていつもの液体をスプレーした。

SECTION：

代々木八幡　事務所

『WOOOoooooooo！』

『Hi、みんな。ウルフマンジャックの遠吠えっぽくスタートしてみた今回のテンコーチャンネル。え、ウルフマン知らんて？　エライ有名なDJやがな！』

二十世紀を代表するラジオDJだとはいえ、アメリカングラフィティは七三年だし、さすがに最近の人は知らなくてもおかしくはないだろう。

『今日のゲストは凄いで？　超大物や。楽しみにしてぇな』

『そして、いつも通りにお送りするのは、似非関西弁のテンコー、略してエテコー……あかん、人間やめてもた』

俺たちは、事務所のソファに座って、テンコーチャンネルをTVで視聴していた。

午前中に撮影した映像が、すでに編集されてアップされているとは、さすがはユーチューバー、フットワークが軽い。

「初めて見たけど、なんというか、ノリのいい人ではあるよな」

「そうですねぇ。まさかまさかのCランク冒険者で、横浜ダンジョンに入れないのに横浜ダンジョンの名を冠したチャンネルを作ってたってのには驚きましたけど」

「ガチャダンに入れない、ガチャダンマスターなんて、誰も想像してないだろうよ」

「ですね」

　代々木あたりで活動して、Ｂランクになればいいのにと思わないでもないが、ランクを上げるのは、それなりに大変らしい。ガチャダンマスターと称するくらい横浜に潜り続けた彼でもＣなのだ。三好のＳが、いかに異常かよく分かる。

『なんと、最近のダンジョンの話題を独り占め！　いや、ほんま、こっちにも分けてほしいわ。あの「レジェンド」Ｄパワーズの三好さんが、来てくれはったで！』

「レジェンドとか言われてるぞ？」

「それはもう諦めました」

『え？　日本ダンジョン界のレジェンドったら、伊織ちゃんだろうて？　今日のオーディエンスは突っ込み厳しいな！　自衛隊の人なんか呼べますかいな。紹介してほしいわ』

　登場した三好は、手先や頬の一部を始めとして、眼鏡の蔓やそれなりに主張がある胸などのパーツがアップで映し出されていた。

『え、なんでこんなフェティッシュな映像なんかて？　そらワテの趣味……や、あらへんで。ちゃんと撮るな言われたんや。外を歩けんようなるそうや、有名人はつらいわ。ワテも一遍そういうこと言うてみたいわ、ほんま』

　映像は、丁度、三好が受付にＷＤＡカードを提示しているところだ。

『嘘やん。見てこれ、みんな』

　ぐぐっとカメラが三好のＷＤＡカードに寄る。

黒字にパール仕上げでSの字が書かれているそのカードは、名前やその他は映らないようにうまく編集されていたが、偽物を作る奴が参考にできる程度には詳細に映し出されていた。

「大丈夫か、これ？」

三好がSランクであることは、商業IDで照会すればすぐに分かるから、隠されているというわけではないが、ほとんど誰も見たことがないだろうカードの映像は、なかなかに貴重だろう。

『いや～、ワテ、Sのカードって初めて見ました。ホンマにいてはるんやな』

その後はしばらく、横浜の一層で、解説しつつ戦闘しているテンコーの映像が続く。

ガチャダンマスターを名乗るだけあって、相手のことをよく知っている戦い方で、その戦闘に危なげなところはなかった。

因み（ちな）にこれを撮っているのは俺だ。

いつもはアクションカメラらしいのだが、今回は何もしない俺がくっついて来ていたので、カメラマンをやらされたのだ。

もちろん三好もアルスルズも、戦闘に手出しはしていない。ダイアがドロップしたりしたら大変だからだ。うまくテンコーさんを持ち上げて観客に徹していた。

『どやった、みんな？　ワテの勇姿を見てもらえたかな？　三好さんにもエエとこ見せたで！』

『ほんなら最後に、今日の戦闘映像を撮ってくれた彼を紹介しとこかな、っと思ったんやけど……なんや、シャイなヤツで勘弁してくれと逃げられてもた』

『ダンジョンの中でなんもせーへんかったから恐縮してんのと違うかって？』

『いや、ワテもそう思って、後から聞いてみたねん。そしたら、芳村どんってGやねんて。いや、普通Gランクでガチャダン潜るか?! アホちゃう? そら何もできんわ、よう知らんけど』

「どんってなんだよ、どんって」

「関西弁の敬称序列、下から二番目らしいですよ」

関西弁の敬称は「やん、どん、はん、さん」の順で偉くなっていくという。

俺が生まれる、はるか以前の人気ドラマに、「番頭はんと丁稚どん」というのがあったそうだが、そのタイトルを見ると、なるほどなと思えないこともない。

そうすると、金田正一氏のカネやんは最低ってことなのだろうか? 気楽に呼び合える友人くらいのニュアンスなんだろうけれど。

「これがいじりってやつですかね?」

「分からん。浪速の文化はディープで難しいな」

「テンコーさんは、神奈川の人ですけどね」

視聴終了後のコメント欄には、「なにやってんだよテンコー」だの「ちゃんと〈鑑定〉について聞けよ!」だのが並んでいて、三好への突っ込みが足りないことに対して、激しく突っ込まれていた。ユーチューバーも大変だな。

§

その日の夕方、事務所へとやって来た鳴瀬さんに三好が横浜の件を相談していた。

「ええ？　横浜を買い取れないか、ですか？」

「なんだか、そういう言い方をされると、カドニウム光線の発生装置を持ってウロウロしなきゃいけないような気になりますよね」

「え？　カドミウム？　……またなにかとんでもないアイテムでも？」

「聞きましたか先輩」

「お前な、元慶應のミスが、そんな古い特撮なんか見てるわけないだろ」

俺は呆れながらそう言った。

「あのー」

「ええっと、古い特撮ドラマの『京都買います』っていう話に登場する光線なんですよ」

「転移できちゃう凄い光線なんです！」

「いい加減にしろ」

「あたっ」

三好の頭をぽかりと叩いて悪ふざけをやめさせると、「そういうことって可能なんですか？」と訊いてみた。

「そうですね。ダンジョンの入り口というのは、ご存じの通り、ほぼ一〇〇％公有地になっていますから、横浜の立地はとても例外的なんです」

地面にできたダンジョンとは違って、建てていた建物がそのままダンジョンになった場所だ。入り口は、土地にあいた穴などではなく、建物の地下階に下りる階段なのだ。

ひと悶着あった後、最終的には一階をＪＤＡに売却することでしのいだらしい。何しろ建物の一フロアだけに、国家への売却は権利関係で面倒になりかねず、国よりはフットワークの軽いＪＤＡに売却したそうだ。

「そういった経緯がありますから、あそこをＪＤＡが転売するには、経営会社の許可も必要になると思います」

もしも一階からモンスターがあふれ出した場合、上の建物全体の価値がゼロになる可能性があるため、それを賠償できる組織でなければ転売許可が下りるのは難しいそうだ。

「まあ、その点Ｄパワーズさんの資産は充分にありますから、大丈夫なのではないかと思いますけど……会社名義でも構わないんですよね？」

「それはもう、どちらでも」

「ＪＤＡにとっても、ほぼ開店休業状態の場所ですから、内容によっては許可されるかもしれませんけど、買い取ってどうされるんです？」

「本当は一層を借りたいんですが、その際入り口部分は専有した方がいいかなと思いまして」

「一層って、横浜のですか？」

「ええ」

「二層ではなく？」

「二層以下は、まだ利用者もいるでしょうし特に必要ありませんよ。ガチャを独り占めしたら恨まれそうでしょ？」

　横浜の一層は、テレパシーや食糧問題の登録ラッシュにも、ほとんど関係がないフロアだ。そういう初心者用途に利用するには、敵が強すぎるからだ。

「一体、あのフロアで何をなさるんですか？　さすがに用途がはっきりしないと許可は出ないと思いますけど……」

　三好が、両手をワキワキさせながら、場をかき混ぜるように言った。

「それはもう、世界征服の準備を――」

「あほか。まあ、言ってみれば実験ですね。代々木じゃ広すぎてできないことがあるんですよ」

「詳細は、伺えるんでしょうか？」

　そう言われて俺は三好を見た。すると三好は、すました顔でこう言った。

「先輩。そこは適当な理由をでっち上げておけばいいんですよ。最後に『よう知らんけど』を付けておくことで、すべての責任から解放されるって、テンコーさんが言ってました」

「あのな……」

　大阪のおばちゃんかよ。

　てか提出書類に「よう知らんけど」なんて書かれていたら、俺なら絶対に許可しないぞ。

「テンコーさんっていうと、横浜の宮内さんですか？」

「え？　ご存じなんですか？」

「ええまあ、彼は横浜の有名人ですからね」

鳴瀬さんは苦笑しながらそう言った。

ＪＤＡのダンジョン管理課の下っ端は、大抵、現場で探索者の相手をすることが最初の仕事になる。市ヶ谷勤務の管理課職員は、研修も兼ねて関東近縁のダンジョンに派遣されるのだが、そこで出会った、濃い――もとへ、個性的な探索者の方々は嫌でも管理課内で有名になるのだそうだ。

「市ヶ谷の管理課職員に必ず覚えられる探索者の双璧は、横浜の宮内さんと、代々木の林田(はやしだ)さんなんです」

「林田？」

「知りません？　代々木の一般探索者じゃトップグループにいる渋谷チーム、いわゆる『渋チー』のリーダーですよ」

「渋チーって、人の名前じゃなかったのか?!」

SECTION：

代々木ダンジョン　十七層

「へいっくしょん！」

「なんだー？　林田、風邪ひいてんのか？　ダッセーな」

背が高く体も大きな男が、クシャミをした少しチャラそうな男をからかって言った。

「うっせーよ、喜屋武（きゃん）！　どっかで美少女が素敵な俺の噂をしてるに決まってるだろ！」

「いや、そこはせめて美女と言おうよ……」

小柄で眼鏡をかけた真面目そうで地味な男が、そう突っ込んだ。

「いやー、東（あずま）よう。色気バリバリの女もやりたいときはいいんだけどよ、普段は結構疲れんだよ。

やっぱカワイイ方がいいっしょ」

「カネもかかんねーしな！」

「だよなー！」

「Ｈｅｙ！　ハヤシダ！　馬鹿な話ばっかしてないで、ちゃんと警戒しろよ！」

先行している細身のハーフっぽい男が、後ろの騒ぎに文句を言った。

「斥候（せっこう）はデニスに任せときゃ大丈夫だから、馬鹿話も捗（はかど）るってもんさ」

「ちっ！　一応ここは十七層なんだからな！　油断するんじゃねーよ！」

「へいへい」

「しっかし、そろそろ十八層も飽きたな」

その騒ぎを黙って後ろで見ていた、大きな剣を背負った男がそう言った。

「ダイケンもそう思うか。人も多いしな」

「だけど、今一番盛り上がってる層だよ？」

「そりゃそうだけどよー。何が気に入らないって、世界中のトップ連中がやって来たおかげで、俺たちなんか雑魚扱いだぜ？　ムカツクったらないぜ！」

「シングルに喧嘩を売るとか、冗談でもやめとけよ」

不満を顕わにする林田に、大建が釘を刺した。

「分かってるさ。だから連中より先に〈マイニング〉をゲットして鼻を明かしてやりてーのよ」

「まあ、気持ちは分かるけどね」

東がそう言った瞬間、先頭にいたデニスが鋭く注意を促した。

「右前方！　敵！　おそらくカマイタチだ！」

「くそっ、面倒くせぇやつが！」

カマイタチは、素早いため回避や逃走が難しいモンスターだ。出会ってしまえば、正面から叩き伏せた方が損害が少ない。

渋チーは、いつも通りのフォーメーションを作り、モンスターと対峙した。

それは、喋っていた内容からは考えられないくらい洗練されたベテランチームの行動だった。

二〇一九年　一月十日（木）

SECTION：

市ヶ谷　JDA本部　会議室

「ひー。キャシーのやつ、なんであんなに真剣なんだよ……」

先日のプレキャンプを経験してからキャシーは、自分のステータスを上げることに味を占め、隙あらば事務所に顔を出して俺を借り出すようになっていた。

裏切り者の三好は「どうぞ、どうぞ」とにこやかに笑って、ポットにメチャ苦茶を作ると、俺を生贄に差し出した。

結果、キャシーのステータスは狙った通り、AGI－STR型の結構凄い値になっていた。

NAME	： C.Mitchell
HP	： 87.90 -> 126.00
MP	： 66.70 -> 74.80
STR	： 34 -> 61
VIT	： 36 -> 42
INT	： 35 -> 38
AGI	： 35 -> 62
DEX	： 36 -> 39
LUC	： 12

彼女には、まだ60ポイント以上余剰ＳＰがあったが、これだけ付き合わされれば充分だ。

ＡＧＩとＳＴＲだけではなく、ＶＩＴやＩＮＴ、それにＤＥＸのセットも体験していたようだから、一応教官という仕事は忘れていなかったようだ。ＩＮＴの禅とＤＥＸの糸通しだけは、一度体験したっきり、二度とやろうとしなかったのが妙におかしかった。

ともかく、もはやあれはテストじゃなくて鍛錬だ。

俺は鍛錬マニアの恐ろしさを、嫌というほど味わった。早いうちにアルスルズを連絡要員としてキャシーにくっつけとかないと、俺の自由は風前の灯火だ。

そうしてやって来たのは、ＪＤＡ本部の会議室だ。今日は午後からオーブの受け渡しがあるからと、キャシーの魔の手から逃げ出してきたのだ。

キャシーは、『じゃあその後で』なんて言っていたが却下だ、却下。いい加減本番も近いんだから、一日くらい休もうよ、ホントに。

「お疲れ様です」

部屋に入ると、先に来ていた三好が疲れた雰囲気の俺を見て、実に面白そうな光を目に宿して、いい笑顔でねぎらってきた。

「先輩、お疲れ様です」

「あ、裏切り者がいるぞ」

「失礼ですね。私はこれでも会社の代表ですから、先輩と違って教官の訓練に延々付き合うほど暇じゃないんですー」

「ほう」

「今だって、デバイスの量産化や、横浜の根回しや、ブートキャンプのスケジュール調整や、農園のチェックと各種申請なんかがあるんですからね」

　それを聞いて、俺は今更ながらに驚いた。

「おまえ、めっちゃ働いてたんだな」

「えっへん。とはいえ、道筋を決めたら後は専門家に丸投げしてますから、そんなに大変ってわけでもないんですけど。あ、後、NYイベントの件もあるか」

「NYイベント？　って、まさか御劔さん関係？」

「まさか。ファッション業界に手出しなんかできませんよ」

　三好が笑って、蠅（ハエ）を追うように手を振った。

「ほら、鳴瀬さんが言ってたじゃないですか、『念話は他国語の話者とも意思の疎通ができる』って」

「それが？」

「その件が話題になったのを切っ掛けに、NYでDカードやパーティやテレパシーに関する色々なテストをやろうって大規模オフが計画されてるんですよ」

「へー。アクティブだな」

「だけどそんな大規模オフを、いきなり開催することは難しいでしょう？　このままじゃ、計画倒れになりそうなんです」

アマチュアがやっている大規模なイベントは、大抵少しずつ大きくなっていったものばかりだ。こないだアーシャと行った魔窟(コミケ)が代表格だな。

「まあ、ノウハウがないだろうからな。後、資金も」

会場一つ借りるにしても、結構な金がかかるはずだ。セントラル・パークの真ん中に大勢の人間を集めて何かをやるにも限度というものがある。

「そこで、我が社が特別協賛になって資金をどーんと提供することで、無理やり成功させようというプランなのです」

「ふーん。だけどアマチュアってそういうの嫌がらないか?」

「商業主義が鼻につくと胡散臭く感じられてダメですよね。そこはうまくやりますよ」

「で、何を企んでる?」

「企むとは失礼ですね！　ほら、我が社は探索者の支援が目的で設立されたんですから、このくらいは当然の企業活動ですよ！」

「で、本音は?」

「いや、だって、これだけ大勢の人が集まって、ある程度厳密な条件下で実験めいたことをするんですよ?　そりゃもう、例のリファレンス機で測定しまくれば、新たな知見がガッポガッポのウッハウハですよ！　こんなチャンス、二度とないかもしれません！」

三好が拳を握り締めて力説しているが、確かにそうだ。アマチュアが面白がって自発的に協力するから、初心者からプロ級まで幅広い範囲の探索者を集めることができるのだ。これを企業がやろうとしたら、協力してくれる探索者を集めるだけで大変だ。コストだって、遥かに大きくなるに違いない。

「なるべくワクワク感のあるイベントにしろよ。この際コストは度外視でもいいから」

「分かってますって。楽しそうなガワだけ用意して、本質的なところは主催者に任せますよ」

「それがいい。そういや、斎藤さんは？」

「先輩。我が社には働き者の黒い犬がいるんです」

何しろブラックなのでと、笑えない冗談を飛ばしながら三好が開き直っていた。どうやら斎藤さんには、アイスレムがくっついているらしい。三日目ともなれば慣れたものなのだろう。

「で、向こうの進捗はどうよ？」

「ステータスに反映される前ですから正確なところは分かりませんけど、一日に三百はいっていると思います」

「え、お前ずっとくっついて数えてたの？」

さすがにアルスルズに数は数えられない。

「そんなことできませんよ。統計的手法ってやつですね」

適当に付き合って単位時間あたりの討伐数を記録することを適当なタイミングで繰り返し、単位時間あたりの平均的な討伐数を実働時間に拡大するってやつだろう。統計的な厳密性はともかく、概数は分かるわけだ。斎藤さんが休もうとしても、アイスレムが強制的に次を見つけて促すだろうから、それも難しいはずだ。

「うまくいけば、一日に6ポイントか」

「映画の撮りまで五日ありますからね。30ポイントアップの予定です」

去年、俺たちはトップレベル探索者の取得経験値を180～200ポイントだと推定した。だが、キャシーを計測した結果、もう少し高いことが分かっている。

彼女の余剰SPは126・63ポイントだった。もし五〇％が自然に割り振られているとしたら、彼女の稼いだSPは大体250ポイントほどだ。

キャシーのランキングは四十八位。

つまりはダブルの真ん中程度でも、そのくらいは稼いでいるということだ。このあたりのランキングは結構頻繁に入れ替わるようだから、それだけ僅差でひしめき合っているのだろう。

「だけど、先輩。もしもこれを一ヶ月続けたら……」

「シングルは無理だが、ダブルくらいなら行けそうな感じだな」

「一ヶ月でダブルを量産したあげく、自由にステータスをエディットして、実質はトップエンドよりも高いステータスが得られるって……すぐに世界最強軍団ができますよ」

「人がいればな。それに数字だけなら確かにそうだが、俺たちメンタル面が全然だからなぁ。仲間が死んだり大怪我するような経験をしたことなんかないだろ？」

「ない方がいいですよ」

「そりゃな。だが、促成栽培でステータスだけ引き上げても、リアルな経験値が足りてなくて、下層に行ったらヤバいことになりそうな気がするんだ」

「確かに最初の館の時は、かなりビビりましたね。エンカイの時は覚悟もできずに死にかけました し。先輩やアルスルズと一緒じゃなかったら今頃確実に三途の川の向こう側ですよ。ホント」

しみじみとそう言う三好だったが、懐かしむような出来事じゃないだろ、あれは。

「しかしあの斎藤さんが、投げ出しもせずに毎日淡々とこれをこなすとはなぁ……」

「あれで意外と真面目ですからね。それに命が懸かってる気分になってますし」

そのとき、会議室のドアがノックされて四角形な人に続いて鳴瀬さんが入室してきた。

「もうお揃いでしたか。今日はよろしくお願いします」

四角形な人が柔和な声でそう言った。確か、斎賀課長だっけ。

「こちらこそ」と、三好がにこやかに挨拶していた。

「まだ時間ではありませんが、全員揃いましたので始めましょうか？」

「お願いします」

そうして、いつも通りの形式で、オーブの取引が開始された。

「ではこちらを」

三好がいつにもまして恭しく、チタンのケースを差し出した。対象のオーブは〈収納庫〉だ。正真正銘、初めて世の中に出た夢のアイテムボックスというやつだ。

鳴瀬さんは神妙な顔で、そのオーブに触れて内容を確認すると、ごくりとつばを飲み込んだ。

「確認しました。ＪＤＡはこれを〈収納庫〉のスキルオーブだと保証します。オーブカウントは、八百三十五」

そのカウント数を聞いて、斎賀課長は、ピクリと眉を動かした。

常識的に考えれば、この時間は採取場所と大きな関係がある。代々木の地上ですぐに受け取ったと仮定すれば、採取された場所は、おおむね十四時間圏内ということになるからだ。ドロップ対象をはっきりとさせないための偽装だが、何もしないよりはましだろう。

「それからこれです」

三好がオーブケースをもう一つ取り出して机の上に置いた。今回のオークションで出品された二つの〈マイニング〉のうち片方を落札したのはＪＤＡだったのだ。

「いや、それは先にこちらの処理を済ませてからお願いできますか」

そう言って斎賀課長が目の前にある〈収納庫〉のケースを指し示した。

俺は三好と顔を見合わせたが、すぐにＪＤＡの意図を察して頷いた。これはあれだ、〈収納庫〉の手数料で購入するつもりなんだな。

何しろ三好は〈収納庫〉で最大限吹っ掛けた。その金額は、俺たちがＪＤＡに支払った手数料の、ほぼ全額だ。つまりＪＤＡに余剰の金は、巨大な予備費でもない限り存在しないはずだ。

だがＪＤＡは〈マイニング〉を落札した。〈収納庫〉の手数料が同時に入ってくることを見越していたのだろう。

俺たちが気づいたことに気が付いたのか、斎賀課長は笑いながら頬を掻いた。

「ま、ある程度は使っておかないと、税金で持って行かれるだけですからね」

彼はそう言ったが、ドロップ率が知られていない以上、現時点でこれは戦略物資に等しい。その証拠に、もう片方を落札したのはＤＡＤだ。

　アメリカのレアアース供給は中国に強く依存している。米中の貿易摩擦への切り札として、レアアースの対米輸出規制が取りざたされている現在、ダンジョンから生み出される鉱物資源に対する内務省や商務省の興味は尽きないだろう。

「では、課長これを」

　鳴瀬さんが差し出した振り込み用の機器を斎賀課長が操作して、結果を三好が確認したところで、〈収納庫〉の取引は終了した。

「では引き続きまして――」

　そう言って鳴瀬さんがオーブに触れた。

「確認しました。ＪＤＡはこれを〈マイニング〉のスキルオーブだと保証します。オーブカウントは……千百二十四」

　このオーブは、厄介なことにドロップする階層が知られている。

　オーブカウントが明らかになれば、現在時刻から逆算して、ダンジョンの出入記録をチェックすることで、このシステムに協力していそうな探索者を結構なレンジで絞り込める可能性が高い。

　そのため、十分戻ってこられる時間に設定したのだ。急げばもっと早く戻ってこられるだろうから、絞り込みのレンジが広がるだろう。

　もっとも、誰が何階層まで行ったのかを直接知る方法はないし、聞き取りをしたところで本当のことを言っているとは限らない。調べたところで、どこまでもグレーな状態にしかならないとは思うが。

それを聞いた斎賀課長は黙って入金の手続きを行った。

つつがなく取引が終了した後、斎賀課長がいい笑顔で、俺たちに言った。

「では、この二つのオーブをお預かりいただいても？」

やっぱ忘れてなかったか……俺は視線で三好に是非を問うてみたが、仕方ありませんねと視線で返されただけだった。

「分かりました。ではオーブの特徴を記載した所定の契約書を――」

「こちらに」

そう言って、彼はすでに準備されていた契約書に、オーブカウントを確かめながら書き込んで差し出してきた。

「準備がよろしいですね」

「スムーズな取引を心掛けております」

その書類を確認しながら、三好が念を押した。

「預かりコストの件ですが、ＪＤＡさんがこれを売却した場合の取り分については、オマケできませんよ」

「システムを悪用したりはしませんが、心配はごもっともです。了解しました」

彼がそう言ったのを合図に、三好が書類にサインした。これで契約は完了だ。

「ではお預かりいたします。引き出しは所定の手続きで行ってください。そして――」

「そちらが使われるスキルを隠ぺいする工作には、もちろん協力しましょう」

「ありがとうございます」

三好が礼を言いながら、俺にオーブを渡した。

それをバッグに入れた俺は、どの角度からカメラで狙われていたとしても見えない位置で〈保管庫〉に収納した。

「いや、今回はご無理を申しまして申し訳ありませんでした」

斎賀課長はにこやかにそう言った。

「そうですね。では横浜の件をよろしくご検討ください」

「横浜の件？」

「ええ。詳しくは、鳴瀬さんに伝えてありますから」

「あ、ああ、分かりました」

「ああ、それから――」

ここまで来たら、サービスをしておこうと、俺は言葉を続けた。

「お預かりするのはかまいませんが、〈マイニング〉は早いうちに使われた方がいいですよ」

「何故です？」

「それなりの個数が産出するはずですから」

「それは、あっという間に二個のオーブを用意したチームからの助言ですか？」

「いえ、ダンジョンの意思ですかね」

「意思？」

斎賀課長は、思いもかけないことを言われたかのように、思わず眉根を寄せていた。

「鉱物採取に当初とはいえオーブが必要である以上、ある程度の個数が算出しないと意味が薄いと思いませんか？　少なくとも一ダンジョンで四十九個くらいは」

〈マイニング〉保持者が四十九人を超えたダンジョンは、誰でも決定されている鉱物をドロップさせることができるようになる。それ以降の〈マイニング〉は、単に新規層でドロップする鉱物の決定機能を持つだけになるのだ。

「それがダンジョンの意思だと？」

「まあ、そんな気がするだけです。Gランク冒険者の勘みたいなものですよ」

俺は自虐気味にそう言って笑った。

斎賀課長は黙って何かを考えていたようだったが、「ご助言承りました」と頭を下げると、妙に改まった顔で別件を切り出してきた。

「実は、ＪＤＡからもＤパワーズさんへお願いしたいことがありまして」

「ＪＤＡから？」

俺と三好は、思わず顔を見合わせた。

確かに探索者に対する個人依頼というやつは存在している。

正確には、ダンジョン管理部の商務課を通した、探索者指名制度というものなのだが、滅多に使われることはない。特殊な場合を除いて探索者は匿名での活動が基本だからだ。つまり依頼しようとしても非常に高名な探索者以外は名前が分からないのだ。

　だが、オーブハンターの話や〈鑑定〉のせいで、三好には、それが殺到する可能性が少なからずあったため、あらかじめ三好に対する探索者指名はすべてNGということを通知していた。

　にもかかわらず、JDAからの直接依頼という話を聞いて、俺たちは首を傾げたのだ。

「一体なんです？　改まって」

「実は、ある探索者を二十層まで行けるようにしてほしいんです」

「はい？」

　いきなり訳の分からないことを言われた俺は、思わず間抜けな声を漏らした。

「いや、今やDパワーズさんは、探索者支援のエキスパートでしょう？　もっと難易度の高そうな、似たような依頼をジェイン氏から受けられていたことですし」

　そこで斎賀課長が語ったのは、一人の鉱物のエキスパートの話だった。

　彼女――女性らしい――は鉱物探索において非常に高いモチベーションを持っているのだが、まだ実力的に二十層は少し難しいので、ブートキャンプで底上げしてほしいということだった。

　突然の依頼だったが、〈マイニング〉を早く使った方がいいと言ったからだろうか。

「簡単に仰いますが、二十層以降へ到達できるかどうかは保証できませんよ」

　何しろその人物の探索者としての情報は何もないのだ。だから、どのくらいの余剰があるかも分からない。

　少し難しいと言うからには、ゲノーモス層くらいまでは行けるのだろうが。

（どう思う？）

（一応サイモンさんたちの回は四人しかいませんから可能は可能ですけど……これを受け入れると、今後ブートキャンプにＪＤＡ推薦枠とかができちゃったりしませんか？）

　確かに紐付きになるのは困る。

　だが、鉱物の専門家か……

「いいでしょう」

「先輩?!」

　三好が驚いたように、大きく目を見開いた。

　それはそうだろう。何しろブートキャンプの本質は余剰ＳＰの配分だ。だから、相手がどんな探索者かはっきりしない時点で、この仕事を引き受けるのは無謀なのだ。

　三好は何か言いたそうに俺を見ていたが、ふっと諦めたように力を抜くと、「はいはい」とだけ小さく言った。

　そのとき俺たちは、鳴瀬さんが微妙な顔をしていたことに気が付かなかった。

「ありがとうございます。詳細な資料は、後ほど鳴瀬からお渡しできるようにしておきます」

「分かりました」

　そう言って握手を交わすと、俺たちは部屋から出て行った。

「はー。先輩は、意外と余計なことしいですよね」

　出口へと向かう廊下を歩きながら、三好がしみじみと言った。

「いや、ゲノーモスが一日にどのくらい狩られているのか知らないけど、さすがにそろそろドロップするだろ？　一万分の一に三十億オーバーってのは、ちょっと罪悪感が……」

「ＪＤＡも上手に政府に売りつけるでしょうし、政府も外交に利用しそうですから、どこも損しませんよ、たぶん」

「そういや、ＤＡＤの受け渡しはどうなってるんだ？」

もう片方の〈マイニング〉を落札したＤＡＤからは、受け取りが遅れるが大丈夫かという連絡が一度あったきり音沙汰がない。今度サイモンに会ったら文句の一つも言ってやろう。

三好は黙って首を横に振った。

「何か、試されてるとか？」

「対象は十八層にあることがはっきりしてますからね。可能性はあるかもしれません」

場所がはっきりしていれば、詳細に監視するのは受け渡し予定日時から二十四時間でいい。それで色々な秘密が分かるかもしれないのだ。それくらいのことは、どの組織も考えるだろう。

「連絡が来たら前日に十八層に行くか？」

「もういっそのこと、前日にカヴァスたちを連れて二層の畑に行きませんか」

「なんの話だ？」

「監視が付いているのを確認したら、畑の隅でカヴァスに地面をひっかかせます」

「はあ？」

「そしてそこを掘ると、なんとオーブが出て来るんです！」

「花咲か爺かよ！」

「喋れれば、『ここ掘れワンワン』って言わせるんですけどねぇ……」

「俺たちが帰ったら、畑がなくなっちゃうだろ、それ」

あそこは俺たちがＪＤＡから借りている土地だが、監視の目などどこにもない。寄ってたかって掘り返されるのが目に見えるようだ。

「そうだ！　こっそりとどうでもいいオーブを埋めておきましょう！　そしたら世界中のダンジョンで農業が始まるかもしれませんよ！」

「世界の重要な労働資源を無駄に使わせるのはやめとけ」

俺は苦笑しながらそう言ったが、そういう世の中の動かし方はありかもしれないなと、密かに考えていた。

ＪＤＡの入り口の自動ドアを出ると靖国通りの喧騒が押し寄せて来た。冬枯れた木立の向こう側で、元江戸城の外堀が濁った水をたたえている。

「じゃ、俺たちも帰るか」

「そうですね。私はちょっと日課のスライム叩きに行きますけど」

どういう心境の変化か、三好は正月以来マメに新方式でスライムを叩きに行っていた。

「結構続いてるな」

「先輩がやれって言ったんでしょ？」

「そりゃまあそうだけどさ」

「斎藤さんの件もありますし、私だって少しは考えますよ。でも一番は新方式がラクチンだからですかね」

　そう言って三好が笑った。

　まあ確かに。従来方式の入り口まで引き返すやつは、御劔さんくらい目的意識がないと実行できないだろう。それに比べれば、新方式はただ歩いてスライムを叩いて回ってるだけだもんな。

　とは言え——

「あんまり無茶するなよ。お前、時々度が過ぎることがあるからなぁ……」

「こんなに常識人の私に向かって失礼ですね」

「ワサビツーンは常識人のうちか？」

「……さて、じゃ、行ってきます！」

　三好はとぼけるように明後日の方向を見ると、そう言って駆け出して行った。子供か。そもそも同じ電車だろうがと、俺は苦笑していた。

SECTION :

市ヶ谷　ＪＤＡ本部　ダンジョン管理課

　その頃、ＪＤＡ市ヶ谷のダンジョン管理課では、Ｄパワーズが別れ際に言っていた『横浜の件』を美晴から聞いた斎賀が頭を抱えていた。

「今度は、横浜を借りたいだと？」

「例の情報漏洩の補塡的な意味もありますけど、できれば一階を買い取りたいそうです。あそこの一階ってＪＤＡの所有でしたよね？」

「そうだ。無過失責任を恐れたビルの経営陣が、土地の所有権を主張しないという条件で一階を格安で押し付けてきたんだ」

「押し付けた？」

「まあ、そう言うのが妥当だろうな。確か一億もしなかったはずだ」

　斎賀は手元の端末で横浜の情報を呼び出した。

「八千七百万だな」

「まるで賃貸価格ですね」

　目を丸くする美晴に、彼は肩をすくめてまあなと答えた。

「鳴瀬も知っている通り、以前は各種ショップなんかも入って賑わっていたんだが、横浜の入ダン制限が厳しくなったあおりを受けて全店閉店したから、現状だけ見ればちょっとした廃墟だな」

　斎賀は頭の後ろで手を組むと、椅子の背に深く体を預けた。

「連中、ガチャを占有するつもりか？」

「いえ、二層以降はいらないそうです」

「いらない？　しかし一階を買い取りたいんだろう？」

　ほとんどいないとはいえ、ガチャダンを目指す一般の探索者はゼロではない。一階を私的に占有したら、そういった探索者連中はどうやって二層へ――そこまで考えて斎賀は横浜の特殊な入り口のことを思い出した。

「ゲートか」

「はい、ＪＤＡの受付は地下駐車場のゲート側に作ってほしいとのことです」

「じゃあ一層は――」

「借り上げたいそうです」

　二層へはゲートから入ダンできるが、一層は一階の階段を下りるしかない。

　もちろん二層から階段を使って上がることもできるが、一層へ行くのに、わざわざボス部屋を横切らなければならないとなると文句の一つも出るだろう。一階を一般人に横切られるのが嫌なら、一層を借り上げたいというのは分からないでもなかった。

　そもそも、今や一般の利用者がほとんどいない横浜に入ダンする探索者の目的は、ほぼ二層に限定されている。何しろ通称がガチャダンなのだ。

　一層は二層で活躍できるような探索者にとってはコストパフォーマンスが悪いし、そうでない探索者にとってはモンスターが強すぎて危険だ。

そのせいで食糧ドロップやテレパシーに関連した登録ラッシュにも無縁だし、管理課としても、利用者一人あたりに換算したコストが非常に大きいダンジョンだから、それが小さな受付一つで済むのであれば利点しかないだろう。

利点しかないはずなのだが——

「それを提案したのがDパワーズだというだけで、何かこう引っかかるものがあるんだよな」

「さすがにそれは考えすぎでは」

美晴は斎賀の懸念に苦笑を浮かべたが、彼は真面目な顔で身を乗り出した。

「尻に入った傘は開けないって言うだろ」

「寡聞にして存じません。なんですか、それ?」

「トルコの諺らしいぞ。マズいことになってから後悔しても手遅れって意味らしい」

「何でトルコなんです?」

「以前どこかで聞いたんだよ。まだ起こっていないヤバそうな事態を、クソッタレな気分で表現するときにぴったりの言葉だろ?」

課長も結構溜まってるなぁと、美晴は少し同情したが、こっちはこっちで、すでに色々なことが後の祭りなのだ。

多少は課長にも苦労してもらわなきゃ、と、ジ・インタプリターは開き直った。

「Dパワーズなら法人もあるし資産も充分だろうから、向こうの経営会社の許可も下りるとは思うが……ほんと、あいつら、あんな不良債権をどうしようっていうんだ？」

　何かあるだろといった視線を美晴に向けながら斎賀は先を促した。

「詳しくは分かりませんが、代々木では広すぎてできない、何かの実験に使いたいそうです」

「広すぎてできない実験？」

「一応尋ねてはみたんですが、ダンジョン特許の申請前なので詳細は明かせないそうです」

「ダンジョン特許？」

　Ｄパワーズ関連で特許といえば、ステータス計測デバイスが思い浮かぶが、それと横浜を使った実験の間に関連がまるで見いだせない。そもそもデバイス関連の特許ならすでに完成しているはずなのだ。何しろ実機が完成しているのだから。

　あいつら、また何かやらかすんじゃないだろうなと斎賀は胃が痛くなるような気がした。しかし、今ここで気を揉んだところで何も解決しないことは明らかだ。

「一応他の部署に話を通してみないと分からんが、財務あたりは渡りに船とばかりに、諸手を挙げて売買契約書にサインするだろうな」

　彼は諦めたようにため息をついた。

「とにかく関係各所には連絡を入れておく。おそらく通るだろうが、確実になるまで彼女たちには黙っておくように」

「分かりました」

「ついでに連中の意図が分かったらすぐに連絡してくれ。こっちの業務が爆発しそうな危ない案件なら先に言っておいてもらわないと対応できんとぶっちゃけろ」

あまりの言い草に、美晴はくすくすと笑いを漏らしながら頷いた。

二〇一九年 一月十一日（金）

SECTION：

市ヶ谷 ＪＤＡ本部 ダンジョン管理課

「斎賀君、今いいかな」

斎賀が机の上から顔を上げると、そこには珍しい来室者がいた。

一分の隙もなくブランド物のスーツに身を固めた女性は、橘美智代（たちばなみちよ）。ダンジョン管理部の名物部長だ。

「部長。連絡を頂ければこちらから出向きましたのに」

席を立った斎賀は、付属の応接セットへと彼女を導くと、近くにいたスタッフにお茶を頼んで、彼女の向かいの席に腰を掛けた。

「それで、どういったご用件でしょう」

「いや、昨日支払われた四百五十億円の詳細を聞こうと思ってね」

そう言って、彼女が取り出した取引明細書類には、単に『スキルオーブ』としか記入されていなかった。

「君のことだ、間違いはないと思うが、一体何を購入した？」

オークションの実績から考えても金額が破格だ。

オーブについてはその時間的な制約から特殊な権限が現場の責任者に与えられているとはいえ、本来なら執行権のある役員でもおいそれとは動かせない額なのだ。

まるでダンジョン管理課にプールされていた巨額の資金を、それを支払ったパーティにマージンとして還流させたようにすら見える取引だが、こんな露骨な利益供与をするようなバカは管理課の課長にはなれない。そこには何かの理由があるはずなのだが、橘はそれを思いつけなかった。

「その件ですか。現在報告書を作成中ですが、実は――」

斎賀が切り出した話の内容を聞いた橘は一瞬驚いたように眉を上げた。

「〈収納庫〉ね……まさか、実在するとはな」

「勝手をしましたが、時間的なことを考えるとほかに手段がなかったんです」

一応自衛隊や内閣には情報を回しておいたが、期限までに返答がなかった旨も申し添えた。

「分かった。しかし、よくこの程度の金額で、庭先取引が成立したもんだな」

「そこは、担当者の尽力と申しますか……」

「君が押し込んだ、専任管理監とかいうやつか？」

「はい」

「人身御供かと思ったが、なかなかいい仕事をしているじゃないか」

「部長、人聞きが悪いですよ」

「だが、それをどうするつもりなんだ？」

「そこなんですが――」

斎賀は、買い取る経緯に至るまでの紆余曲折(うよきょくせつ)やＪＤＡでの利用について説明した。

自衛隊からの連絡によると現在の攻略層は二十九層らしい。碑文の内容が本当なら、セーフエリアは目の前のはずだ。

「もしも、セーフエリアが発見されて、そこに恒久的な基地を作ろうとするなら、そいつは確かに強力な力になるだろうな」

「それはそうですが、それで元が取れるかどうかは分かりません」

たまたま今年は余剰金があったとはいえ、四百五十億円は大金だ。三十二層へ必要な装備を運び込むのにそれだけの金がかかるかどうかは計算してみなければ分からなかった。

「さらに言えば、誰に使わせるのかという大問題があるんです」

「なんだと？　もう使用したんじゃないのか？」

スキルオーブは発見から一日で消えてなくなる。通常ならすでに使用されていなければならないはずだ。橘は、その対象者も尋ねようと思っていたのだ。

「Dパワーズに預けてあります」

「預け……ってあの契約、本気だったのか」

確かに寄託契約を結んだとの話は聞いていたが、便宜上の手続きだと橘は考えていた。常識的に考えて、履行が不可能な内容だったからだ。

「もちろんですよ」

「そうは言っても、預けたオーブを必要になったときに調達してくるなんて契約、実際に行われるなんて誰が想像する？」

それはまあそうだろう。Dパワーズの異常性を思い知らされていなければ、斎賀でもそう思ったに違いない。

「だが、まあ、売るだけなら売る先はあるぞ」

「え？」

「あるだろ。質量が重要で、予算がそこそこ潤沢な領域が」

そう言って、橘が上を指差すと、斎賀も彼女の言わんとするところに気が付いた。

「宇宙開発、ですか」

宇宙開発にとって、確かに物の大きさや重さは重要なファクターだ。

「しかし、H2Aの打ち上げ費用は、一回大体百億程度ですよ？」

今回の取引原価でも四・五回分にあたる。それが高いか安いかはともかく、おいそれと支払える金額ではないだろう。

「確かにJAXA（宇宙航空研究開発機構）の予算は年間千五百億円ちょっとしかないが、ESA（欧州宇宙機関）なら、六十六億ユーロだし、NASA（アメリカ航空宇宙局）なら二百億ドルを超えるぞ。アメリカの宇宙開発予算は軍まで入れれば四兆円規模だ」

何しろこいつを使えば、ペイロードの問題は完全に解決する可能性がある。

人を一人送り込んで戻って来られるように工夫さえすれば、月面基地や火星基地を丸ごと運べるかもしれないのだ。

「まあ、最初は宇宙ステーションだろうな」

ＩＳＳ（国際宇宙ステーション）への物資の運搬も、大規模な拡張も、まったく新しい大規模ステーションの建設もなんでもござれだ。しかも運用費用は今までよりも遥かに安くつく可能性が高い。何しろ一度に運べる物資の量に事実上制限がないかもしれないのだ。

かかる費用は、実際の建設費用を除けば、一人の人間をその場に送り込むコストだけだ。

スペースシャトル計画に費やされた費用は二千九十億ドルだが、同じ結果を出すためにかかるコストは、半分どころか十分の一で済むかもしれなかった。浮いた金額の半額で売り飛ばしたとしても、九百四十億ドル超、さらにその半分でも原価の百倍だ。

「価値は計り知れないだろ」

「そんなことができるとしたら、低軌道へ質量兵器を大量に送り込むくらい、お茶の子さいさいでしょうね」

斎賀は橘の構想に、苦笑しながら答えた。

「何だ、君はペシミストだったのか」

「そういうわけではありませんが……いずれにしても容量によるでしょう」

それを聞いた橘が不思議な顔をした。

「あの寄託契約なら使用者が出るだろう?」

使用者が出れば、その詳細もテストできるはずだ。

「そこには突っ込みを入れない契約なんですよ」

「そこは専任管理監殿に頑張ってもらいたまえよ」

スキルの詳細は、なるべくＷＤＡに報告することになっているが、切り札の内容を明かしたくない探索者は多い。登録されている情報にはおそらく多くの欠落があるだろう。

「仮に、月面基地が無理だとしても、ダンジョン探索に、ごつい兵器を持ち込むくらいのことはできるかもしれないだろう?」

「まずは性能の詳細ですか」

「まあ、そこからだろうね」

橘は、出された茶を手にして、申し訳程度に口を付けると、まるで獰猛な肉食獣を思わせる笑みを浮かべて立ち上がった。

「性能にもよるだろうが、宇宙開発機関に売り払おうと、うちで使用しようと、十分に元は取れるはずだ」

「善処します」

斎賀は、その笑みに引きながらも、政治家のような曖昧な返事をした。

「ああ、そうそう。この件は、上にあげるとまた真壁常務が無茶をしそうな案件だからな、売るも使うも基本的に君に任せる。うちで使う場合の使用者の選定もな」

部屋を出る直前にこちらを振り返った橘は、美魔女の呼び声も高いその顔で、唇に美しい弧を描かせながらそう言った。

斎賀は、面倒なところを全部押し付けやがったなと心の中で毒づいたが、それでも「分かりました」と言うしかなかった。

二〇一九年　一月十二日（土）

SECTION：

代々木八幡　事務所

今日は、第一回ダンジョンブートキャンプの開催日だ。

朝、事務所のダイニングに下りると、三好がキッチンで何か作っていた。朝飯かな。

「おはよー。ご苦労さん」

「おはようございます。とうとう始まっちゃいますね」

「雨模様で残念だけどな」

俺はブラインドの隙間から覗（のぞ）く庭の寒々しい様子に、アルスルズのやつら寒くないのかな？と、ふと思った。

日本の童謡なら、雪が降れば犬は喜んで庭を駆け回るものだが、何しろあいつら地獄から来たらしいから……寒いのって大丈夫なんだろうか？

「まあ、寒けりゃ、勝手に部屋の中に入ってくるか」

「何の話ですか。雨が降ったところでダンジョンの中なんですから、関係ありませんよ」

「そりゃそうだ」

俺は冷蔵庫から冷たい水を取り出してコップに注ぐと、ダイニングの椅子に腰を掛けた。

「ところで先輩。早いうちに十層に行っておきたいんですけど」

三好は浅い鍋に水と卵を入れ、蓋をして火にかけると、手を拭きながらやって来た。

「なんだ？　バーゲストか？」

「それもありますけど――ほら、最近誰かにアルスルズを貸し出しちゃうことが増えたじゃないですか」

今だって斎藤さんが、朝早くからアイスレムを連れて一層に潜っているはずだ。

「そうだな」

「今後は、キャシーに一頭――これはブートキャンプの連絡用ですね――それから事務所に一頭、先輩に一頭、私に一頭で、貸し出す余裕がなくなるんですよ。今はキャシーの分が不要ですからギリギリ足りてますけど」

俺と三好と事務所には、どうしても必要だ。何しろ狙撃された過去があるのだ。用心しておくに如(し)くはない。そういや、あのときの犯人どうなったんだろう。

俺は某田中(たなか)氏の特徴のない笑顔を思い浮かべて身を震わせた。怖い怖い。

「だから二頭くらい追加で召喚しておこうと思うんです」

三好のＩＮＴはエンカイ戦の後50に達していたはずだ。だから数字の上からは、十二頭の召喚が可能だし、いつでも追加はできたのだが、アルスルズの強化指針としてカヴァスから聞き出した内容に「主の（たぶん）ＭＰの増加に連動してステータスが増える」というものがあって、これが、召喚数に応じて変化する――具体的には総数が決まっていて割り振り先が増えると、一頭一頭が弱くなる――のではないかという懸念があったため追加の召喚を控えていたのだ。もちろんご褒美(ほうび)の魔結晶の消費量が跳ね上がるという、現実的な問題もあったのだが。

だが、足りなくなってしまえば仕方がない。

「それなら別に、ここで召喚したって良くないか？」

「先輩。アルスルズって、最初から結構強かったじゃないですか」

召喚したてでも、十層で大暴れしていたし、今や前足を振るだけでスケルトンが崩壊する。

「そうだな」

「あれって、召喚場所も影響してるんじゃないかと思うんですよ。ほら、アーシャの時のこと、覚えてます？」

「ああ、スキルの効果にDファクターの濃度が関係するんじゃないかって、あれな」

「あれと同じことが、召喚にも言えるような気がするんです」

召喚は今のところ謎の魔法だ。

もしも対象が最初から世界のどこかに存在している何かで、それをそこから呼び出していると仮定すると、ヘルハウンドが棲(す)んでいる場所があることになる。

それは、地獄のような環境の他惑星かもしれないし、ダンジョンの奥深くなのかもしれないし、もしかしたら形而上的な地獄が実際に存在しているのかもしれない。

だがそれよりも、召喚という名目でそれが行われた瞬間に、対象がダンジョン、ひいてはDファクターによって作り出されると考えた方が納得できるような気がするのだ。そうでなければ人類がファンタジーで想像したようなモンスターばかりが登場する現状の説明が難しい。

だとしたら、召喚場所が影響するというのは十二分に考えられた。

「それならもっと深い階層で召喚してみるか？」

「それも面白いんですけど、ほら、アルスルズって入れ替わるじゃないですか」

「ああ、シャドウピットの中で入れ替わってジャンプするやつか」

「影渡りっていうか、シャドウゲートっていうか……名前がないと不便ですね」

　スキルやアイテムはともかく、技の名前は表示されないので適当に付けるしかない。

「影に潜んであちこちへ移動するんだから、ハイディングシャドウのバリエーションってことでいいだろ」

　隠れるだけじゃなくて移動ができるのは前からだしな。

「ともかくそれで入れ替わるわけですよ。だから意味はないかもしれませんけど、できるだけ条件を一致させて召喚しておきたいんです」

　召喚時の三好のステータスが違うような気もするが、それは彼女のステータスに応じて全体が強化されていくから問題はないのだろうか？

「条件を不用意に変えたせいで、入れ替われないなんてことになると可哀想だし、本末転倒って気もするからな。じゃ、斎藤さん見守り隊のついでにちゃっちゃと行ってくるか。どうせ魔結晶の在庫も増やしておかないといけないし、バーゲストのオーブも欲しいしな」

　しかし、そうと決まれば三好のステータスを調整しておいた方がいいだろう。

「そういえば、三好のＳＰも結構溜まってるだろ。今のうちに設定しておくか」

「お願いします」

俺は〈メイキング〉を起動して三好のステータスを確認した。

NAME	三好 梓
SP	33.936
HP	28.70
MP	91.10 (136.65)
STR	[-] 10 [+]
VIT	[-] 11 [+]
INT	[-] 52 [+]
AGI	[-] 22 [+] [33]
DEX	[-] 23 [+]
LUC	[-] 10 [+]

エンカイ戦の後設定してから、少し自動的に振られているようだ。これを見る限り、新方式で自動的に割り振られるのはＤＥＸとＡＧＩが主体っぽいな。

「で、どうする？」

俺はそのステータスをメモして彼女に見せながら訊いた。

「そりゃもうＩＮＴに極振りですよ、ＩＮＴに」

「ええ？」

「先輩、ピーキーなキャラメイクにはロマンがあるんですよ、ロマンが」

「これって、一応、現実なんだぞ……」

まあこんだけポイントが稼げるなら、必要になったら他に振るチャンスもあるか。ゲームのレベルと違って、ステータスを1上げるのに必要なポイントが増えたりしないしな。

俺はおとなしくＩＮＴにほぼ極振りした。

「ほら、ほぼ極振りだ」

「ほぼ？」

NAME	三好 梓	
SP	0.936	
HP	29.15	
MP	136.75 (205.125)	
STR	- 10 +	
VIT	- 11 +	
INT	- 80 +	
AGI	- 25 +	[37.5]
DEX	- 25 +	
LUC	- 10 +	

「俺と一緒に行動するんだからＡＧＩも多少はないと困るだろ」

いつも抱えて移動するわけにはいかないのだ。

「確かに、荷物のように小脇に抱えられるのはちょっと嫌ですね」

俺が数値を書きだしているのを見ながら、御苑（ぎょえん）の事を思い出したかのように言った。

「ほれ」

「おー。補正後のＭＰが２００を超えましたよ！　アルスルズが強く……なりましたかね？」

「たぶんな」

とは言え、現在でも十層辺りのモンスターは一撃で粉砕しているから、もっと下に行かなければはっきりとしたことは分からないだろう。

「んじゃ、軽く飯食ったら代々木へ行くか」

すっかり忘れられていた卵は、きっと固ゆでになっているに違いない。この先の展開を象徴するかのように。

SECTION :

代々木ダンジョン　ブートキャンプルーム

俺たちは、代々木のエントランスへ向かいながら今日の手順を思い返していた。

もっとも、あれだけリハ（?）を繰り返せば、キャシー一人でどうとでもなるだろうし、俺は最初に彼女とパーティを組んだらしばらくはお役御免になるはずだ。嬉しいことに、〈メイキング〉で、パーティの子や孫にあたるメンバーのステータスも操作することができたからだ。

つまり、キャシーとパーティを組んでおきさえすれば、後はキャシーのパーティとしてメンバー登録するだけで〈メイキング〉での操作が可能になるわけだ。

だから一度に多人数のキャンプも可能といえば可能だし、むしろその方が楽なのだが、地上施設のキャパの大きさで制限されることになるだろう。

それからラウンドごとの測定は行わないことにした。その都度、細かくステータスを調整するのが面倒だったからだ。第一そんなことをしたら、俺がずっと張り付いていなければならないことになるわけで、それでは本末転倒なのだ。

しかしモチベーションがーとキャシーが言うので、一ラウンドごとの上昇には個人差があるから、上がらなかった人のモチベの方が心配だろと丸め込んだ。

他に細かい雑務が大量に発生するようなら、アシスタントを雇えばいいだろう。

『よう、ヨシムラ』

代々木のエントランスを入ったところで、サイモンのやつに見つかった。

『おはようございます、サイモンさん。今日はよろしく――』

そう言い掛けた時、サイモンは馴れ馴れしく俺の肩に手を回してきた。

『何、堅いことを言ってんだ。よろしくしてもらいたいのはこっちだよ』

そうして顔を近づけてくると、真面目な顔つきになって、内緒話をするように言った。

『昨日あれから帰ってみたら、部屋でメイソンとキャシーがアームレスリングをしてるんだよ』

『はあ』

『ま、昔からアイツが挑んできたとき、メイソンはアームレスリングで躱してたわけだ。ヨシムラのジャンケンと同じだな。ところが昨日は、キャシーがメイソンに完勝してたんだ』

『メイソンさんって、左腕を怪我してませんでしたっけ？』

『ああ、それはもうほぼ完治してる。実際十八層にも潜ってるしな』

『それは良かった』

『いや、良くねぇよ。俺だってアームレスリングじゃメイソンに勝てない。一体どうなってるんだと驚いて彼女に聞いたら、ここのプログラムを体験したって言うじゃないか』

『あー、散々付き合わされて参りましたよ。そのおかげで彼女の教官スキルはぐっと上がったと思いますが……』

『そこじゃねーよ！　いいか、あれがこっちに戻ってきたら、俺たち全員挑まれる立場なんだからな。責任持って、ちゃんとあれに勝てるようにしてくれよ』

サイモンは腕をほどくと、ダンジョンゲートに向かって歩き始めた。もうすぐ、キャンプの集合時間だ。

『いや、そんなことを言われても……そういや、なんで四人パーティなんです？　システム的には八人までＯＫなんだから、キャシーも入れて五人でもいいような気がするんですけど』

『一度に全滅したら、ＤＡＤから人員がいなくなって困るだろ？』

『ええ？』

『冗談だ。そうだな……ＤＡＤはザ・リングの件で始まった組織だから、管理体制はその場にあった基地に準じる部分が多かったんだ』

『だから？』

『エリア51は空軍基地なんだよ。空軍の分隊ってのは二～四人構成なのさ』

それって、単に戦闘機に乗るからなんじゃ……別に五人パーティでもいいんじゃないの？

『まあそういうわけで、ＤＡＤのチームは、伝統的に四人＋バックアップチームなんだ。それになんだかんだで効率が良かったのさ』

最初は六人や八人構成も試されたが、ダンジョン内には狭い場所も多く、大人数では身動きがとれなくなることもあったらしい。

結局三人＋三人や四人＋四人で分かれて活動することが多くなり、それなら最初から最小単位の分隊を四人構成にして、必要に応じて複数の分隊を投入するフォーマットが作られていった。その方が合理的だと考えられたらしい。

『そういや、メンバーにしたんですか、こないだの話』

『いいや。館に入れる時が来たら説明するさ。それまではちょっとな。単純なヤツもいるし、逆噴射で墜落されてもたまらんだろ？』

俺たちはダンジョンゲートをくぐって、借りているブートキャンプルームの扉を開けた。

すぐに俺に気が付いたキャシーが、にこやかな笑顔で近づいてきた。

『Hi、ヨシムラ』

なんだ、機嫌がいい——

「Rock, Paper, Scissors, Go!」

機嫌良さそうに近づいてきた彼女は、いきなり真剣な顔で勝負を仕掛けてきた。が、結果は、彼女はチョキで、俺がグーだ。

『くっ……』

『……まあ、精進したまえ』

俺はそう言って、彼女から受け取った参加者の資料に目を通した。ブートキャンプ参加者は、まずエントリーシートに、どのような成長をしたいのかを記述するのだ。

ふーん、サイモンは素早さと力か。

「素早さが欲しいっていう要求が多いですね」

先に目を通していた三好がそう言った。

他の三人は、ジョシュアが素早さとテクニック、メイソンが力と体力、そしてナタリーは魔法の威力と素早さだった。

「二十九層以降でピンチってのはやはり物理系モンスターのスピードがネックだったのかもな」

「私も全然見えませんでした。アイスレムがいなきゃ今頃あの世に行ってますね」

エンカイの件だろう。ＡＧＩ１００でも目で追うのが精一杯だったあのスピードは、確かに脅威に違いない。

「しかし、さすがに三十層くらいであんなのは出てこないだろ？」

もしもボスキャラあたりで登場したら、攻略どころの騒ぎじゃなくなることは確実だ。

「何か強いモンスターにでも出会ったんですか？」

俺たちの話にキャシーが興味深げに割り込んできた。

『いや、サイモンさんたちが、エバンスの二十九層以降で苦労したと言っていたから、素早い敵でもいたのかなと話してたんだ』

『そうらしいです。私はバックアップですぐ上の層にいたのですが、ラストのボスはデスマンティスという、やたらと素早いカマキリの親玉みたいなやつで、メイソンが左腕をやられました』

『やられた？』

『ちぎれかけていました。幸いポーションで繋がりましたが、しばらくは動かせなかったくらいには重傷でした』

全快しなかったのか。

『デスマンティスのカマは鋭いって聞いてるけど、きれいに切断されたんじゃないのか？　それならランク3でくっつくはずだろ？』

ランク3くらいなら、さすがに備蓄があるだろう。

『高速な激突で崩されて、食いつかれそうになったところを左腕で防いだそうです』

おおう……それじゃ欠損も結構あったはずだ。使われたポーションはランク4か5だろう。いずれにしても治癒して良かったな。

『それで、あなたたちが出品した〈物理耐性〉が欲しかったと聞きました。結果には満足しているそうです』

『それはなにより』

そう言った時、部屋のドアがノックされて、最後の受講者が入室してきた。それは、二十代後半とは思えない小柄な女性だった。

「えーっと、六条小麦さん？」

「はい」

どうやら先日斎賀課長にお願いされた当人らしいが、こうして見ても、とても探索者には見えなかった。

「英語は大丈夫ですか？」

『大丈夫です。問題ありません』

彼女は流暢な英語でそう答えた。

『今日は他の受講者が全員英語ネイティブなので、英語で進めさせていただきます。分からないことがあったら、聞いていただければ教官は日本語もできますから』

『ありがとうございます』

貰ったプロフィールには、英国宝石学協会特別会員で、米国宝石学会の宝石学修了者と書かれていた。当然留学もしただろうし、英語はペラペラなのだろう。

なんにしても全部一つの言語で済むのなら、それに越したことはない。あまりに多数の言語が必要な場合は、念話でも構わないが、まだお漏らしが怖いからな。

『貴様ら！　やる気があるのか！（うう、はずかしいよ）』なんてことになったら台無しだ。

そのとき、パンパンと手を叩く音がして、キャシーが皆の注目を集めた。

『整列！』

そう声を掛けると、サイモンたちは素早く整列した。さすがは軍人っぽい人たちだ。六条さんも、少し遅れてその横へと並んだ。

『諸君らは、栄えあるキャンプの一期生に選ばれた精鋭である！』

おお！　なんだかブートキャンプっぽいぞ？

やっぱり最初は蛆虫扱い……するのは無理だな。一日で終わるし。

『当プログラムは、一般的に言って頭がおかしいと思えるものが含まれているが、それに対する質問は許可しない。疑問に思う前に実行せよ！』

それを聞いた俺はいきなりずっこけそうになった。

いや、キャシーさん。その表現はどうなの……

『では、最初はステータス測定からだ。現在の自分の状況を知ることは重要だ』

『なお、申込書を熟読しているはずの諸君には周知の事実だろうが、申し込みを受け付けた段階でお互いにNDAが締結されている。主催者である我々は、参加者のステータスやその他に関する事柄に対して守秘義務があり、外部に漏らすことはない。また、参加者はプログラムの内容について守秘義務を負うことを念のために申し添えておく』

『いいから、早く測ろうぜ、キャシー』

サイモンがワクワクするように目を輝かせて言った。

その言葉を聞いたキャシーは、サイモンの前につかつかと歩いていって正面に立った。

『サイモン！　私は発言を許可していない！』

それを見たサイモンは、彼女が教官であることを思い出したのか、気を付けの姿勢を取った。

『失礼しました！』

『いいか、お前らに許された発言は、「はい」だけだ！』

「Aye, aye Ma'am!」と、直立姿勢でサイモンが返事をした。

「おおー、なんか軍隊っぽいですね！」

三好が期待に満ちた眼差しで感動したように言ったが、うちは軍隊じゃないからな。

サイモンチームの残りの三人は、必死で笑いをこらえているようだった。

『ではこれから計測する。一人ずつ順番にその位置に立つように』

いの一番にSMDに飛び乗ったのは、サイモンだった。

『では、測定する……よし、終了だ』

『ん？　これで終わり？　レーザーとかビームとか魔法陣とかは？　アニメエフェクトがないと寂しいだろ？』

『サイモン？』

　彼女は語尾をわずかに上げながら、ギロリと彼を睨んだが、自分の時のことを思い出したのか、あまり強くは突っ込まなかった。三好は笑いをかみ殺しながら、出力結果をプリントした小さな紙に彼の名前を書いて差し出した。

NAME	Simon
HP	113.80
MP	82.80
STR	45
VIT	46
INT	43
AGI	44
DEX	48
LUC	13

『へー、これがステータスか。これって高いの低いの？』

　サイモンのステータスを横から覗き込みながら、ナタリーが訊いた。

『大体、成人男子の平均が10位になるように調整してあります』

　三好は、先日キャシーにしたのと同じ説明を彼らにも行った。

『ただ、女子でも8〜9くらいなので、1の差は結構ありますよ。ステータスは2も違えば実感できますから。非探索者の場合、オリンピック級でも20には届かないでしょう。40を超えれば一種の超人ですね』

『超人ね……』

サイモンはまんざらでもなさそうに、自分のステータスを眺めていた。

『じゃ、次は俺だな』と、ジョシュアが所定の位置に立つ。その後は、メイソン、ナタリー、と順番に測定していった。

NAME	J.Rich
HP	97.40
MP	76.80
STR	39
VIT	38
INT	38
AGI	52
DEX	54
LUC	13

NAME	M.Garcia
HP	139.80
MP	62.80
STR	55
VIT	58
INT	32
AGI	36
DEX	40
LUC	12

…

NAME	Natalie
HP	91.40
MP	104.40
STR	35
VIT	38
INT	58
AGI	32
DEX	42
LUC	13

…

サイモンたちが、値を見せ合い、色々と話をしている間に、六条さんの測定も行った。

NAME	六条 小麦
HP	21.00
MP	27.40
STR	9
VIT	8
INT	15
AGI	8
DEX	13
LUC	41

「え、これって……」

その値を見た三好が、思わずそう口にするのを聞いて、彼女は不安げに、「どっか、おかしいですか?」と尋ねた。

「あ、いえ。LUCが凄い値だったので、ちょっと驚きました」

「LUCって運ですか?」

「そうです」

「はぁ……そういえば、石や化石を拾いに行くと、誰よりもたくさんそれらを見つけていましたが、そういうことでしょうか」

「ああ、そんな感じですね」

確かにLUCの値は人類で最強なんじゃないかと思うくらい凄いが、他の値がぱっとしない。というより、まるで素人だ。まさか……

「えっと、ダンジョンに潜った経験って、もしかして……」

「はい、先日Ｄカード取得時に潜ったのが初めてです」

　それを聞いた、俺と三好は思わず顔を見合わせた。彼女の言葉は、彼女の経験値がほぼゼロであることを意味していた。

　俺は六条さんにそのままそこで待つように伝えると、三好を引っ張って急いでスタッフルームへと移動した。すでにキャシーとパーティを組んでいるため念話が使えないのだ。

「四角い人が、最後まで探索者としての経歴を言わなかった理由はこれか……」

「そりゃ言えませんよね」

　もしも言ったとしたら、あなた頭がどうかしていませんかと言われて終了だ。こんな契約をする人間は、世界中を探してもいないだろう。引き受けるのは、ダンジョン内の事故として彼女を抹殺しようとしている組織くらいなものだ。そんなものがあるとしたら、だが。

「しかし、これ、どうすればいいんだ？」

「どうすればいいかと訊かれても。引き受けたのは先輩ですよ？」

「いや、そうだけど、そうなんだけど……ＪＤＡの課長が二十層へ行くのは少し無理なんて言って押し込んできた探索者が、全くの初心者だなんて誰が想像するんだよ⁉」

「なんかバレましたかね？」

「うーん……いや、むしろこいつがプローブだと思った方がいいな」

　何かのついでに探りを入れてきたに違いない。

「なら、断りますか？」

「今更?」

「情報を意図的に隠ぺいしたってことで、契約違反にしてしまえばできそうですけど」

「……」

「先輩?」

腕を組んで難しい顔をしていた俺の顔を、三好が不思議そうに覗き込んできたが、気持ちは分かる。普段なら有無を言わさず速攻でお帰り願うシチュエーションだからだ。

「だが、適任は、適任なんだよなぁ……」

「何の話です?」

俺は腕を解いて椅子に腰かけた。

「ここのところ、俺たちって下層へ行っていないだろ?」

「なんです、いきなり。トップエンドの人たちに会いたくないからじゃないんですか?」

「それもある。だが、最大の要因は、俺たちが二人とも〈マイニング〉持ちだからさ」

「え?」

そう聞いて三好が怪訝(けげん)な顔をした。

「ほら、碑文には五十層の金だけが明記されていて、それ以外は単に鉱物資源としか書かれていなかったろ?」

「はい」

「しかも、ダンジョンごとに違うらしい」

「確かそう書いてありました」

「じゃあ、産出する金属って誰が決めてるんだ？」

「ダンジョンじゃないんですか？　後はランダム」

「ま、そうかもしれないが、そうとも言えない気がするんだよなぁ……」

「根拠は先輩の勘？」

「……まあそうだ。実際のところ、説得力のある根拠はゼロに等しいな」

俺は苦笑いして頬を掻くと、エアろくろを回しながら説明を始めた。

「いいか、俺たちが二十層でドロップさせたのはバナジウムだったろ？」

「はい」

「鉱物は、金属も非金属も合わせれば凄い数がある。なのに、何でバナジウムなんだ？　しかもインゴットだぞ？」

「え？　偶然ですよね？」

碑文に書かれていたのは、『無限の鉱物資源』だ。

鉱物資源ってのは、地下に埋蔵されている鉱物で資源となるもののことだ。だから、本来なら鉱石なんかがドロップするべきだと思うのだが、俺がドロップさせたのはインゴットだった。

「そうだな。まあ、普通はそう考えるだろう。だけど、あのとき俺は、ドキッとしたのさ」

そう、一瞬ダンジョンに心臓を摑まれたような気分になったのだ。

「どういうことです？」

「前の会社で俺が謝りに行かされて切れた案件があったろ？」

「先輩が退社される切っ掛けになったやつですよね」

　本当の切っ掛けはランキング一位だけど、それはまあいいか。

「そうだ。あれが金属バナジウム関連だったんだよ」

「ええ？」

「二十層でバナジウムのインゴットがドロップしたとき、俺は、ある層でどんな鉱物資源がドロップするのかを決定するのは、最初にそれをドロップさせた人間じゃないかと思ったんだ」

「それって、波動関数の収縮みたいなものですか」

「そうだな、原子が周囲と相互作用することによってデコヒーレンスが引き起こされるように、どんな鉱物もドロップの可能性がある状態で、ダンジョンがそれを決定する際に、受け取る対象と相互作用することでデコヒーレンスを引き起こすと考えてもおかしくはないだろ？」

　三好はため息を一つついてから言った。

「いや、おかしいと思いますよ」

「だよなー」

　いや、三好さん容赦ない。

　だけど、真面目な顔でそんな話を聞かされたら、俺だってそう答えるに違いない。

「でも、なんとなくそれで正しいような気がするから不思議ですよね」

　ゴーストが囁くってやつでしょうか、と三好が笑った。

「先輩、それであのとき二十一層に下りずに、すぐに引き返したんですね」

「ま、半分はそうだ」

　後の半分はトップエンドの探索者に会いたくなくて、早く帰りたかったってことだ。

「ダンジョンの当該層からは、どんな鉱物資源でもドロップする可能性がある。それを収束させるのは、最初にドロップを発生させた人間だってことですか。じゃあ、横浜のダイアも？」

「でき過ぎてるよな」

　あのときは、某ダイアのヒーローのことしか考えていなかった。それでドロップした鉱物資源は、研磨済みのダイアだったのだ。

「だから鉱物を最初にドロップさせるのは、その道の専門家が相応しいと思うんだよ」

　日本でほとんど産出しない重要な鉱物資源といえば、ニッケル、コバルト、ボーキサイトだ。後は少量しか要らないが非常に重要な非鉄金属あたりを産出する層が作れるやつがいれば……

「先輩がそのことを考えながら狩るってのは、なしなんですか？」

「最終的にはそれも考えるけど、どのくらい必死で考えればダンジョンがそれを汲み取るかなんて分かんないからなぁ……失敗が許されない以上、やっぱその道の専門家がいいと思うわけよ」

「じゃあ、片っ端から専門家に使わせて、無理矢理下層に……って、その人が倒さないとダメなんですね」

「そこがネックなんだよ」

　Dカードの取得なら、遠距離から銃で一発だろうが、こいつの対象はそれがだんだん通用しなくなる二十層以降だ。超強力な近代武器を素人が使うのは難しいだろうし、そもそも日本じゃ手に入らない。止めだけ刺せばいいと言うのなら、なんとかなるかもしれないが、経験値が分散するように、収束する元になる意識まで分散するとしたら意味がないのだ。

「アーシャの時より難易度が高そうですね」

そう言って三好が腕を組んだ。あの時はベンゼトスプラッシュという必殺技があったからなんとかなったが、今回は真正面からぶつかるしかないだろう。

「先輩が彼女の育成を引き受けたのは、それが原因だったんですね。めんどくさがりの先輩らしくなくて、おかしいと思いましたよ」

「まあそうだ。しかし真面目にこんな話をしたら、頭がおかしくなったと思われかねないだろ」

「それはもう手遅れですから」

「あのな……」

「だけど、もしも先輩の勘が正しいとしたら、なんの素養もない人が〈マイニング〉を手にして、最初に二十一層に到達した場合、そこでドロップさせるのは——」

「十中八九、鉄、だろうな」

一般人が想像する鉱物資源は、おそらく金属だろう。そうして、そういった人たちが一番触れている金属は鉄だ。実際は様々な鉄の合金だろうが、総体的に鉄だと認識されているはずだ。

「代々木の鉱物層は、最大でもたった六十層しかないんだぜ？　ありふれた鉄なんかドロップさせてどうするよ」

六条さんにその役をやらせれば、きっとすごい鉱物が――最初は絶対宝石だろうけど――ドロップするフロアができ上がるに違いない。話を聞く限りでは、彼女は宝石や鉱物全体を愛しているようだから、何か凄いことをやりそうな気がするのだ。

「じゃあ、〈マイニング〉を落札した組織が受け取りに来ないこの状況は――」

「渡りに船ってやつだ。もしもすぐに受け取りが行われて、それを代々木で試そうとするやつが出てきたら、先に六条さんに使わせて、無理矢理二十一層へ連れて行くつもりだったんだ」

どうやって、二十一層のモンスターを倒させるのかは、別途考えなければならないが。

「なるほど。でも先輩。その話ＪＤＡにしておかなくていいんですか？」

「いや、そうしたいのはやまやまだが、いかんせん根拠がなぁ……バナジウムだけじゃ『偶然』の一言で終わっちゃうだろ？」

「ダイアもありますけど、あれは横浜の借り上げが決まるまで報告しづらいですからね」

「そういうこと。せめて六条さんを二十一層へ連れて行って、俺たちが思った通りのものがドロップすれば、多少は説得力も増すんだがな」

「そんなことを言ってるうちに、〈マイニング〉がドロップしちゃいませんか？　連日結構な数が狩られているみたいですよ」

「そうなんだよなぁ……ドロップ情報がくれれば、速攻提出できるようにレポートの形にだけはしておくか。んでさ、三好。彼女を二十層で戦えるようにするって、どうすればいいと思う？」

「ええ？　そんなことを言われても……強力な武器だって当たらなければ意味ないですし、そんな訓練を受けているとは思えませんし。いっそのこと、私みたいに召喚魔法持ちにします?」

「それにしたって、INTを上げないと数が稼げないだろ」

「15ありましたから1ポイント増やせば四頭はなんとか」

「それで二十層まで行けるか?」

「それはなんとも……アルスルズなら大丈夫だと思いますけど」

こないだバナジウムをゲットしたときは、確かに問題なかった。

「あれは大分強化されてるっぽいからなぁ。それに、もしも犬が嫌いだったら?」

「それは困りますね」

「魔法主体にするって手もあるが……」

「それだけじゃMPが持ちませんよ。道中だってあるんですから」

「どっかのパーティにねじ込んで、MP節約して二十層へ行くとか?」

「二十層へ行けそうなパーティが、初心者丸出しの探索者を加入させるなんて、まずあり得ないと思いますけど……」

加入させたとしたら、何か他の……大抵はよろしくない目的がありそうだ。

「やっぱり、三ヶ月くらいはスライム叩かせないとダメか」

三ヶ月くらい真面目に新方式でスライムを相手にすれば、一日百匹平均でも180ポイントが手に入る。今なら三百匹だっていけるだろう。それなら一ヶ月でトリプルは確実だし、魔法でも持たせておけば二十層へ行けるはずだ。

……あれ？　二十層って結構チョロい？

「スライムで育成するにしても、一人だと、なんだか危なっかしいですよね。斎藤さんの特訓は今日までですし……」

「そうだな。誰かもう一人サポートがいれば、いいんだけどな」

「しかし、こうなってくると、アルスルズの数が足りませんね……」

今日だって、俺と、三好と、事務所のガードに、斎藤さんの特訓のお供で打ち止めだ。俺は、やむを得ずブートキャンプの会場に張り付くしかない。

「斎藤さんの見守り隊をやるついでに、アルスルズの増員をやっておかないと、ブートキャンプが本格的に始まったとき、先輩の自由が確保できませんよ」

ブートキャンプの会場に一頭を張り付けておいて、最後の計測前に俺のガードと入れ替わってそれを伝えてもらうという手段で、ブートキャンプから自由になろうと画策している俺にとって、こいつは死活問題だ。

「そりゃ困る。大問題だ」

（キャシー、聞こえるか）

（え……あ、聞こえます）

（六条さんの育成は別メニューだ。開始時にそう伝えてくれ。こちらで育成する）

（え、それって、もっと効率がいい訓練メニューがあったりするんですか？）

自分もやりたそうな反応に俺は苦笑した。どんだけ訓練マニアなんだよ。

(いや、体もできていないのに、DADの連中と同じメニューは無理だろ。足を引っ張らないようにするための措置だよ)

(了解です)

そのとき、俺たちはすっかり彼女を育成するつもりになっていた。

後にして思えば、全然そんな義務はないはずなのだが、もしかしたら、それは彼女のLUCに影響されたせいなのかもしれなかった。

§

『計測が終わったなら、全員でパーティを組む。すでにパーティが組まれている場合は、代表者だけでOKだ』

キャシーがDカードを取り出すと、それをサイモンのカードと合わせてアドミットした。どうやらサイモンたちはあらかじめパーティを組んでいたようだ。

それに倣(なら)って六条さんもDカードを差し出そうとしたが、キャシーはそれを押しとどめた。

『コムギ』

『はい』

『お前は別メニューだそうだ。後はボスの指示に従え』

『分かりました』

六条さんはこちらを向いてぺこりとお辞儀をした。

なんの訓練をしたこともない彼女に、死ぬほど運動させても意味はない。今日のところは、一層のスライム退治をさせて、少しでもＳＰを稼がせるしかないだろう。

『よし、では、全員二層へと向かう。駆け足！』

彼女の掛け声とともに、全員が駆け足で部屋から出て行った。

「この施設って、駆け足オッケーだっけ？」

「さあ？　まあ、直接外に出られる部屋ですから問題ないでしょう。私たちも行きましょう」


二層に下りると、プレ・キャンプの時と同じ場所に受講者を整列させて、キャシーがプログラムの概要を説明していた。

『それでは、ファーストダンジョンセクション、三十一・四キロメートル走だ！　駆け足！』

そう言って、キャシーを先頭にかなりのハイペースだと思われる速度で走り出した。そして、その後を、何人かの探索者がさりげなく追いかけて行ったように見えた。

「始まりましたね」

「追いかけていったやつら、マスコミかな？」

「今日の開催は発表してませんから、なんとも言えませんけど、マスコミでなければプログラムを知りたい誰かでしょうか」

先日ちょっと、うちの犬が通報されたような話を鳴瀬さんから聞いたし、興味がある人も多そうだけど……


「とは言え、あれに普通の探索者がついて行けるか？」

「私には絶対無理です！　自信がありますよ！」

「なんというしょーもない自信」

彼女たちが走り出したスピードは、先日キャシーが一人で走ったときよりも速そうに思えた。

「ルートを間違えたりしないかな？　アルスルズは付いてないんだろ？」

「グレイシックを付けたかったんですが、事務所の警備なんですよ。まあ、あれだけ繰り返してたんですから、迷ったりはしないと思いますけど」

「やはり、アルスルズの増員は急務だな」

そのとき、六条さんがおずおずと尋ねてきた。

「あのー、私はどうすれば？」

「あ、じゃあ、俺が案内するよ。三好はどうする？」

「私はちょっと、農園の様子を見てきます」

「早めに一層に来るなら、find を使ってくれ」

「了解です。小麦さんの育成に先輩にくっついているドゥルトウィンを使うとしたら、先輩が無防備になりますからね。迎えに行くまで勝手にうろうろしないでくださいよ」

まあ、ＶＩＴが１００もあれば、狙撃されたところで「痛い」で済むんじゃないかなと期待してはいるんだが、試してみるつもりはない。

「了解。じゃ、後でな。それじゃあ六条さん、行きましょうか」

「はい」

　彼女には余剰ＳＰがないのだから、訓練するとしたらガチにならざるを得ない。一層でスライム狩りなのは確定だが、彼女は顔がオープンな状態だ。御劔方式は目立ちすぎて無理だから、やはり新方式しかないだろう。できれば人となりのよく分からない彼女にそれを見せるのは腰が引けるところだが、致し方ないというやつだ。

　一層へ上がり悩みながら歩いていると、ドゥルトウィンが、ひょいと影から尻尾だけを出してぱたぱたと振った。

　こいつら最近、人の目がないと、こういう悪戯（いたずら）をするようになったらしい。三好が可愛いーとか言って褒めたのが原因で味を占めたに違いない。しかも六条さんの視線を外して遊んでいる。

　しかし、連中がこういうことをするってことは、近くに人がいないことを探知しているってことだ。斎藤さんと一緒にいるアイスレムもうまくやっているようだし、きっと〈生命探知〉のような能力があるのだろう。

「では、六条さん」

　そうして俺たちは、誰もいない一層の、さらに辺境へとやって来た。

「はい」

「これを」

そう言って俺は、彼女に、ベンゼトスプラッシュ用のボトルと、いつも使っているハンマーを取り出して渡した。

「プログラムの守秘義務については説明を受けましたか?」

「はい」

「では、この先に起こることも、その契約に含まれます。たとえ同じプログラム受講者の間でも他言は無用です」

「分かりました」

そうして俺は、ドゥルトウィンを呼び出した。

突然現れた大きな犬を見ても、彼女におびえた様子はなく、目を丸くして「うわー、大きな犬ですね」と感心するように言った。

「あれ、怖くないですか?」

「え? 怖い犬なんですか?」

「いえ、そんなことはないですけど……まあいいか。こいつはドゥルトウィンと言います」

「まぁ。トゥルッフ・トゥルウィス(注2)を狩れる優秀な猟犬ですね」

(注2) トゥルッフ・トゥルウィス
Twrch Trwyth。『マビノギオン』に収録されている『キルッフとオルウェン』に登場する大猪（オオイノシシ）。
キルッフくんがオルウェンちゃんと結婚するのに無理難題をオルウェンパパに言われるのだが、その中にこの大猪の討伐が含まれている。

そう言われて俺は面食らった。

その発音できなさそうなヤツって一体なんだ？　狩りの対象だということは分かるけれど……俺はこいつらの名前がアーサー王ご一行の犬の名前だってことしか知らないぞ。以前、三好が何か言っていたような気もするが、それはすでに忘却の彼方だ。

しかしこの伝承って、そんなにメジャーなのだろうか？　一度読んだ方がいいかな……

「ええ、まあ……」

俺は曖昧に笑ってごまかした。

「ともかく、これからの探索ではこいつが守ってくれますから」

そう言ってドゥルトウィンの首を叩くと、ドゥルトウィンは六条さんの影へと潜り込んで、尻尾をひらひらさせた。

「まあ、可愛い！」

なんとも、物怖じしない人だな。

俺は、呆れるような安心するような気分で、彼女にボトルとハンマーの使い方を教えた。

「それと、ですね」

俺はこの実験の肝になる部分を彼女に説明した。

「スライムを一匹を倒すたびに、ちょっと目の前が真っ暗になると思うんですけど、すぐに元に戻りますから気にしないでください」

「はい？　なんだか分かりませんけど、分かりました」

「じゃ、試してみましょう」

彼女がスライムにボトルの中身を吹き付けると、いつも通りスライムははじけ飛んだ。

「まあ。凄い！」

スライムがはじけ飛んだのが凄いのかと思ったら、彼女は転がったコアを取り上げて、「うわー、見たことのない石ですね！」と嬉しそうにそれを光にかざした。

「素敵なシラー効果ですね！　レインボークオーツというには透明度が低いですから、ペリステライトっぽいですけど……」

「ペリステライト？」

「はい！　長石の一種ですね。長石というのは、オーソクレースとアノーサイト、それからアルバイトの三種類を主成分とする石ですけど、ペリステライトは、そのうちアルバイトがほとんどを占めている長石です」

うっ、この感じ……どこかで経験したことがあるような……

「イリデッセンスが綺麗に出ていて、まるでシャボン玉みたい……」

夢見るようにそう言う彼女に、俺は警戒しつつもつい尋ねてしまった。

「イリデッセンス？」

「ええ。長石では薄い鉱物が重なって層を作るんです。ペリステライトの場合は、アルバイトとオリゴクレースが――」

し、しまった！　これは三好にワインの話を振ったときと同じ波動だ！

オーソクレースとオリゴクレースがどう違うのかは怖くて訊けなかったが、ともかくイリデッセンスというやつはその積み重なったラメラ構造とやらが原因で発生する現象のことらしい。

「だけど、屈折率がちょっと大きいですから、ペリステライトとも違うなぁ……」

いや、それ、スライムのコアだから。放っておいたら、そこに水のようなものが集まってもう一度スライムになるから。

「ま、まあ、それがスライムのコアですから、それを叩いて――」

「ええ?!　壊すんですか?!　これを？」

「ええっと……まあ、そうです」

「ええー……持って帰っちゃ？」

「だめです」

「ええー」

彼女は心の底から残念そうにそれを地面の上に戻すと、心底仕方がないといった様子で、のろのろとしゃがみ込むと、しばらく残念そうに見つめた後ハンマーを振り下ろした。

彼女のハンマー捌き(さば)は、なかなか堂に入っていた。どうやら化石の発掘で慣れているらしい。

「私は化石よりも鉱石ですけど、父が化石マニアだったので子供の頃よく連れて行かれたんです。まさかこんなところで役に立つとは思いませんでした」

取得経験値をこっそりチェックすると、当然のごとく0・02だった。

「じゃ、ちょっと暗くなります」

「はい」

俺は、ドゥルトウィンに彼女をシャドウピットへと収容させ――

「きゃっ」

――そして、すぐに復帰させた。

「どんな感じでした？」

目をぱちぱちさせていた六条さんは、そう問われて小さく首を傾げた。

「んー、一瞬、沈み込むような感覚に驚きました。そしたら、突然真っ暗になりましたけど、すぐに元に戻りました。どうなったのかは、よく分かりません」

穴に落ちる感覚は一瞬で、さほど気にならないと三好が言っていたが、大体同じ感じのようだ。もっとも彼女自身は何が起こったのか、よく分からないようだが。

「じゃ、次のスライムで同じことをやります。あの尻尾の示す方向へ歩いていけば、見つかりますから」

自分の足下の影からは、ドゥルトウィンの尻尾がちょっとだけ出ていて、その指示に従っていくとスライムがいるという寸法だ。一層はぼんやりと明るい洞窟で、光源っぽい岩というか苔（コケ）というか、謎の発光物体があちこちにあるから、大抵前方へも影ができるのだ。

「あ、いました！　えいっ！　うー……えいっ！」

掛け声とともに、次のスライムをはじけさせ、少し躊躇（ちゅうちょ）してコアを粉砕する。

もちろん取得した経験値は0・02だ。

「ではそれを、ひたすら繰り返してください」

「それだけですか？」

彼女はきょとんとした顔を上げてそう言った。特訓などと言ったのでもっと体を酷使するタイプの訓練を想像していたのだろう。

「当面は。六条さんの場合は基礎的な経験値がゼロなので、それを貯める必要があるんです」

「分かりました。それで、どのくらいで二十層へ行けるようになりますか？」

期待するようなきらきらした目で六条さんがそう言った。

だが、いきなりそう言われてもなぁ……

「毎日百匹スライムを狩れば、三ヶ月くらいでしょうか……」

「スライム九千匹ですね！」

彼女は簡単そうに言ったが、九千って、結構凄い数字なんだけどな……

「あ、人がいるところでは、作業しないでくださいね。人が近づいたら、ドゥルトウィンが教えてくれますから」

「え？　ああ、秘密でしたっけ。分かりました」

もはやダンジョン攻略のための会社まで作ったわけだし、今更秘密にする意味はあまりないかもしれないが、急激に広く知られると面倒くさいことが増えそうだからな。特に新方式は。社会に与える影響が大きな情報を広めるタイミングとか方法とか、一体全体みんなどうやって計ってるんだろう。

「じゃ、ドゥルトウィン。頼んだぞ」

「わふー」

「もしもはぐれて迷ったりしたら、そいつに帰り道を訊いてください」

「分かりました！」

そう元気よく返事をすると、彼女はせっせと作業を再開した。数値目標がはっきりしたため集中力が増した感じだ。

地上に戻らなくて済む分、作業効率は非常に高い。大体十～二十秒に一匹くらいの速度でスライムを倒している。一分間に四匹だとしても、一時間で二百四十匹、経験値にして、４・８ポイントだ。一日十時間続ければ、たった四日でノルマを達成する勢いだ。

スライムの館はすでに発生させているし、そうでなくても、ダンジョンの外に出たことになるのだから倒した数はリセットされているはずだ。この方式で館は出現しないだろう。


「あ、いたいた」

しばらくして人の気配に振り返ると、三好が手を振っていた。どうりでドゥルトウィンが作業を中止しなかったわけだ。

「そろそろ、キャシーたちが戻って来る頃か？」

「そうだと思いますけど――キャシーって、全コースを体験したんですよね？」

「そりゃもう、嫌になるほどな」

死ぬほど付き合わされたから間違いない。

「なら、ラウンド終了くらいまでは任せても大丈夫でしょう」

「サイモンさんたちの反応も見てみたいけどな。で、向こうはどうだった？」

「ちゃんと芽が出ていました」

「早いな。スライム被害は？」

三好が神妙な顔で首を振った。

「ありません」

「決まりかな？」

「おそらくは。一応、一株カットしておきましたけど――」

「けど？」

「ほら、前回カットした株があったじゃないですか」

「ああ」

「あれ、やっぱり成長してないっぽかったです」

他と比べて大きさが小さいままだったらしい。

「ふーむ」

結局、今までの現象から麦のダンジョニングは次のプロセスで行われているようだ。
①種子がDファクターになじむ。

② 発芽をトリガに通知システムが有効になる。
③ 何らかのイベントが通知された時、プロパティがなければ作られる。

それを俺がまとめると、三好が首を傾げた。

「だけど先輩。ダンジョニングされなかった株の種だって、ダンジョニングされた株の種と同じ時間ダンジョンの中にあったはずですけど」

確かにダンジョン内で経過した時間は同じだ。違いは植えられていたかどうかだけだろう。

「植えてから発芽のプロセスが始まるまでの時間が、Dファクターになじむのに必要な時間よりも短いってことじゃないか？　なじんだ頃には、通知システムが有効になるトリガを過ぎていて、②が有効にならなかったんだろう」

「それの確認は、種を持ち込んで単位時間おきに植えてみるしかないんでしょうねぇ……」

一人でやるには面倒くさそうな検証に、三好がため息をついた。

何しろこいつはダンジョンの中でしかできない検証だ。放っておけばスライムくんが現れて、すべてを台無しにして去っていく。交代でずっと監視する以外に完遂する簡単な手段はない。とにかく人手が必要だ。

「ダンジョン特許の申請にレポートを付けるんだろ？」

「はい。もう仕上げだけですから、すぐに申請するつもりです」

「なら、それを読んだ誰かがやってくれるさ」

研究者は世界中に何万人もいるはずだ。場合によっては、もっといるだろう。

そして、彼らは皆、知りたがり――格好良く言えば『知の探究者』なのだ。自分の専門領域で他人がした発見を再現せずにはいられないし、その過程で疑問に思うことは確かめずにはいられない。そういう人たちの集まりなのだ。

「本質にかかわらない面倒なところは他人任せってことですか？」

「――人は一人では生きていけないものさ」

「顔がドヤってますよ、先輩」

そう言う三好も、あんた何言ってんだという目つきでこっちを見るのをやめろと言いたい。

「俺たちの目的は、無限に収穫できる作物を作ることだろ？　だからそれ以外のことは、世界中の賢い人たちに任せればいいんだよ。俺たちは、今のところ俺たちにしかできないことをやるだけで精一杯だし……そうだな、適材適所ってやつだな」

「うちにある計測器は、ある意味ものすごく優秀ですけど、それを用いた実験の完全な再現を行うのは、今のところ私たち以外には不可能ですもんね……」

三好の〈鑑定〉しかり、俺の〈メイキング〉しかりってやつだな。だが――

「まあそうだが、人を便利な道具みたいに言うのはやめろよ」

俺が苦笑すると、三好は、ドゥルトウィンの尻尾を追いかけてひたすらスライムを叩いている六条さんに目をやって言った。

「それで、先輩。この後、小麦さんをどうするつもりなんです？」

　今日はともかく、ずっとドゥルトウィンを貸し出すわけにはいかないことは確かだ。

「斎藤さんって、今日までだろ？」

「明日は撮影だって言ってましたからね。十五日から例のダンジョン行らしいですから、もしかしたら十四日もやるかもしれませんが」

　こうなるとブートキャンプの来週開始は難しそうだ。

「それに仮にアルスルズを増やしても、ずっと貸し出しておくのは無理ですよ」

「うーん」

　六条さんには、ここでの訓練が終わった後も二十層から先に行ってもらわなければならない。

　最初は俺たちが付いて行ってもいいが、この先ずっとそうすることは無理だろう。

　レベルが上がったところで直接戦うようなタイプじゃないし、パーティメンバーを揃えて、彼女を召喚魔法持ちにするのが最も手っ取り早いわけだが……

「先輩」

「なんだ？」

「やたら、真面目にやってますけど、なんでそんなに真剣なんです？」

「それなぁ……」

　実際、二十層へ行けるようにすれば、ＪＤＡから受けた依頼は達成だ。だからその先は知ったことじゃないといえば知ったことじゃないのだが……

　俺は自分でもよく分からない感情をもてあましていた。

「最初はさ」

「え？」

「いや、俺たちって最初は、生活に困らないくらい稼いで、後は、ちまちまとダンジョンに関わって好きなことをしようと思ってただけだったろ？」

「まあそうですね。ブラックから脱出したいというのもありましたけど。まあ、私は先輩のスキルでちょっとは儲けられるかなって思ってましたよ？　数値化はとても魅力的でしたし」

三好は、努めて明るくそう言った。

「まあな。だが、実際その程度の話だったわけだ」

俺はこの三ヶ月を振り返るようにため息をついた。

「だけど、適当かつフリーダムに、好きなことを行き当たりばったりで流されながらやってたら、たった三ヶ月――いいか、たった三ヶ月だぞ？」

指を三本立てて強調しながら力説した。

「たった三ヶ月で、碑文の解読だの、Dファクターだの、ダンジョンの秘密だの、US（アメリカ合衆国）の秘密だの、さらには幽霊みたいな博士の登場だ？　なんというか、盛りだくさんすぎるだろ！」

楽しい人生に、ある程度のイベントは必要だ。

だが、一気にまとまって来られても困るんだよ。もっとバラけろよ！

「富豪にもなりましたしね」

「それも実感が湧かない……」

特段金の掛かる趣味があるわけじゃないし、以前との違いといえば公共料金や家賃の支払いを心配しなくてよくなったことくらいだ。人間変化があればそれに気が付くが、そうでなければ昨日と同じ明日がずっと続いていくだけだ。

せいぜいが通帳の桁が増えたことくらいだが、そもそも記帳しないし、残高が足りているかどうかしか気にしなかった生活だったから、それすらもピンと来なかった。

「自分の人生じゃ自分が主人公だなんて歌もあったけど、俺たち、ついこないだまでモブみたいなもんだったろ？　フツーの社会人に、こういうスケールは向いてないって……」

目先の問題を解決するのが精一杯な凡人に、国家的スケールの話をされたって、ぽかーんてなもんだよ。

「まあ、春になれば嫌でも実感できますよ。住民税の請求が来ますから」

「そりゃ実感したくないな」

俺は力なく笑った。

「それにしたって、お前なんかすでにレジェンド扱いだぞ？　ＷＤＡの匿名バリアにある程度は守られているんだろうけどさ」

「調子に乗って派手なことをやりまくりましたからね。まあ、覚悟はしてましたけど」

「それだって俺のスキルの目くらまし的な意味もあったじゃん。だから、後輩女子に守られてる俺、格好悪い的な心情も多少はある」

「もともと、そういう約束でしたよ？」

「そうなんだけどさ！　なんていうかなー、なんていうかなー、こう、もやもやするんだよ。なんていうか、こう――」

「――すべてにケリをつけてスッキリしたい」

三好が静かにそう言った。

「それだ。確かにそんな感じだな。だがケリをつけるために、今できることといったら――」

「ダンジョンを攻略すること？」

「――しかないだろ？」

とりあえずは目の前の代々木ダンジョンだ。

とは言え、広くて（たぶん）深い代々木を、三好と二人で攻略していくなんてのは効率がよろしくないだろうし、どこかで行き詰まる気がする。ならどうすればいい？

「それで、攻略のための探索者を育成しようと考えたわけですか」

「言語化したのは今が初めてだけど、結局はそういうことなのかもしれないな」

「いいんじゃないですか。もともとこの会社ってそのために作ったようなものですし」

「元はと言えば、妬みの矛先を躱すための社会還元だろ？」

「それはちょっと手遅れになっちゃいましたからね」

三好が仕方なさそうに肩をすくめた。いきなり〈異界言語理解〉とか来ちゃったからなぁ……あれは想定外だった。ＴＶで散々取り上げられてたし。

「もっと積極的に探索者の支援をやるか」

「今いるプロの成長支援は、そのままブートキャンプでやればいいですから、後は、真面目そうな探索者とバンバン契約して、片っ端から育成して、ついでにスキルオーブなんかもどんどん使わせて……世界最強の探索者軍団を作り上げる、なんてのも面白いかもしれませんよ」

「そうだな」

もちろん実際にそれをやるには色々な問題が横たわっているが、方向が決まってさえいれば、歩き続けることで、いつかは目的地に到達するはずだ。

「ファントム様の活躍も始まりますしね」

「……それもあったか」

本当にあれをやるのか？　人前で？

「むぅ……」

「なんです、その出かけようとして玄関でウンコを踏んだみたいな顔は」

「お前、仮にも女子なんだからウンコとか言うなよ」

「先輩。時代はジェンダーレスですよ」

「男でもいい大人はウンコとか言わないっつーの」

俺たちが話している向こうで、六条さんが出たり消えたり瞬いている。

「でも先輩。そうするとバーゲストはマストじゃないですか？」

バーゲストは、〈闇魔法（Ⅵ）〉をドロップする。効果はヘルハウンドの召喚だ。

「あれは、クールタイムが三日だから面倒なんだよなぁ……」

もっと短ければ、向こうに留まって集中的に狩れるし、もっと長ければ、たまに行けばいいだけだから、それほど面倒という意識も起こらない。三日というのが絶妙にだるいのだ。

「週に二つも採って来れますよ！」

嬉しそうにそんなことを言う三好に、俺はジト目で応えた。

「ボス、ストってもいいですか？」

「完全な自由裁量勤務に、ストって意味あります？」

「……ただの休みと区別がつかないし、結果は成績を落とすだけだな」

「たぶん〆切りが無駄に近づくだけですよね」と、三好が笑った。

そのまましばらく六条さんに付き合っていた俺たちは、彼女が少し疲れてきた様子を見せた頃、作業を切り上げて地上へと向かった。

§

「ああ！　やっと見つけました！」

ダンジョンの入り口を出て、ブートキャンプルームへ行こうとしたところで、俺は、突然声を掛けられ振り返った。

そこにはどこかで見たことのある女性が立っていた。

「んん？」

誰だったかなと、首を傾げる俺の脇腹を肘で小突いた三好が、「先輩。ほら、ポーション（5）の……」と、教えてくれた。

「ああ！　あの……ええっと何て言ったっけ」

俺は〈保管庫〉から、以前貰った紙を取り出して確認した。

「三代……絵里さん？」

そこに立っていたのは、五層でハウンドオブヘカテに襲われて怪我をしていた弟をかばっていた、洋弓使いの女性だった。

「そうですよ！　あれっきり連絡がないし、どうしようって悩んでたら、先日ちらりとTVに映られたのを見掛けたんです」

TVって、三好の会見か？　まあ、横っちょにいたから、角度によってはちらりと映り込むくらいはしたかもしれないが、よく気が付いたものだ。

「それで、たぶんDパワーズ関係の人かなって思ったんですけど、住所とかも公開されてなくて。ツイッターを見てたら、今日ここでブートキャンプをやってるって情報が流れてたので来てみたんです」

おう……恐るべしはSNS時代。ナチュラルにプライバシーの危機だ。

「いや、それは分かりましたけど、どうしてここへ？」

　そのとき、ブートキャンプルームの扉が、がちゃりと音を立てて開くとサイモンが出てきた。

『おお？　なに、ヨシムラ、もしかして修羅場？』

『修羅場ってなんですか……』

「え？　もしかして、サイモン＝ガーシュウィンさん？」

　三代さんが驚いたようにそう言った。

『ワオ。お嬢さん、俺のことを知ってるの？』

　自分の名前に反応したサイモンが三代さんの手を握る。えーっと、握手だよな？　それ。

「え？　え？」

「俺のこと知ってるのかってさ」

「ええ！　もちろんです！　アイムオナードツーミーチュー」

『おお、なになに？　ヨシムラ、この娘食べちゃっていいわけ？』

『いいわけないでしょ！』

　ガスッと凄い音がして、サイモンの後頭部に硬いブーツのかかとが落ちた。

『ごはっ！』

　倒れたサイモンの後ろには、ケリを決めたポーズでナタリーが立っていた。

『ごめんなさい、ヨシムラ。こいつ、うちのチームで一番軽いから気を付けてね』

『あ、ああ、はい……』

　ナタリーさん怖いです。

『そうだ、ヨシムラ！　あのゲームってどうなってんの?!　あんなの人間にクリアできるわけないでしょ！　もしかしてバカにしてる？』

『ええ?!　そんなはず……ほら、三好』

「はいはい」

三好はため息をつきながら取り出したタブレットで、以前キャシーに見せたクリアムービーを再生した。

『なにこれ？　この人、人類なの？　バカじゃないの？』

『おら、ナタリーもういいだろ。さっさとゴブリン一体狩って、再チャレンジするぞ』

『分かったわよ。じゃあ、ヨシムラ、また後でね！』

そう言うと、二人して、ダンジョンの入り口へと駆けていった。

去り際に、三代さんにウィンクするのを忘れないところが、サイモンの凄いところだ。

「そういや、あの人、ヒスパニックですよね」

「ラテンの血が騒ぐのかね」

「あ、あのぉ……」

一連のイベントを黙って見ていた、六条さんが、恐る恐る口を挟んだ。

「ああ、すみません。次は、最初の部屋で、スペシャルドリンクを飲んでください」

「分かりました」

「三好、頼んだ」

「はいはい」

そうして二人は、レンタルスペースへ戻っていった。

「あー、それで……三代さん？」

彼女は、目をハートにしながら、サイモンが去った方を見つめていた。まあやつは確かに格好いいけどさ。

「え？　あ。ああ、すみません」

「いえ、それよりどういったご用件で？」

俺の言葉に彼女は、自分のバッグの中から厚みのある封筒を取り出した。

「あの、これ……」

「なんです？」

俺はその結構重そうな封筒を受け取って訊いた。

「あのときは本当にありがとうございました。それ、全然足りないんですけど、まずはお渡ししておこうと思って」

封筒を開けると、帯封の付いた一万円の束が二束入っていた。

「え？　これって……」

「すみません。私の貯金だとそれが精一杯で……残りはまた後日にしていただければ」

彼女は恐縮するように言った。

えーっと、困ったな。この件はすっかり忘却の彼方だったし、今更苦労して払ってもらうってのもも、なんだか違う気がするし……それに、本来弟の借金だろ、これ。

「……ここじゃなんですから、どうぞこちらへ」

俺はそう言って、彼女をブートキャンプルームへと案内した。

部屋に入ると、そこは、ジョシュアのFワードが飛び交う空間だった。あっけにとられた俺は、それをにやにやと見ていたキャシーに尋ねた。

『彼、いいトコの出じゃなかったっけ？』

『あれはそれくらい頭に来るゲームだってことですよ』

腕を組んで、うんうんと頷きながらキャシーが言った。

今回のキャンプでは、メイソン以外はＡＧＩを希望しているので、ほぼ全員が穴冥の洗礼を受けることになるのだ。合掌。

『そういや、六条さんは？』

『彼女は、メチャ苦茶(スペシャルドリンク)を飲んだ瞬間ひっくり返ったので、あちらに寝かせてあります』

そちらを見てみると、待合用の長椅子で、六条さんが目を回したままぐったりしていた。

『そんなに強烈だったか？』

『強烈ですね。何度も飲みましたけど、今でも全然慣れません』

『他の連中は？』

『まだ一ラウンドが終わってませんので、洗礼はもう少し先ですね』

『了解。じゃ最後まで――』

「Rock, Paper, Scissors, Go!」

よろしくと言おうとした瞬間に、彼女が勝負を仕掛けてきた。だが結果は、彼女はパーで、俺がチョキだった。

『ぐぬぬ……』

『――よろしくな』

キャシーと一緒にいるときの俺に油断はない。ＡＧＩは常に一定上の値に設定してあるのだ。

悔しがる彼女を尻目に、隅のミーティングスペースへ三代さんを案内しようとして、ちらりと長椅子に寝そべっている六条さんが視界を横切った時、俺は天啓にうたれた気がした。

「先輩？　どうしました？」

「あ、いや、なんでも……」

それは（俺たちにとって）素晴らしいプランに思えた。

§

「さて、お待たせしました」

「あ、はい」

ミーティングスペースのテーブルを挟んで椅子に座った三代さんは、緊張しているように目の前に置かれたお茶のカップをそわそわと触っていた。

「それで、ですね。やはりこれは受け取れません」

　俺はさっき渡された二百万の入った封筒をテーブルの上に置いた。

「え？」

　彼女は助けてもらったことへのお礼だという意識もあって、お金を持って来たんだと思うけれど、客観的に見れば、これはポーション（５）の売買だ。

　自分が取得したダンジョン産のアイテムを自家消費することに届け出の義務などないし、その場で友人などに使用する場合も同様だ。

　そこに多少の金銭のやりとりがあったところで大抵は見逃されているが、それも程度問題だ。ヒールポーション（５）ともなると、そんな言い訳が通るような価格ではないし、もしもそれを現金でやりとりしたりすれば、ダンジョン税逃れの密売に抵触する可能性がある。

　何しろそれを押し付けたのは俺で、商業ライセンスを持った三好が売ったわけではないのだ。

「ヒールポーション（５）の相場はご存じですか？」

「あ、一応調べました。一億二千万くらいと聞いています」

「そうです。いくらなんでもあなたがそれを負担するのは、おかしくないですか？」

「おかしい？」

「だって、弟さん成人されてますよね？」

「え？　ええ、まあ……」

「これは弟さんが払うべきお金ですよ」

「それは、そうかもしれませんが……翔太は……」

「払う気がまるでない」

「……はい」

いかん。これじゃまるで、罠にかけたおねーちゃんをお風呂に沈めようと画策しているⓎの人みたいだ。ここはちょっとフレンドリーな態度に改めなければ。

「それに、これを支払いきるのは少し難しいでしょう？　しかしそれではけじめがつかないと考えている。なら、代金の代わりに、ちょっとしたお仕事を頼まれてくれませんか？」

俺はできるだけフレンドリーな笑顔を作ってそう言ったが、彼女はそれを見て、びくんと肩を震わせた。

「え、あの……お仕事ですか？」

まずい。このフレンドリーな笑顔が、なんだか益々Ⓨの人っぽく見えてる気がする。

向こうで三好が、下を向いて肩を震わせている……あれは絶対そう思ってるな、あいつ。

「え、ええ。まあ。三代さんは、今、どんなお仕事をされているんです？」

「……一応プロの探索者です」

くくく、やはりだ。しかも若そうなのに二百万も貯金があるってことは、それなりの腕のはずだ。

確かに、最後にヘルハウンドに打ち込んでいた洋弓の腕前はなかなかのものだった。

これはもはや天の配剤、『僕と契約して魔法少女になってよ』状態だ。オーブもあるしな。Dパワーズ契約探索者第一号。いけるんじゃね？　そして、六条さんのお目付け役にしてしまえばものすごく好都合だ。

「実は、とある探索者としばらくパーティを組んで護衛してほしいのです」

「……え？　探索者ですよね？　それの護衛？」

彼女は言われたことの意味がよく分からないように、首を傾げてそう繰り返した。うん。凄くよく分かるよ、その気持ち。俺も頼んでおいて、何のことやらって気分だし。

「うーん、守秘義務契約せずに説明するのが難しいな。いっそのことうちと契約しませんか？」

「は？」

突然の申し出に、彼女は頭の上に疑問符を浮かべていた。

「えーっと……私が？　Ｄパワーズさんの？　契約探索者になる？　ってことですか？」

「ええまあ。それなら、ヒールポーション（５）は契約料と相殺するとか、いっそのこと経費ってことにしてもいいですし、ＮＤＡも結べてややこしい話もできますから」

契約料にしても、スポーツ選手だと思えば、一億二千万くらい、今時驚くほどのこともない額だろう。

「今のパーティとの契約がおありですか？」

「いえ、それは大丈夫ですけど……」

この間の件で、彼女のパーティはうまくいっておらず、半解散状態らしい。まあ、身内を見捨てて逃げたやつとパーティを組み続けるのは、お互いの気持ち的に難しいだろう。

彼女はしばらく考えていたが、何かを決したように顔を上げると、「分かりました、お願いします」と言った。即決とはなかなか思い切りがいいな。

「三好ー。うちの契約探索者第一号。手続きはよろー」

「先輩、そんな適当な……まあらしいと言えばらしいですが。それでその一億二千万は正規のやりとりに？」

「するわけないだろ。それは気持ちの領域だ」

「そちらの……三代さん？も、それでよろしいですか？」

「あ、はい。頂いたことにすると、税金がたぶん払えませんので、そうしていただけると」

契約金ってことになると、ダンジョン税というわけにはいかないし、所得税なら最高税率だ。どうせこの借金は、道義的な領域にあるんだ。必要なのは気持ちの清算であって、物理的なものじゃない。

「じゃ、それはなしで。後は、この書類を読んでサインしてください」

いつの間に用意したのか、三好がさっと契約書を取り出して彼女の前に置いた。

「……三好、滅茶苦茶手回しがいいな」

「そりゃ、一応会社ですからね。各種書類くらいは取り揃えてありますよ」

彼女がそれを読んでいる間に、俺は三好に連れられて、スタッフルームへと移動した。ミーティングスペースと違って、こちらは個室で一応防音になっている。

「しかし先輩。まったく調査もしないでいきなり契約しちゃっていいんですか？」

「いや、わざわざ道義的な借金を返しに来るなんて、すごく真面目そうで信用できないか？」

「いや、だからこそ怪しいんですけど……」

確かに普通そんな借金？を、相手を探してまで返しに来たりはしない。一般的に少ないとは言えないが、かと言って総額からすればごくわずかだとも言える二百万円という金額も、接触のための経費だと考えた方がそれらしいと言えば言えるだろう。

「だけど、別に彼女の方から働いて返すと言い出したわけじゃないし」

「先輩が言うと、なんだか卑猥ですね」

「あのな……そう感じられるのは三好くんの心が汚れているせいだろ」

「さっきまで㋳の人っぽかった先輩に言われたくありませんね」

「やっぱそう見えたか。お前向こうで必死に笑いをこらえてるんだもんなぁ。あれは一応、フレンドリーな好青年のつもりだったんだが……」

「世の中には、ただしイケメンに限るという縛りが多いですから」

「まったくだ」

俺は笑いながら腕を組んで壁に背中を持たせ掛けた。

「だけどさ、三好」

「なんです？」

「もしも彼女がどこかのスパイか何かだったとしても、別に困ることなんかないだろ？」

どうせ、スパイだろうがスパイでなかろうが、俺の一位と〈メイキング〉と〈保管庫〉、それに鳴瀬さんのスキルのことを伝えるつもりはない。

それ以外となると、アルスルズはすでにオープンになっているし、キャンプのプログラムだって別にオープンになっても困ることはない。三好の〈収納庫〉だって、ＪＤＡの一部には知られているも同然だ。

ベンゼトスプラッシュだって、バンバン探索者を育成してダンジョン攻略してもらおうぜプランに則れば、探索者の底上げに繋がるだけで、漏れたところで困りはしないだろう。うちに面倒がやって来ない限りは。

「そう言われるとそうかも……結局私たちの秘密って、面倒に巻き込まれそうだから積極的に開示していないだけで、バレて本気で困ることとって、実は少ししかないかもしれません」

まあ、その少しが問題なのだが。

「だろ？　せいぜいが誘拐や暗殺の確率が上がるくらいだ」

「いや、先輩。それ十分に困りません？」

狙撃されるという、現代日本じゃ希有の体験を誇って？いる三好が苦笑した。

「ともかく彼女さ、六条さんと組んでもらおうと思うんだよ」

「そうですね。悪くないと思いますけど……」

「なんだ？」

「三代さんも二十層へ行けるようにしなきゃなりませんよ？」

「うっ、そうか……」

初めて会った時、彼女は同化薬をゲットしに潜っていたはずだ。だから十一層以降へ下りる実力はあるのだろう。しかしその先となると分からない。矢を消費する弓で深層は、荷物の量の関係で、単純に不利なのだ。

だんだん泥縄になってきたプロジェクトに、三好は諦めたようにため息をついた。

「ところで、小麦さんといえば、鳴瀬さんに聞いたところ、もしも二十層以降へと下りられるようになったら、ＪＤＡの〈マイニング〉使用候補者筆頭らしいですよ」

「は？」

俺は何かを聞き間違えたのかとマヌケな返事をした。

「彼女、ＪＤＡの〈マイニング〉使用候補筆頭だそうです」

「そんなバカな。ダンジョン初心者だぞ？」

「先輩だって適任だって言ってたじゃないですか」

そりゃ、確かにそう言ったよ。鉱物の専門家だし、モチベーションも少し偏っているとはいえ高かったし……だけどそれは育成の可能性があったからで、彼女のダンジョンキャリアを知っていてこちらに押し付けてきたＪＤＡまでそう考えているなんて誰が思う？

「鳴瀬さんは、ＧＩＪ（日本宝石学研究所）がどうとか言っていましたが、半分は先輩が脅したからみたいですよ」

「脅した？　って、あの早く使った方がいいですよってやつか？」

それにしたって、他にも適任者が――いやいないか。

たとえ代々木ローカルだといっても、トップエンドの探索者はそれなりに稼げる。高価だが戦闘に関係のないオーブを押し付けられて、ずっとJDAに飼い殺しにされることを良しとする探索者はいないだろう。

かと言って、それでもいいと言い出すほど低レベルの探索者に使用するのはためらわれるだろうし、職員に使わせるというのも価値の点で手を挙げる人間がいないだろう。それは〈収納庫〉も同様だろうが。

現時点で、〈マイニング〉というスキルオーブではなく、明確に〈マイニング〉そのものを目的としている探索者は、おそらく彼女だけだろう。しかも彼女はそれ以外のことに無頓着だ。そして、そんな彼女が二十層へ行けるようになったとすれば、JDAとしても渡りに船と言えるのかもしれない。

「まあ……あり得なくもないか。で、GIJってのは？」

「JDAの委託先で、国内のダンジョンから出た、宝石っぽいものを主に鑑定している機関みたいですよ。小麦さんの勤務先だそうです」

ああなるほど。まさに彼女にあつらえたかのような勤務先だ。

察するに彼女の育成はGIJからごり押しされて断れなかったってセンだな。

「ともかく、彼女を育てろと言う、ゴーストの囁きに従ったのは正解だったのか」

「何かに憑りつかれました？」

「そんなわけないだろ。六条さんは憑りつかれていそうだけどな」

「確かにあの凄い執着心があれば、七十九層までは喜んで攻略に参加してくれそうです」

七十九層までは鉱物が産出するからだ。

「だろ？」

とりあえず六条さんと三代さんを組ませてアルスルズを一頭貸し出しておけば時間は稼げる。

「こうなってみると、意外と面倒だったブートキャンプにも意義があったかもしれませんね」

「どんな？」

「だって、先輩。育成した探索者が〈メイキング〉のせいで異常に成長しても、それはブートキャンプのスペシャルコース出身者だからだってごまかせませんか？」

「なるほど」

たとえ眉唾でも、そこに理由らしきものと結果があれば人はそれを信じるだろう。

「キャシーとパーティを組んで、アルスルズを一頭付けておけば、先輩の労力はほぼゼロです」

パーティは距離が離れても維持されることが判明しているし、パーティにさえ所属していれば、〈メイキング〉がカスケード先まで利用できることも分かっている。

つまり、キャシーをパーティに加入させておきさえすれば、俺がその場にいなくても操作に問題はないのだ。

「操作するタイミングはアルスルズが教えてくれるしな」

「です。地上にいれば業務連絡を入れさせてもいいんですけど」

それだとダンジョン内にいるとき対応ができない。

受講者の希望は受付時に確認しておけばいいし、変更はできないことにすればいい。ドタキャンなんかのトラブルがあれば、テキストにしてアルスルズに預けてもいいだろう。

最後に整列させてメチャ苦茶を飲ませるようにしておけば、そのタイミングをアルスルズに教えてもらって〈メイキング〉を使うだけだ。どうせ測定は休憩後だから問題にはならないだろう。

人数が多くなりそうならメチャ苦茶が浸透する時間なんて理由で、少し長めに休憩させてもいいしな。

「今回はタイミングがタイミングなので、一応、並行して三代さんの身元調査はしておきます」

「悪いな」

「先輩のバックアップは、仕事のうちですよ。口座の桁がそう囁いています」

三好が笑いながらそう言った。

§

スタッフルームから出ると、六条さんが目を覚ましていて、衝撃を洗い流すかのように、ミネラルウォーターを口にしていた。

「あ、小麦さん、目が覚めましたか」

「はひ。あれは一体何だったのでしょう……」

彼女は、子供の頃、部屋の隅にある何か得体の知れないものが潜んでいるような気がする暗がりを見つめるような目で、小さな紙コップに注がれて提供されたお茶のサーバーを見ていた。

「あれは、秘伝の薬で、自分の潜在能力を引き出す助けになるんですよ」

自分で言ってて笑いそうになるな、この設定。

「はぁ……確かに強烈でしたけど」

「一つお聞きしておきたいのですが、六条さんは本当に二十層以降を目指されるんですか？」

「もちろんです！　まだ見ぬ石たちが私を誘うのです！」

「しかしお仕事があるでしょう？　それが可能になるまで結構かかりますよ？」

「まずは九千匹でしたね。うちは裁量勤務の制度もありますし、仕事は早い時間に終わらせてしまえば、午後に数時間は空けられますから」

本気なのかこの人。一応後で鳴瀬さんにも確認しておく必要があるな。

「分かりました。しかし初心者が一人でダンジョンに潜ることは許可できませんから、弊社がパートナーをご用意します。丁度その方がいらっしゃっていますから顔合わせをしておきましょう」

「はい。よろしくお願いします」

ミーティングスペースでは、三好が、三代さんがサインした書類を確認していた。

「あ、先輩。こちらは大体終わりました。明日から三代さんは、うちの契約探索者ですよ」

三好が嬉しそうに手をワキワキさせながらそう言うと、三代さんは、もしかして私、早まったかしらといった様子で額に汗を浮かべていた。

「ははは、よろしくお願いします。それで——こちらがあなたにパーティを組んでいただく六条小麦さんです」

「六条小麦です。よろしくお願いします」

「三代絵里です。こちらこそよろしくお願いします。護衛と聞いていますが？」

「護衛というか、彼女は完全な初心者なので、育成のためにダンジョン内に入るのに協力というか介添えというか、ともかくそういう人が必要になるわけです」

「ああ、一人だと何かが起こったとき対処できないかもしれませんからね」

「そうです。あ、そう言えば、三代さんも一緒に育成プログラムをこなしますか？」

「え？　いいんですか？　それなら是非！」

彼女もブートキャンプに申し込みはしようと思っていたらしい。だが、当選は夢のまた夢だろうと思っていたそうだ。

「契約探索者の役得ですね」

それを聞いて三好がそう言ったが、考えてみれば訓練は業務の一環なのではないだろうか。もっとも、彼女たちがやるのは当面スライム退治だが。

「では、明日からの予定を、六条さんと話し合って決めてください。決まったら行動スケジュールを提出してくださいね。それでパーティリーダーは……」

「それは、三代さんにお願いします」と六条さんが言った。

「じゃあ、三代さんは、私とパーティを組んでおいてください。安否確認用です」

「あ、分かりました」

　三代さんはDカードを取り出すと俺とパーティを組んだ。そして、彼女はそのまま小麦さんともパーティを組んだ。

「詳細は三好に訊いてください。それでは明日からよろしくお願いします」

「「よろしくお願いします」」

　そのとき、後ろを通りかかったジョシュアが俺の肩を掴んだ。

『おい、ヨシムラ！　あんたたちは悪魔だな！　なんだあのゲームは⁉　それに、もう縫い針なんか見たくもないぞ‼　しかもあのファッキンドリンク……ちくしょう、これで効果がなかったら、毎晩化けて出て、あんたの耳元で恨み言を囁いてやるからな！』

　どうやら彼は、AGIラウンドを終えて、DEXラウンドをこなしている最中のようだ。

　DEXの地上セクションは、大量の縫い針に糸を通す作業なのだ。実際にやってみたところ、本当に賽の河原で石を積んでいる気分になれるステキ修行だった。俺も二度とはやりたくない。

　ひとしきり文句を言った後に、おかしな脅し文句を言い放ったジョシュアは、諦めたように肩を落として次のゴブリンを倒しに出て行った。

§

混沌(こんとん)とした一日の終わり。

キャシーは、整列している受講者の前に出た。

『諸君！　諸君らは、この辛(つら)く苦しい、ともすれば遊んでるだけなんじゃないだろうかと思えるプログラムを、丸一日にわたって真面目に消化してきた』

彼女は自分の実感をダダ漏れにしながら、ひと際真面目な顔でそう言った。いや、もうちょっとオブラートに包もうよ……

『しかし、時は来た！　そう、諸君らの忍耐が報われる時、それは今だ！』

彼女は、怪しげな液体に満たされた紙コップが並んでいるテーブルを目で示した。

『最後に、そこにある「スペシャル」なドリンクを飲み干せ。そうしてそれに耐えられたなら、諸君らは栄光の結果を手にすることができるだろう。そして、確認のためのステータス計測が行われ、本日のプログラムは終了だ』

『耐えられたら？』

ジョシュアが、シーツをめくったら自分の寝床に毒蛇が這(は)っていたかのように、眉間にしわを寄せた。

キャシーは、それをじろりと睨んだが、その口角は上がったままだった。

『嫌な予感が――』

『するな』と、サイモンが同意した。

そうして受講者たちは、最後だと言われたスペシャルなメチャ苦茶を嫌そうに手に取ると、それに口を――

『ぶふぉっ！』

一気に飲みこもうとしたメイソンが、刺激臭にむせた影響で、鼻から液体を噴き出すと、強烈なワサビフレーバーにのたうった。

恐る恐る口をつけようとしていたナタリーが、それを見て動きを止めた。

『おいおい、これ大丈夫なのか？　飲んだら死ぬんじゃないだろうな？』

鼻を摘んで一気に飲みこんだ六条さんが、目を回しながら倒れていくのを見て、サイモンがそう言った。

『心配するな、私も気絶しそうになったが死にはしなかった』

キャシーが、嬉しそうにそう言ってウンウンと頷いている。

『な、なんの気休めにもならねぇ……』

人一倍美食家のジョシュアが尻込みをする。

それを見たキャシーがさらに追い打ちをかけた。

『早く飲まないと効果が薄れるらしいぞ？』

そう聞いて顔を見合わせた三人は、一様に鼻を摘むと一気にそれを飲み干した。

大部分を噴き出してしまったため、新しいコップを貰ったメイソンは、子供の頃、兄と喧嘩をして最初から負けを悟っていたときのような気分で、涙目になりながらそれを飲み下した。

ひとしきり盛大な咳き込みが部屋にあふれた後、訪れた静寂の中には、ぐったりと床に座り込んだり倒れたりした五人が残されていた。

『よし、これで第一回ブートキャンプの全プログラムを終了する。各人は五分の休憩後、最後のステータス測定を受けるように。ご苦労だった！』

笑いをこらえながらそう宣言したキャシーの声に、力なく、彼らはイエスマムと答えた。

それを横目にスタッフルームへと移動した俺たちは、ドアをロックすると彼らのステータスをどうするかなと資料を取り出した。

「凄いですね。あの時間で八ラウンドもこなしてますよ」

三好が訓練資料を見ながらそう言った。

各ステータスごとに四ラウンドを行ったとして、キャシーと同等の効果を考えれば、12ポイントくらいか。

「余剰はどのくらいあったんです？」

「全員１５０ポイントはあるな」

「先輩、色々と影響が大きい人たちなんですから、御劔さんたちみたいなことは――」

「しないしない、ちゃんと考えてるさ」

「頼みますよ？」

そうして俺は、各人の注文通りのステータスを、12～13ポイントほど上げておいた。

六条さんに関しては、ＳＰが2・97溜まっていた。つまり、今日はスライムを百四十七匹も倒したってことだ。短時間だということを考慮すれば、なかなか凄い数字だ。

とりあえずＡＧＩを２ポイントアップさせて、行動が少しでも素早くなるようにしておいた。

そうして五分が経過する前に、俺たちは元の部屋へと戻っていた。

そこには、妙な顔をして、腕をぐるぐる回したり、ジャンプしたりしている四人がいた。

『お、ヨシムラ。なんだか突然体が軽くなったような気がするんだが……』

『ああ、キャンプの効果が出たんじゃないですか？』

『こんなに突然か?!』

『最後のお茶を飲んだでしょう？　まあ、とりあえず、ステータスを計測してみませんか？』

『そうだな、じゃ、よろしく頼む』

そう言ってサイモンは測定位置に立った。

キャシーが測定を開始すると、すぐに結果がプリンターから吐き出された。

NAME	:	Simon Gershwin
H P	:	113.80 -> 127.10
M P	:	82.80 -> 84.10
STR	:	45 -> 57
VIT	:	46
INT	:	43
AGI	:	44 -> 57
DEX	:	48
LUC	:	13

…

『はぁ?! これってマジなのか?』

『え、何がです? 計測値は正しいと思いますけど……』

『だって、お前これ……一日で一年分近い増加じゃないか?!』

成人の平均が10ポイントだとすると(サイモンたちはもっと高かっただろうが)、例えば彼のSTRなら三年で35ポイント上昇したことになる。

今日の上昇が12ポイントだとすると、確かに一年分くらいにあたるな。

『うそ、ちょっと見せてよ』

ナタリーもその値を見て絶句した。

キャシーは、うんうん分かりますと、腕組みして頷いていた。最近時々こいつが赤べこ(注3)に見えるんだよな。

そういや、彼女も最初は散々興奮してたっけ。

『おい、俺のも測ってくれよ』とジョシュアが測定位置に立った。

すぐにキャシーが、SMD-PROを操作して値を出力する。

(注3) 赤べこ
直訳?すれば、赤い牛。

会津の代表的な民芸品で、頭をちょんと触るとコクコク頷く。もちろん横に振れればフルフル首を振るわけだが……もっとも伝統的なデザインだと、鼻のせいで角のある豚に見えたりする。

NAME	Joshua Rich
H P	97.40 -> 98.60
M P	76.80 -> 80.40
STR	39
VIT	38
INT	38
AGI	52 -> 64
DEX	54 -> 66
LUC	13

…

『マジか……って、ＤＡＤの連中は全員この訓練を受けるべきなんじゃないか？』

NAME	Natalie Stewart
H P	91.40 -> 92.70
M P	104.40 -> 124.90
STR	35
VIT	38
INT	58 -> 70
AGI	32 -> 45
DEX	42
LUC	13

…

『この結果が本当だとしたらその通りね……それより、受講料っていくらなの、これ？』

そう言われれば年末にサイモンにねじ込まれて以来、料金の話なんかしたことがなかった。

「契約書は交わしたんだろ？　料金って書いてあるんじゃ……」

「あー……忘れてました」

みみみ、みよしぃ～、なんという近江商人らしからぬミス。

「いや、一応書かれてますよ？　ただ、料金が決まる前だったので、それは別途で指定される料金となってるはずです。価格改定があっても、その方がスムーズですし」

「つまりその別途を――」

「てへっ」

「かわい子ぶっても駄目だ」

「えー？　でもでも、料金を聞かずに商品を購入して使っちゃう方もどうかと思いません？」

「そりゃそうだ」

『なんでもいいけど、効果だけ見れば、十万ドルでも安いわよ』

『そんなの一般の探索者に払えっこありませんよ。せいぜい千ドルくらいじゃないですか？』

三好が小首を傾げながらそう言うと、ナタリーは頭痛をこらえるように目の間を揉んだ。

『一応聞かせてもらうけど、収支って一体どうなってんの？』

何しろ教官に二十五万ドルの給料が出ているのだ。普通、料金は全体のコストから割り出すものだろう。千ドルでは、二百五十人を受け入れてやっとキャシーの給料が払えるだけだ。

　この部屋の維持費とか、各種経費とか、そういった費用もバカにはならないはずだ。それはつまり、仮に週一で開催したとしても、まるっきり赤字になりそうだということを意味していた。

「どうなってんだっけ？」

「だって、先輩。これって、もともと売り上げ還元用の道楽事業ですよ？」

　さすがにここで、社会批判を躱すための、とは言えない。

「ああ、そうだったっけ。そりゃ、コストは度外視しててもしょうがないな」

「あんたら、でたらめね……」

　日本語の会話に割り込んできたナタリーが、頭痛を堪えるように眉間を押さえた。そういや彼女、日本語がペラペラだっけ。

「いや、ほら。一応、代々木攻略に手を貸すという義務が生じるし」

「そこに、あなたたちの取り分があるわけ？」

　企業などに雇われる探索者は、成果物を企業に譲渡したり、優先的に販売する義務がある。もっともその比率は様々だが。

「どうだっけ？」

「いえ、特に設定はしていませんね。あ、碑文はＪＤＡに提出する義務がありますよ」

「バカじゃないの？　それって、何もしてないのと同じでしょ！」

　まあ顧客の大部分は代々木の探索者だろうからなぁ。同じと言えば同じか。

　合同会社が聞いて呆れるわよと、プリプリしてるが、出資者だって俺たち以外にいないから、誰にも怒られようがないのだ。

『落ち着けよ、ナタリー。一体何をもめてるんだ？』

『こいつらバカだから、訓練費用をまともに設定してなかったのよ。挙句の果てに、千ドルなんて言ってるわけ』

『千ドル？　そりゃマズい。やめとけ、ヨシムラ』

『何故です？　それでも普通の人にとっては充分に高額ですよ』

『なら、プログラムを二種類用意して、一般と軍や警察関係は区別しとけ』

『だから何故です？』

『お前らが、数万人の訓練を行いたいっていうのなら別に止めはしないけどな』

　サイモンは呆れたようにため息をついて言った。

『は？』

『あなた、軍人を一人訓練して維持するのに、年間どのくらいかかると思ってるのよ』

『えーっと……』

『費用対効果ってヤツを考えれば、このプログラムはその維持費に匹敵する価値があるんだよ』

　確かに今回のキャンプでアップさせたポイントは、換算すれば一年分に近い。だがそれは、二つのステータスに集中したからだとも言える。

『もし、千ドルなんて値段で、この効果が知られてみろ。世界中の国が日本に圧力を掛けて、このプログラムに人員をねじ込んでくるぞ？　言っとくが一万ドルでも危ないからな』

『まさか』

『断言しておくが、ＵＳはやる。絶対だ』

真剣な顔をしたサイモンの発言を肯定するように、計測を終えたメイソンが自分のステータスを見て口笛を吹いた。

『そこは間違いない。何しろ俺たちが進言するからな』

NAME	Mason Garcia
HP	139.80 -> 170.00
MP	62.80
STR	55 -> 67
VIT	58 -> 71
INT	32
AGI	36
DEX	40
LUC	12

『よし、キャシー。昨日の再戦だ』

『いいでしょう。相手になりますよ』

ステータスアップを確認したメイソンが、キャシーを連れて、ミーティングスペースのテーブルへと向かった。

『いや、でも守秘義務契約があるし、効果だってそうそうばれない――』

『わけないだろ。受けたやつがみんな活躍したらモロバレだ。しかもお前ら、これからステータス計測デバイスを売り出すんだろ？　隠しようがないっつーの』

サイモンがそこに設置されている、ＳＭＤ－ＰＲＯを親指で指しながら言った。

『おおう』

『なあ、アズサ。こいつ賢そうに見えて、実はバカなのか？』

『むぅ……否定できませんね』

『おい！』

『まあまあ、先輩。そこが人間らしいところじゃないですか』

『全然嬉しくない……』

俺がそうふてくされた時、突然ミーティングスペースから雄叫び（おたけび）が上がった。

『うぉおおおお！』

何事かと振り返ると、アームレスリングに勝ったらしいメイソンが両腕を上げてガッツポーズを取っていた。どうやら負けたらしいキャシーが、机の上に突っ伏して震えている。

『なにやってんです、あれ？』

そう尋ねる俺にサイモンが笑いながら言った。

『今朝話したろ？　昨日散々キャシーにやられたメイソンが復権した瞬間さ』

確か現在のキャシーのＳＴＲは61ポイントだったはずだ。

開始時のメイソンは55だったから、昨日はキャシーがメイソンをボコボコにしていたとしてもおかしくはない。ところが今やメイソンのSTRは67だ。今度は以前のようにキャシーが負けるようになったたってことか。

力比べの要素が強いだけに、もろ、ステータスが結果に繋がるんだな。

『ヨシムラ！　私にもう一度訓練プログラムを！』

負けず嫌いなキャシーが、がばっと顔を上げて、俺にそう言った

『え？　あ、ああ。また今度な』

『ええーっ？』

お前ら全員訓練バカばっかなのかよ……

『ともかくだ、俺たちの訓練費用は五万ドルってことにしとけ』

『いや、それはいくらなんでも高すぎますよ……』

『なら三万ドルだ。これ以上はまからんぞ』

『ええ？』』って、逆だろ普通。まからんってなんだよ。

「三好ぃ……」

「仕方ありません。今回は三万ドルってことにしましょう」

「ええ？　一回三万ドルですか?!」

その話を聞いて、すでに育成プログラムを受けることになっている三代さんが目を見開いた。

「は、払えないかも……」

いや、君の場合は業務の一環だから。こちらがお金を払う立場だから。

「なら、一般は一回三万円くらいでいいんじゃないか？　それなら気軽に受けられるだろ。ただしこちらで抽選するってことで」

冷やかしならともかく、本気で探索を行おうと考えている人たちなら無理なく支払えるだろう。装備に比べれば安いものだ。

「単位が違うだけで、凄い違いですね、それ」

『じゃ、次は一般で申し込もう』

俺たちのやりとりをナタリーに通訳させていたサイモンが、おどけたように言った。

『コース別に結果はコントロールしますよ』

さすがに三万ドルと三万円が同じ効果だとまずいだろう。

『できるのかよ?!』

え？　あ、あれ？　もしかして、やらかして、やらかしたか？

『どんだけ先進的なプログラムなんだよ。やらされたことだけ見れば、まったくそうとは思えないが……』

彼は部屋の奥に並んでいる、各ステータスの書かれたプレートが掲げられているドアを嫌そうに振り返った。気持ちは分かる。

『まあいい。俺たちは明日から十八層へ戻るから、そこで今回の結果を試してみる。その結果次第じゃ、後二、三回訓練してもらおうと考えてるから、そのときはよろしくな』

『まあいいですけど。どうせ週三回以上は開催しないつもりですし』

なんだかんだで面倒だし、余裕がないと突発的事態にも対応できないから、最初はそのくらいがいいだろう。

『そいつはいいな。それならいつでも臨時の訓練をねじ込める、コネで』

『勘弁してくださいよ……』

俺は冗談にして流したが、サイモンからは冗談の範疇（はんちゅう）に収まらない圧力を感じた。まあ、ここまで来たら仕方がないか。たまになら。

帰り際にナタリーが、三好に何か話し掛けていたが、どうやらデバイスの件のようだった。ＵＳの研究者がどうしても一つ欲しいと要求しているらしい。しかし譲るといっても正式な価格すらまだ決まっていない状態だ。それは決めなきゃいけないことがまた増えた瞬間だった。

三代さんたちは、早速明日から活動を開始するらしい。

明日は日曜日だけど、と訊いたら、仮に休みがあるとしても週末以外の方が都合がいいらしい。主に六条さんの都合で。

三好は「うちは完全裁量労働制なので、そのあたりは適当に自己管理してください」などと、物分かりのいい経営者然と言っていたが、あいつのはただの放置だと思う。

俺は彼女たちに、色々と渡すものがあるから、代々木へ潜る前にうちの事務所に寄ってほしいと伝えた。

外はもう暗くなりかかっていたが、昼ごろぱらついていた雨はすっかり上がったようだ。

サイモンチームは、全員が結果に満足してくれたようだ。第一回ブートキャンプは、概ね成功と言っていいだろう。懸案といえば、キャシーの訓練したいしたい病が再発したことくらいだ。

俺たちは、和やかに代々木を出たところで別れ、帰路についた。

SECTION：

富ケ谷一丁目通り

「いやー、始めてみたのはいいけれど、意外と手間だったな」

「今回はイレギュラーの小麦さんがいたからそんな感じが強いですけど、サイモンさんのチームだけならそうでもなかったんじゃないですか？」

「六条さんの件も、三代さんの登場でなんとかなりそうじゃないか？　このタイミング、まるで神様に愛されているようじゃないか？」

「本当に愛されてる人がいるなら、そもそもそんなトラブルが起こらない人ですよ」

そう言われればそうだな。何も問題が起こらない平穏な人生を歩む人は、そのことに気が付かないだろうけれど。

俺たちは代々木公園売店の前ではためくディッピンドッツの旗を見ながら、野外音楽堂の裏手へと歩みを進めた。

以前はＮＨＫホールと代々木公園の間にあった緩衝帯のような場所は、今ではダンジョンへの通路として整備されていて、井の頭通りへと繋がっている。おかげでうちの事務所まで、不動産屋時間（大体八十メートルで一分換算らしい）だと十分もかからない。

「お、六条さんと言えば……」

俺は〈メイキング〉を表示した。

「先輩、歩き〈メイキング〉はスマホと一緒で危ないですよ」

「まだ公園内みたいなもんだし、ちょっとだけ……おお、ちゃんといじれるな」

「孫パーティかつ、距離的に離れても大丈夫ってことですか？」

「そうだ。単にパーティに登録してあれば大丈夫みたいだな」

「良かったじゃないですか。これであの事業から私たちはお役御免ですね。……アルスルズの協力が必要ですけど」

　それが聞こえたのか、俺たちの正面に黒い尻尾が生えてふるふると左右に振られた。

　どいつの尻尾だかは分からないが――

「あれは報酬を用意しとけよという催促か？」

「きっとそうでしょう」と三好が苦笑した。

　井の頭通りをぶらぶらと歩いて、ＥＮＥＯＳの向こうで左に折れた。ここは並木で目隠しされていて、知っていないと入るのに失敗しそうなＧＳだ。

「そういや、鳴瀬さんが来られるんですよね？」

「ああ。お前だろ、例のラストページの説明を俺に押し付けたのは。そろそろすり合わせておかないとまずいからな」

「丁度晩ご飯の時間ですし、どこかへ出ます？」

「いや、話の内容が内容だから、うちで食べよう」

「へー、久々の先輩ご飯？　成城石井、寄っていきます？」

「いや、魚だから昨日買っておいた」

このままっすぐ行って、螺旋階段の付いた陸橋を渡ると、すぐに二十四時間営業の成城石井がある。が、残念ながら鮮魚は置いていないのだ。八幡の近場のスーパーは、場所柄だろうか、品質の良い肉や野菜に比べて魚介の品揃えがあまり良くない。

「魚って、なんです？　この季節だと……シロ？」

通りの脇で揺れている黄色い魚のマークが描かれた看板に、小さく黄魚と書いてあるのを横目に見ながら、三好が色を口にした。因みに黄魚はイシモチのことだ。

「バッカ、うちはどこの高級店ですかっての。てか、シロアマダイが小売りされてるのって、小さいサイズはともかく、あまり見かけないな」

「大きさがあれば、アカでも同じくらい美味しいですけど、アカはどっちかというと晩夏から初冬といった印象が……じゃあ、ホウボウ？」

「四十センチを超えるようなのは美味しいよな。いきなり高くなるけど。時々、デパ地下の魚屋で売ってるのを見かけるな」

「つまり違うってことですね……うーん、マナガツオ！」

「それって、初夏の魚って印象が強いだろ。あんまり白身の魚がない時季に、いろんなお店が瀬戸内産を使うから」

「美味しいのは冬って気がしますけど」

「冬は白身魚のバリエーションが豊富だから、関東のお店じゃあんまり使われないよ」

「ええー。じゃなんです？」

「サバだ」

「サバ？」

「サバ。なんだかフランス語の挨拶(注4)みたいだぞ」

俺は笑ってそう言ったが、三好は微妙な顔で一瞬立ち止まった。

「女性を二人誘ってのメインにサバ？　って、何かこう……斬新ですね」

「ええ？　だって三好と鳴瀬さんだぞ？」

「何か失礼なことを言われたような気が……まあ、美味しい時季のサバが美味しいのは確かですけど、レストランなんかだと売り上げが立たないそうですよ」

「へー」

「わざわざフレンチやイタリアンに足を運んで、メインにサバが出てくるとガッカリしちゃう人が多いらしくって」

「高価なサバは高価だぞ。やっぱ大衆魚ってイメージが強いからかな？」

「ですよね」

確かにコースの魚は白身が主流だ。この時季ならアマダイやキンキやハタの類いが選ばれる。

（注4）　フランス語の挨拶
"ça va?"と聞かれて、"(oui,) ça va."と答えれば、「元気？」「元気！」みたいな感じになる。

「ご飯に塩サバなんて最強の組み合わせだと思うけど、確かに居酒屋や定食屋以外じゃ出しにくいかもな」

「ノルウェー産とか、無駄に脂が乗ってて美味しいですよね。焼くのに使った器具と台所がサバの匂いで汚染されて、なかなか除去できないのが難点ですけど」

「いや、お前、汚染ってな……」

確かにウナギとは違った意味で暴力的な香りだとは思うが。

俺たちはその先のマルマンでいくつかの食材を買い足すと、そのまま事務所へと帰り着いた。

SECTION : 代々木八幡 事務所

「あ、お帰りなさい」

事務所に戻ると、先に鳴瀬さんが来ていた。

「どうもお疲れ様です。もうご飯は食べられました？」

「いえ、まだですけど」

「じゃあ、ご一緒にいかがです？　大したものは作れませんけど、簡単イタ飯もどきでも」

「え？　芳村さんが作られるんですか？」

「先輩は、意外と料理上手なんですよ」

「意外とってなんだよ。これでも自炊歴は結構長いんだぞ。食専(くうせん)のキミとは違うのだよ、食専のキミとは」

「ほほう。じゃ、たまの朝食も、お茶もいりませんね」

「グフっ……いや、それは必要だ」

それを聞いた三好が呆れ顔で、「ざっくり言って、先輩のギャグは分かりにくすぎますよ」と切り返してきた。だが、お前の返しも大差ないだろ。

鳴瀬さんは、俺たちのやりとりを生暖かい目で見守っていたが、一連のやりとりが終わったのを見計らって、「じゃあご馳走(ちそう)になります」とダイニングの椅子に腰かけた。

事務所のダイニングはカウンター風に壁に寄ってはいるがアイランドキッチンだ。料理をしながら話もできる。三好の趣味だけあって、非常に使いやすく作られていたが、自分では簡単な料理しか作らないいくせに変な奴だ。

俺は水を満たした寸胴鍋をコンロに掛けると、パントリーから玉葱を取り出した。

「はい、ここに取り出しましたのは新玉葱」

「先輩。新玉葱って春先ですよ？　今、一月ですけど」

確かにレストランで新玉葱の料理が出るのは早くても二月。普通は三月以降だろう。

「いやいや、三好くん。例えば愛媛の愛南町あたりで作られているハートオニオンの出荷は十一月だぞ？」

俺は玉葱を、一センチくらいの幅で輪切りにしながらそう言った。

「十一月に新玉葱の料理が出てきたら驚きますね」

「だろ？　料理にはサプライズが必要だからな」

もっとも日本人の感覚だと、いくらサプライズでも季節感がなくなるのは少し寂しい。真夏に南半球のトリュフが堂々と登場して久しいが、サマートリュフにはサマートリュフの良さというものがあるのだ。輸入品に季節もくそもあるか？　そりゃごもっとも。

「でも、それって美味しいんですか？」

「……さて、これを耐熱皿に並べたら、一％の塩水でひたひたにして、オリーブオイルを回し掛けたら、乾燥オレガノを振り掛けてオーブンへ」

俺はそれを手早く温めておいたオーブンへ突っ込んだ。

「先輩？」

「少なくともこれは美味いぞ。愛知のたま坊だ。出始めだから葉っぱ付き」

たま坊は、最初の一ヶ月くらいは葉っぱが付いた状態で出荷される。俺は切り落とした葉っぱを持って、某ボーカロイドキャラのようにそれを振ってみせた。

そして、小さく一センチ角くらいに切った生のたま坊を、小皿に載せて二人に差し出した。

「へぇ、甘いんですね。癖もないし」

「確かに美味しいですけど、先輩、ハートオニオンは？」

「すみません。食べたことがありません。だってこの辺で見掛けないんだもん」

三好の執拗な攻撃に膝を屈した俺は、ごめんなさいとぺこぺこお辞儀をしておいた。

「何が、『もん』ですか、何が」

「イタリアの赤玉葱は小ぶりで甘みが強いからな、日本だと新玉葱に置き換えると、美味しくできるそうだ」

オーブンを覗くと、玉葱が透き通ってきた。火が通った証拠だ。

それを素早く取り出して器に盛り、ゆで汁とオリーブオイルを回し掛けたらそれで完成。今日はゲストが二人もいるから、イタリアンパセリも散らしておいた。

「え、それだけ？」

「そ。アミューズ代わりに、料理ができるまでそれ喰ってろ」

「おー、なんていうか、肉なしのポトフというか……でも純粋に玉葱の味を楽しむなら、こういうのもいいですね」

三好がいそいそとセラーに向かい、中を覗き込んでいる。

俺はセコンドにするつもりのサバの下ごしらえをしながら、鳴瀬さんに言った。

「で、鳴瀬さん。例の最終ページの件ですが……」

俺は、サイモンとした話をかいつまんで説明した。

色々と考えたのだが、結局、サイモンの独り言部分を除いて、ザ・リングの探索も含めすべてを話した。

彼女は、その間、何も言わずに俺の話を聞いていたが、三好が用意した白ワイン――オーストラリア産で蜜感のある少し樽の効いたタイプの白だった。玉葱には軽い赤を合わせがちな三好だが、次のことも考えたのかもしれない――を一口飲んでから、「そうですよね」とだけ言った。

「さすがにあれを公開するのは……躊躇しますし」

「捏造扱いされることは確実ですからねー」

三好はそう言いながら、俺のグラスにワインをついだ。

それを味見した俺は、カラスミでもあれば、玉葱に掛けてやりたいところだなと思った。

雪平鍋に洗った蛤を入れると、水を適量入れて火に掛けた。九十九里産の蛤は、美味しい時季が晩冬から初春にかけてだ。今はその走りだろう。

コトコトと煮て、口が開いたところで身を取り出し、半分は戻してそのまま出汁の素になっていただこう。ついでに四角く切った昆布も投入しておいた。

「そんなわけで、ラストページの公開は控えた方がいいだろうと三好と話をしたんです。鳴瀬さんもそれで？」

「構いません。というより最初に公開していいのかとご相談したのは私ですし」

「でしたね」

沸騰した寸胴鍋のお湯に塩を入れる。パスタを茹でるときの塩分濃度は大体一％が基本だ。

塩水で茹でる意味は色々と言われているが、結局はパスタ本体に下味を付けて、小麦の風味を引き出すのが目的だろう。

「そうだ。六条さんって一体何者なんですか？　ＧＩＪの人だとは聞きましたけど」

俺は、ヴォイエロのNo.１０３を取り出しながら尋ねた。いや、なんとなく小麦繋がりで思い出したのだ。だが、今日のソースにブロンズダイスはどうかと思い直すと、ブイトーニのNo.71に変更して湯の中へと投入した。

以前だと、お手軽パスタの双璧[注5]（俺的心証）は、つるつるのブイトーニ、ざらざらのディ・チェコだったのだが、ネスレ撤退以降ブイトーニの供給が不安定になった。そのせいで、ディ・チェコが一番使用頻度の高いパスタになっている。ヤスウマで。

「あの方は、ＦＧＡ（英国宝石学協会）のディプロマも、ＧＩＡ（米国宝石学会）のＧＧも取得されている鑑定士[注6]さんですよ」

そういえば貰ったプロフィールにそんなことが書かれていたな。

彼女が所属するＧＩＪは、日本宝石学研究所の略称で、特にカラーストーンの鑑別で評価の高い、日本三大鑑定機関の一角らしい。残りの二つ（ＣＧＬ／中央宝石研究所と、ＡＧＴジェムラボラトリー）は、主にダイアの鑑定を行っている。

「口さがない方は、ＧＩＪのマニアックなんて言っていたりしているようですけど」

「マニアック？」

そらまた、酷い名称だな。

しかし、あの尋常でない二十層以降への入れ込み具合を見ていると、それも分かる気がする。

「ＧＩＪさんはＪＤＡの委託先で、国内のダンジョンから出た宝石っぽいものを主に鑑定していただいているのですが、実は先日通達というかお願いが届きまして……」

「はぁ」

「うちのエースが、全然仕事をしないでふらふらしていると」

「なんでそんな話が、ＪＤＡに？」

「それが、ぼんやりしながら、ダンジョン……ダンジョン……と呟いているとか」

そりゃ、まさしくホラーだな。『怪奇！　ダンジョンに憑りつかれた女！』なんてテロップが目に浮かぶようだ。

「それで、よくよく話を聞いてみると、ダンジョンに潜って鉱石を見つけたいというか見てみたいというか、そういう強い希望があったらしいんですが、誰もその具体的な方法を教えてくれなかったとかで……」

「目的意識が暴走したと」

「そういうことのようです」

「それがどうして、〈マイニング〉の使用候補筆頭に？」

　フライパンにオリーブオイルとニンニクと鷹(タカ)の爪を入れて弱火に掛け、低温でじっくりと火を通すことで、ニンニクの香りをオイルに移し、途中で鷹の爪を取り出す。

「〈マイニング〉は、ダンジョンから鉱石を取り出すアイテムですけど、所詮一つでは本格的な採掘が行えるわけでもありませんし、商業的な意味はありません」

「そうですね」

　本格的な採掘は、四十九人の〈マイニング〉取得者が出てからだろう。

「ですから、トップエンドの探索者に渡して、ひたすら下層に向かって調査してもらおうという意見が出ました」

「もっともだと思いますけど」

「しかし、特に鉱物自体に興味のない現在のトップエンドの探索者は、高価な鉱物が出る層が発見されたら、そこから先へ進まなかったり、安い鉱物層だと詳細な調査を行わないんじゃないかという恐れがあったりするんです」

　まあ通り一遍の調査を行って、高額な鉱物が出る層で延々狩りを繰り返すというのは想像に難くない。そもそもプロ探索者は、金儲けが本来の目的だからだ。

「そこで、鉱物の専門家に渡して、より詳細な調査を行いたいという意見が出されました」

「それもまたもっともですね」

ところが、探索者に鉱物の専門家がいなかったらしい。

そんな中、タイミング良くＧＩＪの要請が行われ、タイミング良くブートキャンプが行われたのだという。

フライパンにひまわり油を加えて加熱し、茹であがったパスタと別途軽く茹でられた菜の花、それに煮詰めた蛤出汁と蛤をフライパンに投入し、激しくかき混ぜることで乳化させる。

ひまわり油は基本的に無味無臭だし乳化しやすいので、エマルジョン用のオイルとしてはお薦めだ。何しろ初心者でも乳化に失敗しない。ここ重要、テストには出ないが。

そうして、クリスマス島の塩で味を調整したら完成だ。

「それにしたって、ダンジョン経験ゼロの初心者をうちに連れてこられても……」

二人の皿にパスタを盛りつけながら、さりげなく文句を言ってみた。

「だって、切っ掛けは、Ｄパワーズさんのベニトアイトなんですから、そこは責任をとっていただこうかなーなんて」

「いや、責任て……」

鳴瀬さんは、クルクルとフォークで巻いたパスタを頬張ると、満足そうに微笑んだ。

「冗談はともかく、オープンな環境で探索者の育成事業なんてやってるところは、Ｄパワーズさんしかありませんし――」

「ＪＤＡにとってみれば、小麦さんが使いものになるなら渡りに船ですし、そうでなくてもＧＩＪ

への義理が果たせて万々歳と言ったところですもんね」

三好が皿をつつきながらそう言った。

俺も自分のパスタを口に入れる。小麦の風味に蛤の旨味(うまみ)がじわりと加わって、菜の花の香りが、もうすぐ来る春を先取りしていた。菜の花と蛤は、鉄板の組み合わせだよな。

「んー、先輩。スッキリした日本酒が合いそうですね」

「せめてワインから選べよ」

「これって、申し訳程度にエマルジョンしてますけど、ニンニクがなければ和食の椀(わん)ですよ」

「まあ、そうだな」

パスタもつるつるだしなぁ。味の組み合わせはまさにその通り。

「それで、彼女はどうでしたか?」

「うーん。謎のやる気だけは凄かったですよ。実際集中力は並じゃありませんでしたし」

「マニアックの面目躍如ってことでしょうか」

「一日でどうにかなるものでもないので、しばらくは、うちの契約探索者と一緒に育成することにしました」

「契約探索者?」

「ああ、実はですね」

そこで俺たちは、以前考えていたよりも積極的に、ダンジョン攻略に力を入れることにしたことを鳴瀬さんに報告した。

「間接的な探索者支援というよりも、直接的に探索者を育成して送り出すってことですか？」

「まあ、いい人がいれば。とは言えこれも成り行きなんですけど」

「それって本来なら、ＪＤＡのお仕事なんですけどねぇ……」

鳴瀬さんは、少しお酒が回ってきたのか、いつもより饒舌になっていた。

ＪＤＡはＪＤＡで、色々な圧力や人間模様が絡み合っているようで、そのあたりの愚痴っぽい内容も、ちらりと零れたりしていた。

俺は最後の皿になる、フェンネルを挟み小麦粉をまぶしたサバの身を、フライパンに入れた。

表面に火を通したら、ブラッドオレンジのジュースと赤ワインで煮るのだ。最後にオレンジマーマレードを追加して塩胡椒で味を調えると、甘酸っぱいサバのムニエルっぽい仕上がりになる。

「先輩、アニスだのフェンネルだの、向こうの方はお好きですけど、日本人はどうですかね？」

「イタリアで青魚の癖といえばフェンネルが定番だけどな」

「アニスやフェンネルの香りの主成分は、アネトールですよ」

「何だよ突然」

「それだけでも寝取られそうな勢いですけど、横文字にしたら、anethole ですからね、先輩！姉の穴――」

俺は、三好の頭にチョップを食らわせた。

「あうっ！」

「変なところで切って、変な翻訳をするんじゃありません！　そんな下品な子に育てた覚えはありませんよ！」

「先輩は、かーちゃんですか……」

「そう言いながらウゾ(注7)なんか引っ張り出してきてどうするんだよ」

「え、トニックで割ったら、それに合わないかなーと」

「合うかな？」

「炭酸がいいですかね？」

「どっちもやってみたらどうでしょー？」と、いい感じに酔いが回ってきている鳴瀬さんが陽気に言った。

　こうして記念すべき第一回のダンジョンブートキャンプの夜は、賑やかに更けていった。

（注5）　パスタ

ヴォイエロ、ディ・チェコ、ブイトーニはパスタブランドの名前。

ダイスは、パスタを絞り出すための穴が沢山開いた板みたいなもので、材質によってパスタの質感が変わる。

一般にブロンズだとざらざらに、テフロンだとツルツルになる。

ヴォイエロとディ・チェコは表面がざらざらで、ソースを吸いやすい。ブイトーニは表面がツルツルしたタイプで、舌触りが良くなる。

本編に登場したNo.は、どれもその社で一・六ミリ前後の太さのものを表している。

（注6）　鑑定士

FGAのディプロマは、英国宝石学協会の宝石鑑別士の資格のこと。GIAのGGは、米国宝石学会のGG（Graduate Gemologist）の資格。

どちらも世界的に認められている資格だが、普通は片方で充分だ。なお、どちらも取得するためにはそれなりに高額なお金がかかる。

（注7）　ウゾ

ウーゾとも。ギリシアやキプロスで作られる蒸留酒。

いわゆる薬草酒の一種で、葡萄由来（最近は穀物由来も多いらしい）の蒸留酒から造られる、アニスを中心とした香りのリキュール。一般に北部のものは辛口で、南部のものは甘口になる。

三好が取り出したのは、たぶん南部の甘口で、フェンネルのニュアンスも強いものだろう。

二〇一九年　一月十三日（日）

SECTION：

練馬区　光が丘

その日、斎藤涼子は、映画のカットの撮影に光が丘弓道場を訪れていた。丁度、小さなオープン大会が開かれていて、撮影に都合が良かったのだ。

「そういや、斎藤ちゃんって、アーチェリーもやるんだって？」

「え？　ええまあ。だけど競技じゃありませんよ」

「的に当てることに変わりはないんじゃない」

「それはそうかもしれませんけど」

ダンジョン内のハントなら、距離はせいぜい三十メートルだ。もっとも、素早く動くモンスターにヘッドショットを成功させるのは、距離とは違う難しさがあるのだが。

対して、こちらは、止まっているとはいえ七十メートルも先の的を狙う競技だ。

「やはり大分違うと思いますよ」

「そっかー。ま、それはいいや。ついでと言っちゃ何だけど、神代が弓を射る画も撮っておきたいんだ。使えるかどうかは分からないけどさ」

「ええ？」

神代は、彼女が演じるキャラの名前だ。一応、アーチェリーの達人という設定になっていた。

「昼休みに、射てるところを撮影させてもらえるように話をつけるからさ、よろしく頼むよ」

「昼休みって、選手の人たち、みんな周りで見てるんじゃ……」

「見られるのが商売の人が何言ってんの。じあがりで行きたいんだけど、大会が終わってからだとちょっと光がね」

じあがりは自然光での撮影のことだ。終了を待っていると夕方になって、今と光の感じが変わってしまうという意味だ。

「分かりました……弓はどうするんですか？」

「そこはぬかりないって。標準的な女子用の弓を借りられるよう話してあるからさ」

そう言って監督は、用意した弓を持ってこさせて彼女に見せた。

「って、それベアボウですよ？」

その弓を見て、涼子は困ったように言った。

「ん？　ダンジョン内で使ってる子が引くから、シンプルで格好いいのって頼んだんだけど」

「私が使ってるのはコンパウンドボウだし、神代がクライマックスで遠距離狙うのもコンパウンドですよね？　今日競技でみなさんが使ってるのはリカーブボウですけど……」

「弓も色々あった方が楽しいじゃん。ほら弓は弓なんでしょ？」

前に長いのとか色々付いてるけど、弓の形は同じようなものだしという監督の言葉に、涼子も首を傾げながら、「んー、そうなのかなぁ」と言った。

彼女も芳村に貰ったコンパウンドボウしか使っていなかったため、詳しいことはよく知らなかったのだ。

　物怖じしない彼女は、すぐそこでこちらを見ていた男性選手に、コンパウンドボウとベアボウの使い方の違いを簡単に尋ねた。

「へー、結構違うんですね」

「ええ、まあ。だけどリリースのところだけ気を付ければ、すぐに慣れると思います」

「分かりました、ありがとうございました」

　にっこりと笑う涼子に、見事に籠絡（ろうらく）された男性選手は顔を赤くして、いえ……と口ごもってから勇気を振り絞るようにして言った。

「あの、写真を撮ってもらっても構いませんか！」

「いいですよー。じゃ、監督シャッター押してね」

「え？　俺かよ？　ってか、事務所的にいいのか、それ？」

「ファンと……ファンですよね？」

「はひっ！」

「ありがとうございます。お世話になったファンと写真を撮るくらい、いいじゃないですか」

「まあ、お前がいいんならいいけどな」

「あ、じゃ、これを」

　そう言って男性選手が監督にカメラアプリが立ち上がっているスマホを渡すと、涼子と一緒に並んで写真を撮ってもらった。

「あ、監督、監督。もう一枚。ちょっと硬いなー、こう、オーって感じで手を挙げて」

「は？」

「ほらほら、いくよ？　オー！」

「お、オー！」

でき上がった写真は、楽しげに、アーチェリーをしてましたよ、といった雰囲気で、なかなか決まっていた。

それを見た男性選手は、感激して彼女に礼を言った。

「相変わらず得な性格してるよな、お前」

「そうですか？」

「まあ、この世界に向いてるよ。お。そろそろ昼休みだぞ」

「了解でーす」

弓を持って、競技場へと足を運んだ涼子は、七十メートル先にある的を見た。

「七十メートルって、ダンジョンの中じゃあんまり使わない距離だけど……まあ、一回射てみれば分かるか」

彼女は、矢をつがえると、すぐに第一射を放った。放たれた矢は糸を引くように飛んで、百二十二センチの的の――

「ありゃ」

――はるかに下方、手前の地面に突き刺さった。いわゆるM(注8)である。

それを見ていた周りのギャラリーから、クスクスと笑い声が上がった。

「うひー、恥ずかし。でも今ので大体分かったかな」

そう呟いて次の矢をつがえると、今得た情報で修正して第二射を放った。それは的の右、ブルーの部分に命中した。五ポイントだ。

「上下はＯＫ」

そうして放った第三射は、見事に的の中心を捕らえた。

「よしっ」

おおーという声が上がる。

そうしてエンド（六射）を終了して、スタッフが矢を回収する頃には、会場はざわめきで満たされていた。

「ええ？　あの人が使ってるのって、ベアボウでしょ？」

「うそっ。でも最後の四射は全部中央（一〇ポイント）に当たってるよ」

「一体何者なんだ？」

周りの騒ぎをまったく気にしないマイペースな涼子は、監督に向かって手を振り、続けるかどうかを尋ねた。

「監督ー。も少しやりますか？」

（注8）　M
アーチェリー用語。ミスのこと。０点。

「……あ、ああ。一応時間いっぱい、競技と同じだけ射てみてくれる？」

周りの反応に、なにか異常なことが起きてるんじゃないかと、独特の嗅覚でかぎ取った監督は、画になるかもという、ただそれだけで継続を指示した。

それが後で大変なことになるとも知らずに。

「ええ？　あと十一エンドも？　時間大丈夫かな」

昼休みは四十分しかない。普通は四分で六射と聞いたが、それでは間に合わないのだ。

「分かりましたー。巻きで行きますね！」

そうして三十分が過ぎる頃、会場は水を打ったような静けさに支配されていた。

雑談の声一つ上がらないその会場で、涼子が最後の矢を中央に当てた瞬間、怒濤（どとう）のような声が周りから巻き起こった。

「すっ、すげぇ！　一体どうなってんだ?!」

「え？　え？　これって世界記録なんじゃ……」

それを聞いた監督が、傍（そば）にいた選手の男に聞いた。

「なにか凄いんですか？」

「凄いなんてものじゃありませんよ！　七十メートルラウンドの世界記録って七〇〇ポイントなんですよ?!」[注9]

「七〇〇ポイント？」

「彼女は、最初の二射を外しただけですから、トータルで七〇五ポイントなんです」

：

「え、それじゃ本当に世界記録？」

「あー、それは……たぶん非公認記録になると思いますが」

「そりゃそうですよ。私、連盟はおろか、地区のアーチェリー協会へも登録してませんし」

そう言いながら、涼子が弓を持って戻ってきた。

「でもベアボウでも結構当たるもんですね」

「いやいやいやいやいや、あんなの初めて見ましたよ！」

「そうですか？　探索者なら、あれくらいできる人は結構いそうですけど」

「本当ですか?!」

はるちゃんも同じくらい当ててたもんなと、涼子は気軽に考えていた。

「はい」

輝くような笑顔で頷いた彼女の話を、周りの選手たちは興味津々で聞いていた。

（注9）　七〇〇ポイント
この時点でのお話。現在は、二〇一九年八月七日に、LIMAで、七〇二ポイントが記録された。

SECTION：

代々木八幡　事務所

『おはようございます』

「あれ、キャシー？」

日曜日の早朝だというのに、事務所の扉を開けて入って来たのはキャシーだった。

昨日、サイモンたちのブートキャンプが終わって、これから一般の募集を行うための準備があるから、しばらくは休みにしようという話じゃなかったっけ？

「休みの前に、これからのスケジュールを立てておかないと、キャシーが不安になっちゃいますからね」

三好が彼女を迎えながらそう言った。

「ああそうか……とは言っても、これから料金を公開して新しく希望者を募るんだろ？　すぐにスタートさせるのは無理じゃね？」

「まあそうなんですよ。だから、しばらくサイモンさんのところに預けることにしました」

「出向先から出向元へ出向するってことか？　ややこしいな」

「サイモンさんのところも試験的に五人パーティにしてみるそうです。先日、メイソンさんに勝って実力を見せたことが評価されたっぽいですよ」

『へー、キャシー、良かったじゃん』

『そうなんですが、こちらではまだ少ししか仕事らしいことをしていませんし……』

少し悪びれながら彼女が言葉を濁した。まあ、自分の訓練をしてた時間の方が長いもんな。

「気にすることはないさ。このままＤＡＤに戻られたら困っちゃうけど、こっちの準備が整っていない間、キャンプで上がったはずのステータスを試してみるいい機会じゃないか」

『ありがとうございます』

「んで、その話をするために朝から呼び出したわけ？」

「そんなわけないじゃないですか。キャシーは、今、うちにとって必要な人材でしょ？」

「ああ、まあな」

「で、サイモンさんとの探索で死なれちゃ困るわけですよ」

「そうだな。縁起でもないが」

「なので、餞別（せんべつ）を渡そうと思いまして」

ああ、なるほど、そういうことか。

サイモンのパーティといえば、頑強な前衛に火力のある後衛、スピードのある遊撃にオールマイティなリーダーだ。

ここにキャシーを加えるとしたら、攻撃の軸を二枚作って、状況によってジョシュアがどちらかをサポートする遊撃になるってスタイルを基本に、敵が多いときは避け盾としてメイソンと二枚盾になったり、そうでなくても時々メイソンと入れ替わって、彼の負担を減らす役割だろう。

そういったプレイスタイルを完成させるためにも、プラスアルファが彼女にあればなおいいわけいだろう。

だ。残念ながら最も有用そうな回復魔法は未だに見つかっていないけれど、属性魔法でも悪くはな

『そういやキャシー。使う魔法の属性は決めたのか？』

『迷ったんですが、ナタリーが火なので、まずは〈水魔法〉を修得しようと思います。探索の荷物も減らせますし』

『分かった』

俺はチタンケースの保管場所へ行くと、こっそり〈水魔法〉のオーブを封入して、それを三好に手渡した。

『じゃ、キャシー。これ私たちからのプレゼント――じゃなくて、福利厚生の一環ね』

彼女はそれを受け取ると、恐る恐る蓋を開けて目を丸くした。

『あ、あの……これ、一体どうやって？』

取得してきたのかと言いたいのだろう。

実はいくつかのオーブは、故意にカウントを進めてあった。さすがに全部六〇未満では、少し困るシチュエーションも出てきたからだ。彼女に渡したものもその一つで、計算すれば取得したのは昨日のブートキャンプの真っ最中ってことになるはずだ。

『まあ、細かいことはともかく』

『……細かい？』

『ともかく、これからもしばらくは代々木攻略のために力を貸してくれよな』

『はぁ……分かりました』

追求を諦めたかのようにそう言うと、キャシーは、オーブに触れた。

『ああ、それから』

それを使おうとする彼女を遮って三好が日本語で言った。

「それを使う時は『俺は人間をやめるぞ！』って言うのがルールだそうですから」

「はい？」

「I'm done with mankind! って叫びながら使うのがルールってことです」

「For reals?(マジで？)」

三好が荘厳な様子でこくりと頷いた。

お前ら、何の儀式を始めるつもりなの。いや、最初に言い出したのは確かに俺だけども……

キャシーはおもむろにオーブを握って立ち上がると、その手を斜め上に突き出してポーズを作り、叫んだ。

「I'm done with mankind!!!」

それを見た三好が、「おお！」と喜んでいる。

いや待て。キャシーのやつ、何故そのポーズを知っている？

オーブの光がキャシーの体にまとわりつきながら、彼女の中へと吸い込まれていく。そして、彼女は、「I'll rise above humanity!（俺は人間を超越するッ！）」と続けた。

「貴様！　何故続きを知っている！」

キャシーは、ふっとニヒルに笑うと、「HEROES(注10)を見てましたから」と言った。

「しかし英語版は第三部しか(注11)――」

「いつまでやってんですか。それで、どうです？」

「えぇっと……体がスポンジでできていて、水がしみこんでくるような――そんな感じでした」

「ローマ数字なしの魔法はイメージがとても重要ですから、少し低層で練習しておいた方がいいですよ」

「キャシーのMPは74くらいだから、普通の攻撃系魔法――ウォーターランスなら七十四回くらい使えるはずだ。INTが38だから、大体一時間に38ポイントくらい回復するから、二分に一回くらいの利用なら、MPの枯渇を心配することもないぞ」

「さすがに詳しく調べてるんですね」

「SMDの開発中にな」

そう言って、俺はさりげなくごまかした。

「分かりました。この後ちょっと二層か三層でゴブリン相手に試してみます」

「それがいい」

彼女は俺と三好に頭を下げると、オモチャを買ってもらった子供のように、喜び勇んで代々木へと駆け出すように出掛けていった。

「さて、先輩」

「なんだよ、その顔。なんだか嫌な予感がするぞ」

「ふっふっふっふ。それは正解でもありハズレでもあります」

このもったいぶり方……絶対、ろくでもないことに違いない。

「実はですね、できたそうです」

「え、誰に？　ヤッた覚えないんだけど……」

「何言ってんですか！　衣装ですよ、衣装！」

「衣装？」

（注10）　HEROES
アメリカのNBCが放送した超能力者たちを描いたテレビドラマ。"Yatta!"で有名な、ヒロ・ナカムラのブログのハンドルが、Jotaro Kujoで、彼の超能力は、承太郎同様、Time Manipulation。キャシーはこのドラマを見てジョジョに興味を持った模様。二〇〇六年頃のお話なので、彼女はハイスクールに上がる前だ。

（注11）　英語版は第三部しか
当時の話、その後、函装版の第一部が出ている。

「ファントム様のコスチュームですよ！」

「ええ?!　あれ、マジで作ってたの?!」

「当たり前ですよ、こんな面白そ……ごほん。重大な案件、冗談じゃできません。手間だって結構掛かってるんですからね？」

「今、面白そうって言わなかったか？」

「気のせいですよ！　第一、面白いは正義だって言ったのは先輩じゃないですか」

「そんなこと言ったか？」

　確かに言いそうではあるが……

「なんでもいいですから、準備してください。もうすぐしーやんが来るんですから」

「は？」

　しーやんというのは三好の友人で、コスプレにほとんど命を懸けている折原志緒里さんだ。だが彼女は一般人だぞ？　いや俺たちも一般人だけどさ。

「いや、裏のマンションの目とかあるだろ？　あの子巻き込んじゃって大丈夫なのか？」

　調べられたら、あっという間に足が付く気がするんだが……

「うちに来るわけないでしょう？」

「お前……頭大丈夫か？」

　さっき来るって言ってたんじゃないのか。

「失礼ですね！　いいから、ほら、私の家へ！」

そうして、俺は三好の部屋へと引きずられていった。

§

「どーっすか、梓殿」

三好の部屋で、山ほど荷物を送ってきていた折原さんが、モニター越しに尋ねてきた。

来るって、ネット越しかよ。

確かに暗号化されて、中継されているなら直接来るよりはずっと安全だろう。

以前有明で会った時と違って、着ている服は実に普通だ。もっとコスプレっぽい服なのかと思っていた。

「ちっちっち、コスプレは非日常だからこそ楽しいんす。イベント以外でそんな格好をしていたら、ただの痛い人っすね」

「……これを着せられる俺の立場は?」

「え? 普段着なんすか? それ」

いや、普段着ってわけじゃないが、イベントで使うとも――うーん、イベントといえばイベントなのか?

煮え切らない俺の態度に、彼女は不審な顔をして言った。

「なんだか怪しいですね。これで銀行強盗でもやるんすか？」

「やるか！　そんなこと！」

わざわざオペラ座の怪人のコスプレをして銀行強盗をやるなんて、どんだけ劇場型の犯罪者なんだよ。漫画か。

「まあ、私も注文を受けただけの立場だから、あれこれ追求しないっすけど」

顧客の個人情報は大切っすからね、などとドヤ顔をしている。

「基本的なシルエットは、梓殿のご要望の通り二十五周年記念公演版をベースにしたっす」

どうやらオペラ座の怪人二十五周年記念で行われた、ロンドンのロイヤル・アルバート・ホール公演に出てきた、エリックのコスチュームがベースらしい。

「黒の上着に、サテンっぽいショールラペル。ホワイト・タイベースなのに、チョッキはシングルのブラック」

三好は俺の周りをくるくる回りながら、その出来を確認していた。

「シャツの襟はウィングで、カフスはダブル。シューズは黒で総エナメルっぽい仕上げ。ポイントはシルクハットじゃなくて、中折れ帽ってところでしょうか」

「さすがは梓殿、分かってらっしゃる」

「とりあえず修正するところはなさそうです。報酬は、いつものルートで」

「おお、そう言うと、なんだか秘密の組織っぽいっす！」

「ただの銀行振り込みですけどね」

銀行振り込みは、ATMにある監視カメラさえなんとかできれば意外と匿名性が高い。というより手続きの仕組み上、実際に振り込んだ人間が誰かなどということを調べることは不可能だ。

振り込め詐欺のおかげで一度に振り込める上限金額が十万円に設定されたが、一度に振り込めないだけで、手数料を余計に支払わされることを除けば、ほとんど意味のない制限だ。

「んじゃ、私はファブリックの展示会があるっすからこのへんで。まいどっした！」

そう言って、接続が切れた。

「慌ただしい人だな。って、ファブリック？」

ファブリックは、家具インテリア方面の言葉で、布地や織物などの布製品のことだ。

「コスプレに使う布は、普通の布以外にも、インテリアに使われる布製品に面白いものがあったりするそうですよ」

「そういうもんか」

確かに服飾用の布地に分厚いカーテン生地みたいなものはないだろう。

「仮面は口元がオープンですけど、先輩は口元に目立つ目印とかないですし、いいですよね」

「いざとなったら付け髭(ひげ)で口元もごまかせそうだしな」

「そしてアクセントは赤と白と金をさりげなく少しだけ……いいですね！　しーやんだから、FGO(注12)っぽいアレンジだったら、どうしようかと思ってましたよ」

「少しって……カラーの裏のクリムゾンが襟の縁から覗いてて、ホワイト・タイのドレスコードを思いっきり踏みにじってるどころか、色物になってないか？」

　俺は三好の部屋の大きな姿見を見ながらそう言った。

　カラーは紳上服でいうと首を取り巻く襟の部分だ。ちなみに、そこから続く下襟の部分をラペルという。

「そうかぁ？」

「闇の中、微かに覗く情熱の赤！　格好いいじゃないですか」

「ヒドいなっ！」

「てか、仮面の時点で色物は避けられないので心配しないでください」

「着心地はどうです？　これ、あちこち目立たないようタックやプリーツが入ってて、動きを阻害しないように凄く工夫されてるんですよ。遠目に見ればフォーマルですし」

　そう言われれば、確かに思ったほど窮屈じゃない。素人のはずなのにいい腕してるよな。

「コスプレはあり得ないようなポーズを取ることもありますからね、そのへんは工夫の技術が色々とあるそうですよ」

「へー」

　三好の腐な友達とか言ってたけど、こいつの交友範囲もホント謎だな。

「そして、最後のキメのアイテムがこれです！」

　三好が取り出したのは、やたらと大きなマットな質感の黒いマントだった。ただし裏地だけ光の加減で変わった文様が浮き出している。シャドーストライプの文様版だ。

「やはりファントム様は、大きく重いマントを身に付けていなければ！」

「ファントム様ってなんだよ……だけどこんなマントを纏ったままで戦えるか？」

「そこは〈保管庫〉へ出し入れする訓練をしてくださいよ。それにこれは退出用のアイテムですからね」

「退出用？」

「こう、ばさっとマントの陰に隠れた瞬間、闇に溶けるように姿が消えて、後にマントだけが残されるんです。その実態は、シャドウピットに落ちるだけなんですけど。格好良くないですか？」

「結構高そうなのに、使い捨てなのかよ！」

「素材は非常にありふれたものなので大丈夫です。それにマントは、彼がそこにいた証なんですよ。あまり安物だと、なんかしょぼいじゃないですか」

「なんという演出過剰。もうお前がやれば？」

「えぇー、そんな恥ずかしい格好できませんって！」

待て。今何か、酷いことを言われた気がするぞ。

「おい……」

「さあさあ、ほらほら、ばさーってしてくださいよ、ばさーって！」

（注12） FGO
『Fate/Grand Order』のこと。ファントム・オブ・ジ・オペラというサーヴァントが登場する。コスチュームは、クールお耽美系だ。

ごまかすようにそう言う三好に煽られて、マントを羽織り軽く動いてみたが、なかなか布面積の大きなマントだった。

「しかし、これ、身に付けてるときに燃えたりしたら結構悲惨じゃないか？」

　全身火だるまは避けたいところだ。

「一応難燃性の素材にしてありますけど、所詮はコスプレ用の衣装ですからね。火が付いたら〈保管庫〉に入れちゃえば時間経過がないんだから大丈夫じゃないですか？　後で安全なところで取り出して、燃やすなり消火するなりすれば」

「コスプレ用の衣装を強調するってことは、防御的な役割は……」

「まあ、紙ですね」

　三好が当たり前でしょといった感じで、肩をすくめた。

「がくっ……せめて、ケブラーとか炭素繊維とか……あるだろ、そういうの？」

「先端素材なんか使ったら、購入履歴ですぐに足が付きますよ」

「そりゃそうか」

「使い捨てができなくなるのは避けたいですよね」

「そこかよ！」

「だって先輩って、いつも普段着で潜ってるようなものじゃないですか。紙の質がちょっと変わったところで大差ないですよ。エンカイ級でも出てこなければ大丈夫だと思いますけど」

「そう言われれば、そうかな……」

仮にエンカイ級が登場したとしても、あの攻撃力をまともに受けて耐えられる防具なんてありそうにない。当たらなければどうということはないって方向で行くしかないか。

俺は鏡の前で、マントをばさっと翻（ひるがえ）してポーズを取ってみた。

「なんだか出来損ないのベラ・ルゴシみたいだな」

「魔人ドラキュラですね！　あれもホワイトタイ・コスチュームでしたから。ちゃんとベストも正統派の白でしたし」

『魔人ドラキュラ』は一九三一年の映画で、それまでブロードウェイでドラキュラを演じ続けていた、ハンガリー訛（なま）りの英語を話すベラ・ルゴシが主演した。

これがまた、舞台っぽいガチかつ派手な演技で、今見るとちょっと笑えるのだ。マントを翻すところとか。

「でも先輩。さすがに格好いいキメポーズみたいなのは、練習しておかないとできませんよ」

「そうだなぁ。何かそういうキメのポーズだけでも練習しておくか？」

「なんだかんだ言って、結構やる気ですね」

三好がぷぷぷと笑いながら言った。

別にそういうわけじゃないが、やるならとことんやらないとな。気恥ずかしい思いを抱えたままで、こんな格好はできないのだ。折原さんによると、なりきりと思い切りが重要らしいし。

「こうなると小物も欲しいですね……ステッキとか持ってみます？」

「ただの棒を持っても意味がないだろ。この格好なら、これを使うか」

そう言って、俺は、おもむろに報いの剣を取り出した。

「ああ、シミターにしては反りも小さいですし似合うかもしれません。結構な壊れ性能でしたし。でも腰に下げるなら鞘が必要ですよね」

「直接〈保管庫〉から出しちゃえば要らないんじゃないか？」

「なるほど……マントの陰から、こう、ばさっと。おお、カッコイイかも！」

「だろ？」

「間違えてマントを切ったり、刃を摑んで手を切らないでくださいよ」

「お前……いや、練習しておきます」

剣なんか振ったことがないから、今まで〈保管庫〉の肥やしだったわけだし。さすがにちょっと扱いには自信がなかった。

「できれば盾も欲しいんだけど」

と言うより、盾の方が欲しい。

「今までのやつは似合いませんよね。目立たない籠手っぽい何かを上着の下に身に付けますか。基本、腕でガードみたいな。先輩結構ＶＩＴありますよね？」

「当面、それでいいか。攻撃を直接肉体で受けるのはやっぱビビるからな。何か用意しておいてくれよ」

「了解です」

三好は俺のまわりをぐるぐると観察しながら回って、満足するとおもむろに言った。

「後はどのタイミングでデビューするかですよね」

「デビュー？」

ちょっと待て、何か不穏なことを言い出したぞ、こいつ。以前もそんなことを言っていたが、まさか本気だったのか？

「やはりファントム様は、どこかで笑撃的なデビューを飾らないと」

「おい……今何か、妙な誤字が交じってなかったか？」

「やはり観客が必要ですよねぇ……探検隊、ピンチにならないかなぁ」

「聞けよ！　人の話を！　いや、その前に他人の不幸を願うんじゃない！」

まずい、このままだと何をやらされるか分かったもんじゃないぞ。どこかでブレーキを掛けなければ……

迫り来る危機をひしひしと感じながら、俺は一人で焦っていた。

SECTION:
ニューヨーク州　キングストン　ソウキルロード

一月の中旬のNYは、一年のうちで最も冷え込みが厳しい季節だ。

ハドソン川沿いにあるレイクカトリーンからソウキルロードをウッドストックへと向かう途中にあるセントアンズセメタリーの傍の家の二階で、ディーン＝マクナマラはノートPCのハードディスクがOSを起動させる音を聞いていた。

いい加減SSDにしたいなと考えていたとき、スカイプがメッセージの到着を告げた。

『ハイ、ディーン。大変だぜ！』

そのメッセージは、今度NYでDカードの機能を探る大規模オフを計画しているチームのポールから届いたものだった。

ディーンは、机の上のJabra Evolve 80を掴んで装着すると、ビデオ通話に切り替えた。

アクティブノイズキャンセリングに惹かれて購入したヘッドセットだったのだが、彼の実家の周りには、騒音の元になるものなんてどこにもなかった。どうやらエアコンの動作音やPCのファンの音が軽減されているようだったが、それは音楽を垂れ流していても聞こえなくなるのだ。

もっとも、彼はその機能に満足していたし気に入ってもいた。窓ガラスに映った自分以外には見る者などいないビジーライトを含めて。

『どうしたんだ？』

『たった今、インクレディブルなメールを貰ったんだ』

『誰から？』

『聞いて驚くなよ』

『なんだよ、もったいぶるな』

『ザ・ワイズマン、アズサミヨシからだ』

それを聞いたディーンのマウスを握る手に力がこもる。

『ええ?! なんだって?! まさか今度のオフに参加するなんてことは――』

『いや、さすがにそれは無理だろう』

彼女は日本にいるんだぜと、ポールが首を振った。

『なんだ、残念だな。で、ワイズマンがどうしたって？』

『俺たちのイベントにとても興味を持っていて、人数が多くなりそうだったら、アズサの会社が会場を確保してもいいいってさ』

『はあ?! 何故？』

『さあな。人数が分からないから、ブリージーポイントからは少し距離があるけど、ジャビッツセンターでいいかって聞かれた。二月の終わりの土日、二十三～二十四なら押さえられるってさ』

『ジャビッツセンターだって?!』

ジャビッツセンターは、NYで一番大きな展示場だ。

ヲタクの間では、NYコミコン会場といえば分かりやすいだろう。コミコンは米国版コミケというかポップカルチャーの祭典だ。日本にも輸出されていて、今年も、十一月の二十二日～二十四日にメッセの九～十一ホールを使って行われる。

　コンピューター関係者にアピールするように言えば、シリコンバレー・コミコンの主催者は、あのスティーブ＝ウォズニアックだ。まあ、そんな感じのイベントなのである。

『一等地じゃないか。スポンサーとしてなにか要求されたのか？』

『いや、販売みたいなビジネスっぽい要求は特に何もなかった。ただアズサの会社で発売するデバイスを貸し出すから、使ってみてほしいってことだ』

『彼女の会社で発売するデバイス？　って、それ、ステータス計測デバイスじゃないのか?!』

　驚いたディーンは、思わず立ち上がって、ビデオのフレームから外れた。

　一月六日に行われた記者会見は、インターネットで配信されていたことも手伝って、すでに各国字幕版が、あちこちのサイトに出回っていた。ファンサブを作る連中の動きは速い。

　ポールは、興奮してクマのように左右に歩く彼の様子を見て苦笑した。だが、ゲーマーでもある彼のヘッドセットは今でも有線だ。それほど大きくは動けないだろう。

『たぶんな。おそらく貸し出しは世界初じゃないか？』

　ディーンは、ぐっとカメラに近寄るように身を乗り出すと、右手の人差し指と中指をカメラに向かって突き出しながら懸念を表明した。

『初も何も、販売すら始まっていないだろ。機器を分解して調べるやつがいたりしたら、どうするんだよ？』

『さすがにＮＤＡを結ばされるだろうし、技術スタッフも一緒に来るだろ？』

『まあそりゃそうか』

ディーンは納得したかのように椅子に座り直した。

『だけど興奮するだろ？　お前自分のステータスを知りたくないか？』

『すっげー、知りたい』

『な。それで、探索者が大勢集まっていろんな状態になるのなら、状態が変化するたびにゲートをくぐって比較測定してくれればありがたいってさ』

『ああ、パーティを組んだ場合に、ステータスがどうなるのかとかか？』

『そうだろうな。様々な状態による比較情報が欲しいそうだ。どんな状態かを入力するのに少し手間がかかるだろうから、協力してくれる人は、ホテル代をアズサの会社で持ってくれるってさ』

『なんだって？　ＮＹだぞ？　ホテルの面倒を見てくれるなんて、アンケートの対価としちゃ行き過ぎだろ。いくらなんでも怪しくないか？』

ディーンは腕を組んで難しそうな顔で眉間にしわを寄せた。

『彼女の会社は、ダンジョンの秘密に挑戦している人たちをサポートする目的で作られたらしいから、そういう事業を沢山やってるみたいだ』

彼はそのポーズのまま、呆れたような顔になった。

『それ、ビジネスになるのか？』

『ビジネスってより、ブランディングの一環じゃないか？　でな、サイモンたちにお世話になったからUSに恩返しだ、みたいなことも書いてあったぞ』

『なんだそれ。そういや、チームサイモンって、今ヨヨギにいるんだっけ?』

『サイモンだけじゃないさ。世界中のトップチームは、ほぼ全員がヨヨギにいるらしいぞ。民間のキングサーモンやキャンベルの魔女もヨヨギだって噂だ。まったく、ダンジョンができて以来、初めての出来事だろうぜ』

俺も行きたいよと、ポールが笑った。

『まあ、その程度の要求で援助をしてくれるというのなら、それは助かるからお願いしたいところだが……そうなると、なんとか結果が欲しいな』

『そこは時の運だから気楽にやれってさ。まずはダンジョンを楽しめと書いてあった』

『おー。分かってんな』

『ワイズマンだからな』

『しかし宿泊費がタダだと、応募するやつが激増しそうな気もするが、個人情報の扱いは?』

計測はどうせ実験の一環だ。協力することに問題はないし、宿泊費の件も自腹でここまでやってくる連中にとってはありがたい話だろう。

しかし数値化されたステータスは、それなりに重要な個人情報になり得る。取り扱いに注意するのは当然だ。何しろここは、訴訟大国なのだ。

『収集したデータと、特定個人は紐づけないそうだ。おそらく問題ないだろう』

『ああ、同一人物のデータだということが分かりさえすれば、それが誰かは問題にしないってことか』

『たぶんね』

『だけど、どうやって同一人物だと判断するんだ？』

『タグを送ってくれるそうだよ。そのタグを身に付けてデバイスゲートをくぐってくればいいってさ』

『そりゃいいや。名前の公開すら不要ってわけだ。そのタグの個数が、ホテル代を持ってくれる人数ってことか』

『そうだね。一応千ルームくらいなら問題ないから、是非参加してくれってさ』

『マジかよ⁉』

『マンダリンのスイートに泊まったら自腹だって書いてあったぞ』

ポールが笑いながらそう言った。

『そりゃそうだろう……って、それ、スイートじゃなかったらＯＫってことか？』

『うーん、あそこはなぁ。最低でも八百ドルはするだろ？』

ＮＹは物価が高い。ハイエンドなホテルは大抵六百ドルが最低ラインだ。安いホテルもあるにはあるが、サービスという点ではお察しくださいというところだ。

『……このことは伏せとこうぜ。ウォルドルフ・アストリアだのニューヨーク・パレスだのフォーシーズンズだのピエール・ア・タージだのの客室を千室も埋めたらアズサが激怒しそうだ』

高級ホテルの宿泊にチャレンジするのは、いざとなったら自腹で払うつもりがある勇者だけに許された特権ってことにしておこう。

『だな』

『よし、早速実験計画を決めて計測協力者を募集するか。さすがに交通費は無理だが、会場と宿泊料金はワイズマンが持ってくれるって宣伝してやろうぜ』

『大枠が決まったら金を振り込むから、会場以外の見積もりを連絡してくれってさ』

『了解だ。後一ヶ月ちょっとか。よし、面白くなってきたな！』

『まったくだ』

通話を終了して、ヘッドセットを外し、今しがたの興奮を冷ますかのように、窓に近づいて外を眺めた。

最初はＷｅＷｏｒｋあたりを借りてやろうと考えていたから、人数をどう絞るかに悩んでいたけれど、ジャビッツなら千人を超えてもまったく問題はない。

夕日が空と墓地をオレンジに染めていくのを眺めながら、どんな実験をやろうかと彼は真剣に考え始めた。

二〇一九年　一月十四日（月）

SECTION：

代々木八幡　事務所

「おはようございます」

「鳴瀬さん？　早いですね」

「ええまあ」

九時過ぎに事務所に入ってきた鳴瀬さんは、曖昧に笑いながら上着を脱ぐと、早速鞄(かばん)から書類を取り出してテーブルの上に広げた。

「横浜の件、書類が揃いました。これにサインを頂ければ、すぐに利用できます」

「ありがとうございます」

この時代になっても重要な書類は紙だ。三好がその書類にサインをすると契約は完了らしい。

「こちらが一階の売買契約書になります」

「あ、転売許可って下りたんですか」

「はい。資産状況も問題ないとのことで、無過失責任にも十分対応できるとの判断です」

「で、こちらが地下一層の賃貸借契約書です」

それは現在(いま)の一層と、地上から二層までの階段部分を含んでいた。そうでないと、駐車場のゲートから直接二層に入った後、合法的に一層まで上がって来れてしまうからだ。

「こっちはホント大変でしたよ」

　何しろダンジョン内の賃貸契約は、俺たちが一坪借りた実績があるだけで、事実上はっきりとは決まっていない状態だったのだ。

「法務が夜っぴいて作業してましたけど、最後は感謝してましたよ」

「感謝？」

「ええ、おかげでセーフエリアの発見までに詳細が詰められたわけですから」

「ああ」

　セーフエリアは、碑文によるとこの先確実に現れる領域だ。

　もしもそれが現実に現れたとしたら、その場所の所有を巡って、色々と綱引きが行われることは目に見えている。

　これが世界に一つしかないとなれば、ＩＳＳ（国際宇宙ステーション）のような運用も可能だろうが、ダンジョンごとに存在するとなると、その場所を管理しているＤＡが切り盛りする必要がある。当然法的な準備も必要になるわけだが、現時点では存在もしていない上、いつ見つかるのかも分からない領域に対する立法など、後回しにされるに決まっている。

　それを業務として行えたということ自体が重要なのだろう。

「じゃ、これ。これで、契約は完了ですよね？」

　三好は、サインした書類に判を押して印鑑証明を添えると、鳴瀬さんに渡し、早速各所へと金を振り込んでいた。素早いな……

「あ、はい……はい。大丈夫です。ありがとうございました」

「さて、先輩。これでまた忙しくなりますね！」

「結局横浜はどうされるんです？」

「ダンジョン研究の開発拠点を作るんです。その名も『津々庵』です！」

それを聞いて俺は吹き出した。

「おま、あれ、マジだったの？」

「もちろんです。もう看板も発注しちゃいましたよ」

嘘だろ。経済界の人に怒られないか心配になるぞ、それ。

「真々庵？　って松下幸之助さんのですか？」

「いいえ。あちらは宇宙根源の力ですからね、真似なんかできませんし」

確かに。

宇宙根源の力が自然の理として一木一草の中にも生き生きと満ちあふれ、その理は生成発展であり、何にも囚われない「素直な心」で感謝し、理に従い、衆知を集めて努力する限り、物事はうまくいくようになっている、なんて松下幸之助さん以外の一般人が提唱したら、鼻で笑われるだけだろう。どこの新興宗教だよってなもんだ。

「普通の人が同じことを言ったら、『おまえ頭大丈夫か？』と言われそうです」

「さすがは松下の祖。会ったことないけど」

「凄いですよね。会ったことないですけど」

だが、Dファクターなんて概念だって、実はこの宇宙根源の力と大差ないのだ。おそらく三好も、その類似性に気が付いたから、こんな名前にしたに違いない。

「このシンシンは、興味津々のシンシンですよ。津々庵」

「それは次々と新しい何かが湧いて出そうですね」

「そうです！　きっとＪＤＡさんも忙しくなりますよ！」

三好のテンションに、鳴瀬さんは苦笑しながら、「できればお手柔らかにお願いします」と言った。今でもうちのせいで色々と仕事が増えてるんですからと、暗に釘を刺しに来たようだ。だが、残念ながらそうはいかないのだ。

「えーっと……それで、ですね」

「はい？」

遠慮がちに切り出した俺の様子に嫌な予感を抱いた彼女は、わずかに身構えた。

「横浜の一層ですけど、さっきの契約で十年間はＤパワーズの占有ですよね？」

「はい」

「そこで、ちょーっとご相談があるんですが……」

「……はい？」

いきなりの俺の発言に、鳴瀬さんが眉間にしわを寄せた。

「ま、コーヒーでも入れましょうか」

そう言って席を立った三好を目で追いながら、すぐに終わりそうにない話なのを感じた鳴瀬さんは、椅子に深く座り直した。

「で、相談というのは？」

「少し面倒な話になるんですが――」

それを聞いた鳴瀬さんが、額に汗を浮かべつつ口角を上げた。

「えっと……聞かないで帰ってもいいですか？」

「それはＪＤＡ職員としても、Ｄパワーズの専任としても、あまりお薦めできません。いずれ何かがあったときに困るというか……知っておいた方がいいと思いますよ」

「なんだか脅されてる気分になってきました」

「まず、横浜の一層なんですけど、あれ、実は一層じゃないんです」

「え？」

鳴瀬さんは、一瞬何かを聞き違えたのだろうかと首を傾げた。

「契約の文言ですけど、『現在の一層』って書いてありますよね」

「ええ、ちょっと変な表現だなとは思ったんですが……」

「実は、現在一層だと信じられている層は、ダンジョン的には二十層よりも下の扱いなんです」

「……は？」

何を言っているのかしら、この人って顔で、クエスチョンマークを浮かべた鳴瀬さんに、俺は、階段の一段一段がそれぞれダンジョンの階層である仮説について説明した。

「あそこの踊り場がダンジョンのフロアなのではないかという話は、宮内さんのチャンネルで見たことがありますけど……」

「そう。一見荒唐無稽に聞こえるあの話なんですけど、実は真実だったんです。正確に何層なのかは、調べようがないので分かりませんが――二十層よりも下だということは確実です」

「そう仰るからには、証拠があるんですか？」

そう、そこがこの話のミソなのだ。

「実は――ドロップしたんです」

「ドロップ？　って、まさか鉱石がですか？」

二十層というキーワードが絡んだアイテムドロップといえば、鉱石しかない。

俺は黙って頷いた。

「これは現時点ではただの推測なのですが――」

そして、これ幸いと、彼女に〈マイニング〉の鉱物選択仮説を披露した。いずれは説明しておく必要があるし、丁度いい機会だと思ったのだ。横浜でドロップするものの説明にもなる。

「――ドロップする鉱物を任意に選択できる可能性？」

鳴瀬さんは、とても信じられないといった様子でそう呟いた。

「そう。その可能性が大いにあるんです」

確かにサンプル数が少なすぎて証明はできない。だが、心証で言うならほぼクロだ。しかも客観的に証明された後では手遅れになる可能性があるのだ。

「我々に一番身近な金属ってなんだと思います？」

「それは、鉄でしょうね」

「そうなんです。おそらくダントツで鉄なんですよ」

そのせいで、何も考えずに鉱石をドロップさせると、鉄になってしまう可能性が高いことを説明した。それもかなりの高確率でだ。

「え？　全フロア別の鉱物になるんじゃないんですか？」

「と、思うでしょう？　実際俺たちもそうだと勘違いしていたんですが、そんなことは碑文のどこにも書かれていないんです」

あらかじめ各層にはドロップする鉱物が決められていて、隠されたそれを同定するのが〈マイニング〉の仕事だと考えている人は多そうだ。

「じゃあ、下手をすると――」

「全フロア鉄がドロップするという、恐ろしい結果になりかねません」

そこで三好がコーヒーを持ってきた。

「お、サンキュー」

俺の言葉をかみしめるように聞いていた鳴瀬さんは、その話の問題点に気が付いたように顔を上げると、眉尻を下げた。

「お話は分かりましたけど、現実問題として、そんな専門家の方に二十層以降のモンスターを倒せというのは、ちょっと」

「ま、それが問題ですよね」

これがDカードならアーシャ方式が通用するだろうが、〈マイニング〉はそうはいかない。

小麦さんを育てるのだって、かなりの苦労を強いられているのだ。

「今のところは、せっかくですから六条さんにお願いしようと考えているのですが――」

「……押し付けておいてなんですが、そんなことが可能なんですか?」

常識的に考えれば不可能だ。

だが、新方式と〈闇魔法(Ⅵ)〉の二つがあれば――

「一月中にはなんとかめどが立つと思います」

「うそっ……」

鳴瀬さんは驚愕(きょうがく)の表情を浮かべて、言葉を失くした。

いや、クライアントがその反応はないだろう。俺はつい苦笑した。

「いいんですか、先輩。そんな安請け合いしちゃって」

「六条さん、めっちゃやる気になってただろ。あの調子じゃ、三週間どころか下手すりゃ半月でノルマを達成しそうだったぞ」

「そうなってくると、二人分サポートしているアルスルズのMPに不安が出ますね」

俺たちが話していると、我に返った鳴瀬さんが、思わず食い気味に訊いてきた。

「完全に初心者で、スポーツの経験もほとんどない女性が、一ヶ月もしないうちに二十層以降に下りてモンスターを倒せるようになるってことですか?!」

「え、ええ。まあ……」

「どうやったらそんなことが……」

「いや、今回はたまたま、そう、たまたまそういう方法をひねり出したというだけで――いつでも、誰にでもできるってわけじゃありませんから」

あまりの食い付きに、思わず俺は適当な言い訳をしてしまった。

三好が苦笑していそうだが、まあ、完全に嘘ってわけでもないだろう。仮にステータスを上げたところで、勝手に攻撃してくれる〈闇魔法（Ⅵ）〉がなければ未経験者にはおそらく不可能だ。

「と、とにかくですね、十八層で誰かが〈マイニング〉をドロップさせたとき、テストのつもりで無計画にドロップさせられると後で困るかもしれないんですよ」

現在の十八層には、世界中の高位探索者が集中している。だが、そういった探索者の中に鉱物のエキスパートはおそらくいないだろう。

スキルオーブの性質を考えれば、〈マイニング〉は、若くて有望な探索者に使われる可能性が高いはずだ。何しろ大部分の人間はドロップする鉱石はランダムに決定されると思っているし、それなら長く活躍してくれそうな人物が望ましいからだ。

そうして、優秀だが若い探索者が触れている金属？　ますます鉄がドロップする確率が高まるような気がしてならなかった。

「分かりました。でもこの情報が広まると、他国のパブリックダンジョンで練習してから自国のダンジョンで本番を行うなんてことも考えられますね」

「可能性どころか、普通はそうするでしょう。そして、代々木はパブリックダンジョンで、〈マイニング〉がドロップする層から、わずか数層下りるだけでそれをテストできる環境があるんです。

ＪＤＡで規制するなら今しかありませんよ」

「こちらも上申してみます。課長は信じてくれるでしょうが、客観的な証拠が乏しすぎて、外部からの圧力を躱せるかどうか……」

メモを取り終えた鳴瀬さんが、ファイルを閉じて眉をひそめた。

「ところで、この話自体は非常に有用な情報でありがたいのですが、それと横浜の一層にどんな関係が？」

俺はカップの底に残っていたコーヒーを一気に飲み込んで、それをテーブルの上に置いた。

「それなんですが、実はドロップしたものを販売するにあたって鳴瀬さんというか、ＪＤＡには、将来的にデビアスあたりと折衝してもらう必要があるかもしれないんです」

「デビアス？　それって、まさか――」

「横浜の一層でドロップするのはダイアなんです」

「――ですよね」

鳴瀬さんががっくりと肩を落としてそう言った。

ダイアモンドカルテルは二〇〇〇年に正式に終了し、中央販売機構は、ＤＴＣ（Diamond Trading Company）として活動するだけになっているとはいえ、数量によってはどこからチャチャが入るか分からない。

ブレグジットの影響で、規制が緩むだろうとも言われているが、それにしてもだ。

俺は、横浜からドロップした三個のダイアを取り出して彼女の前に置いた。

「え？　け、結構な品質のものに見えるんですけど……って、原石じゃなくて、カット済みのダイアなんですか?!　なんで、こんなものが」

「それをドロップさせた時、俺たちはその場所を単なる一層だと思っていたんです。そうしてたまたま話題に上っていたダイアのこと以外、何も考えていなかった」

「その結果が――」

「それです」

俺は三個のダイアを指差した。

「まあそれが、さっきの鉱石を選択的にドロップさせる可能性に繋がったんですけどね」

「なるほど」

「ＪＤＡに販売するのが面倒がなくていいんですが、そちらとしても個数が増えたとき、どこから何を言われるか分からないでしょうから、一応先行してお話をしているわけです」

場合によってはＷＤＡがダイアのロンダリングに使われているような難癖だって、付けようと思えば付けられるだろう。

鳴瀬さんは、そのダイアをペンの先で転がしながら、「しかし、これ、賃貸契約の件で問題になるかもしれませんよ」と言った。

ダイアがドロップすることを知っていて一層を占有したんだと言われれば、確かに問題になる可能性が高い。だがそれが目的だったわけじゃないのだ。誰も信じてくれないかもしれないが。

鳴瀬さんの発言を聞いた三好は、カップをソーサーの上に置くと、すまし顔で言った。

「大丈夫です。それをドロップさせるのは、もう少し先になりますから。そのときはラッキーだって驚くことになりますね、私たち」

「え？」

「ラッキーでしょう？　借りた一層から鉱物が出るなんて思いもしませんよ、普通」

「三好……」

「ま、そういうことです。今更無意味に波風を立てても仕方がないでしょう？」

　鳴瀬さんはそれを聞いて苦笑した。

「分かりました。この件は、しばらくしてこれが売りだされるまで、私は知りませんでした。ダイアが売りだされたらきっと驚くでしょうね、私も」

「私も驚きます！」

「お前らな……」

「しかし、そうなると、これを鉱物ドロップ理論の客観的な証拠だと言って提出するのは難しいですよね」

「そうですね。実際にドロップが発表されるまでは」

　鳴瀬さんはしばらくダイアを見つめて考えていたが、仕方がないと顔を上げた。

「では発表後、他企業との間で問題が起きそうなら相談します」

「お願いします。世界的にだぶついているのは、低品質の原石と人工ダイアなので大きな問題はないと信じたいですけど。もしかしたらライトボックスみたいな別のカテゴリーが生まれるかもしれませんし」

デビアスは、去年の九月にライトボックスという人造ダイアのブランドを発表した。天然ダイアの十分の一程度の価格で、ピンク・ブルー・ホワイトの三種類を揃えてファッション・ジュエリーとして売り出したのだ。ダンジョンブランドの石も、数が増えれば特殊なブランドにカテゴライズされる可能性は十分あるだろう。

区別ができるのなら、だが。

SECTION：
代々木　岸記念体育会館

　代々木ダンジョンのすぐ裏手にある岸記念体育会館(注13)の四階では、一人の強化委員が机の向こう側に座っている強化部長に食ってかかっていた。

「七十メートルラウンドで、七〇五ポイントだと？」

　祝日に委員から呼び出された強化部長は、そこで眉唾物のあり得ない数値を聞かされて、顔をしかめた。

　七十メートルラウンドは、七十メートル先の的に向かって七十二射して合計ポイントを競う競技だ。アーチェリーの的は中央が一〇ポイントなので、すべて中央の直径十二センチほどの円の中に入れると、合計で七二〇ポイントになる。

　言葉にすると簡単そうだが、そんなことのできる人間はいない。少なくとも今のところは。

　何しろ男子の日本記録は六九二ポイントだし、女子なら六八〇ポイントだ。そして、男子の世界記録ですら七〇〇ポイントなのだ。

「そうです。先日光が丘であったオープンな大会の――エキシビションというよりも、ただの撮影だったそうなんですが、そこで叩き出された記録です」

「撮影？　連盟の登録選手じゃないのか？」

　公認の大会に出場するというのなら、都道府県の協会や連盟に登録されているはずだが、ローカルな大会はその限りではない。しかも大会への参加ではなく撮影の一環だったと言われれば、選手ですらある必要はないのだ。

「……調べても同年齢だと思われる斎藤涼子という名前の人物は登録されていませんでした」

強化部長は、なんだそれとばかりに息を吐き出した。だが、強化委員の男はそれにもめげず、内ポケットから何かを取り出した。

「その場にいた選手が、その様子をずっと録画していたそうで、その映像をＹｏｕＴｕｂｅにアップしたんです」

そう言って、男はその動画が入ったデータを彼に渡した。

「公開されているのか?!」

「もう削除されています。たぶん芸能関係者からの要請だと思いますが」

しかし一度インターネットにアップロードされたデータが消えることはまずない。この瞬間にも、再びどこかのサイトにアップロードされていてもおかしくはないだろう。

「とにかく、彼女は知名度もありますし、今すぐ強化選手に指定するべきですよ！」

まあ、女優選手となれば広報や普及委員は喜ぶだろう。しかも強いとなればなおさらだ。

「彼女はどこでアーチェリーを？」

「ダンジョンの中だそうです」

アーチャーというより、ハンターというわけか。

強化部長はダンジョンのスポーツ界への影響についての議論を思い出していた。

「だが、すでに去年の十一月、つま恋でナショナルチーム兼東京二〇二〇オリンピック強化指定選手は選考された後だぞ？」

「そんなことは分かってますよ」

強化委員は、もどかしげにそう言いながら、そういう問題じゃないんだと考えていた。

どこの誰が、まぐれでも七〇五ポイントなんてスコアを叩き出せるって言うんだ？

「リオの失敗を受けて、できるだけ本番に近いところで決めるっていう方針にしたんでしょう？　一番調子がいい選手を選ばないと駄目だと言っていたじゃありませんか」

「それはその通りだが……彼女は連盟にも登録されていないんだろう？　その大会だって、ただのオープンの大会だ」

「連盟の登録なんて特別な資格が必要なわけじゃないでしょう？　それに、アーチェリーの得点に大会の大きさは関係ありませんよ！」

そんなことはどうでもいいことなんだとばかりに、彼はその時の様子を熱弁した。

「いいですか？　彼女は七十メートルラウンドに、使ったこともないベアボウで参加して、最初の二射こそMと五ポイントでしたが、残りの七十射は、すべて一〇ポイントの円の中に入れたんですよ」

「とても信じられん」

「それに彼女は、つけ矢(注14)をやってないんです。おそらく最初の二射は、つけ矢のつもりだったんだと思います」

「つまり、それがなければ満点の可能性があったということか？　リカーブですら誰もやったことがないのに、初めて使ったベアボウで？」

あり得ない――そう考えるしかなかった。

「来月のチュラビスタは無理でも、三月にある世界選手権の三次選考会になら間に合います」

「いきなり上位八名と一緒にするのは他の選手の反感を買わないか？　ましてや女優だぞ？　売り出しのためのごり押しに見えてもおかしくないだろう」

「ダントツの実力があれば、そんなもの」

強化部長は、選考会の枠を例外的に一つ増やすことはできるだろうと考えた。しかし、彼女は本当に大会などに出場するのだろうか？

「もし、それが可能だとしてだな、最終選考会の四月のメデジンや、六月の本番、スヘルトーヘンボスへ出場が可能なのか？　ああいう世界はよく分からんのだが」

今年の世界選手権は、オランダのスヘルトーヘンボスで行われる。そして、世界選手権代表選手

（注13）岸記念体育会館の四階
当時ここにあったいくつかの連盟は、二〇一九年の夏に、新宿のJAPAN SPORT OLYMPIC SQUAREに引っ越したため現在とは住所が違うが、物語の時間軸ではまだここにある。

（注14）つけ矢
実地でする練習のこと。本来なら本番の前に一度練習できる。

の最終選考会が行われるメデジンはコロンビアだ。

「……分かりません」

「おい！　まずはそこをはっきりさせないと、特例もクソもないだろう」

「分かりました！　まずはプロダクションに当たってみます！」

そう言って男は一礼すると、嵐のように去っていった。

「ふー。熱血漢なのはいいが、夢中になると少し周りが見えなくなるのは、なんとかしてほしいものだな」

強化部長は椅子から立ち上がると、窓から、代々木ダンジョンの方を眺めた。

ダンジョンができて三年、その影響力は、確かにスポーツ界へも浸透してきていた。

「体力系のスポーツだけの話だと思っていたが、技術のウェイトが大きな競技にまで影響するとなると、こちらも考える必要があるか」

日本のアーチャーは、ヨーロッパやアメリカと違い、ほぼ一〇〇%が競技志向だ。

七十メートルラウンドで七二〇ポイントが十人出るような世界がやってきたとき、一般人のアーチャーは増えるだろうか？　それとも、やる気をなくして去っていくだろうか？

結局、我々の仕事はアーチェリーという競技の振興だ。それにダンジョンがどう影響するのかを見極めなければ。

二〇一九年　一月十五日（火）

SECTION：代々木ダンジョン

「ふわぁああ」

「なんだ三好、眠そうだな？」

今日は斎藤さんたちが、パイロットフィルムとやらを撮影しに入ダンする日だ。俺たちは、たぶん先行している彼女たちを追いかけて、代々木の一層へと下りたところだった。

「だってこれから二日はダンジョンでしょう？　レポート仕上げてたんですよ」

先日、ダンジョニングでテストした麦の芽が出た。

そして前回カットした株が成長していないことを踏まえて、仮説を論文に仕立て上げたのだ。

あくまでもダンジョン特許申請のオマケだが、これを追試して確認した連中は、きっと目の色を変えてあらゆるもののダンジョニングを探り始めるに違いない。それが、俺たちの狙いだった。

「それはそれは。大変お疲れ様です。それでは私奴（わたくしめ）が先行させていただきます」

「うむ。良きに計らえ」

一層や二層の下層へのルート上は、人も多いし特に気にすることはない。昔と違って、ちゃんと初心者装備も身に付けているから、無駄に親切な人も絡んではこない。

俺たちは鼻歌交じりに、散歩気分で歩いていた。

夕べ遅く、ダンジョンで最後のスライム退治に邁進（まいしん）していた斎藤さんがやって来て、今日からパイロット撮影に入ダンするという報告をされた。

§

「聞いてよ師匠！　休みなく十時間だよ、十時間！　もう、毎日毎日延々とスライムを叩かされてさー、アイスレムくんは鬼だったよ、犬じゃなくて鬼！」

そう一気にまくしたてられたアイスレムは、ボクは仕事を完遂しただけなのになあと、理不尽な評価にしゅんと小さくなっていた。

「私はずっと賽の河原で石を積んでる気分だったんだよ、ほんとに」

だが、その結果は凄い。

わずか六日間で四千七匹のスライムを叩き、80・14ポイントを獲得、ランキングリストは堂々の三百六十八位だ。御劔さんを抜いて、民間なら代々木のナンバーワン探索者になったのではないだろうか。もしも同じペースで叩き続けたとしたら、六条さんは半月かからずノルマを達成することになる。

考えてみれば、一分で一匹を倒したとしても十時間で六百匹。三十秒なら千二百匹だ。普通なら机上の空論にすぎないが、代々木の一層ならそれが可能なのだ。

だが問題はＳＰの配分だ。

ガン
ガン

弓使いの彼女は、本来ならＤＥＸ－ＡＧＩスタイルが有効だ。今ならＤＥＸを１００にすることだってできるし、もしもそうしたとすれば、おそらく現時点で世界一の女優になるはずだ。名声はともかく実力なら。

だが、彼女は死にたくないからこの特訓を受け入れたのだ。

何しろ対象は十層だ。物量で囲まれてしまえば、ＶＩＴがあっても生きていられる時間が少し伸びるだけだし、ＡＧＩがあってもいずれは押し潰されてしまうだろう。何しろ逃げるスペースがないからだ。

「うーん……」

「どうしました、先輩？」

言い訳用にダイニングでメチャ苦茶を用意しながら、三好が難しい顔をして考え込んでいる俺の顔を覗き込んだ。

「いや、どう割り振ったもんかなと思ってさ」

俺はソファでアイスレムに文句を垂れている斎藤さんを顎で指しながら小声でそう言った。

「結局総合的に底上げするしかなくないですか？」

「かなぁ」

演技力の向上という明確な目的があった前回とは異なるのだ。

俺は、三好が彼女にメチャ苦茶を飲ませた瞬間を狙って、総合的に力量をアップさせた。

彼女はその味のインパクトに悶絶（もんぜつ）していたが、しばらくして落ち着くと、なんだか大きく変わった自分の感覚に驚いているようだった。

三百位台とはいえ全振りだ。ステータスだけならサイモンチーム級になっている。しかも突然大きくステータスアップした今、それまでとはまるで違う感覚に襲われているはずだ。

今回と比べれば、クリスマスの時は、たった33ポイントだったし、実感の出やすいSTRやAGIの増分は少なめだったのだ。

「師匠。これ、一体……？」

「あのお茶で蓄積されていた潜在能力が引き出されたとでも言うか……まあ、感覚が今までと全然違うと思うから、急に全力で飛んだり走ったりしない方がいいぞ」

「お茶で？」

彼女はやや懐疑的な表情を見せたが、それ以上は追及してこなかった。

§

「それで、斎藤さんは？」

「入ダンは八時頃って言ってましたけど、すぐに追いつけなくても連絡用にアイスレムをくっつけておきましたから、見失うことはありませんよ」

「んじゃ、急いで六層へ行くか」

今回は斎藤さんたちと合流する前にやることがあるのだ。

俺が単独で行動することも考えたが、六条さんたちにドゥルトウィンを貸し出している現在、俺たちの守りはカヴァス一頭だ。なるべく二人で一緒にいる必要があった。

「ま、ステータスだけならトップレンジの探索者にも引けを取らない値になっているし、一桁層なら危険はないだろ。連中、同化薬は？」

「一応揃えたらしいですけど、自前でも狙うそうです」

「経費の節約かね。でもそんなに都合よくドロップするか、あれ」

「豚串キャンプの傍じゃ人口密度も高そうですし無理でしょうね。あそこからなら九層へ下りるしかないでしょうけど、九層は……」

「コロニアルワーム様が出るからなぁ……」

いくら見守り隊でも、コロニアルワームは勘弁してほしい。アイスレムだって裸足で逃げ出すに違いない。あ、あいつは最初から裸足か。

「もしも運悪く遭遇したら、斎藤さんを担いで逃げるしかありませんよ」

「そりゃそうだが、今や一番ＡＧＩが低いのは三好だぞ？」

「ええ?!」

三好は驚いたようにそう声を上げたが、コロニアルワームなら、三好でも十分逃げられるはずだ。

何しろ所詮は九層のモンスターなのだ。絶対に会いたくはないが。

§

『ガチョウたちは予定通り地下に潜った。繰り返す。ガチョウたちは予定通り地下に潜った』

二層の出口でヘッドセットから聞こえてくる音声を聞いて、探索者というよりも軍人といった装備に身を包んだ男たちの中央で、百八十センチに少し足りない、軍人としては小柄だが筋肉ががっしりと詰まった体形をしている男が立ちあがった。

ただラーテルという呼び名だけで知られているその男は、イラク内戦で活躍し、第一次リビア内戦で反カダフィ派が確保した地域にちなんでキュレナイカのバジリスクと恐れられた男だった。

探索者にもバトルドレスの愛好者は多いため大きく目立ってはいないが、その集団が醸(かも)し出す雰囲気は一種異様といってよかった。いわゆる本物というやつだ。

『で、私たちはどうします？　隊長』

彼に声を掛けたのは、その男の副官をずっと拝命し続けていたファシーラ[注15]と呼ばれている男だ。その名の通り飄々(ひょうひょう)とした、ラーテルよりも背の高い細マッチョだった。

『オークションが終了したら、しばらく連中に張り付けってのが依頼主のご意向だ。俺たちはそれに従うだけだ』

『連中が、金の卵を産む存在ってわけですか』

『だろうな』

　スキルオーブの存在時間は、わずか一日だ。

　つまり、それを相手に渡すためには、受け渡し予定日時の前、二十四時間以内にそれを取得する必要がある。そこを集中的に監視するというのは、手段としては間違っていない。

　だが、初回のオークションはともかく、二回目以降のオークションで同じことを考えなかった組織はないだろう。そいつらが成功していないということは、そこには何かがあるのだ。確実に。

『〈異界言語理解〉の騒動じゃ、ＣＮとＲＵがコケにされたって聞きましたよ』

『ＣＮは自衛隊に助けられたって話だったが、ＲＵ？』

『ＦＳＢ（ロシア連邦保安庁）の連中がダンジョンの中で気絶しているところを探索者に救助されたって話は事実ですし、それ以外にも〈異界言語理解〉取引当日に、五人が銃刀法違反で日本の警察機関に捕まったって話が出回ってます。しかもＳＶＲ（ロシア対外情報庁）の「防壁」だったたって噂ですぜ』

『「防壁」が日本の警察当局に捕まる？　あり得んと一蹴したいところだが……連中が自害できないシチュエーションを作り上げられる奴が日本の当局にいるということか』

　思ったより侮れんなと、彼は独りごちた。

『ＤＡＤとひと悶着あったとも聞きますが――いずれにしても、コケにされたことは確実です』

『はっ。それで今まで復讐の一つもできちゃいないとしたら、長い腕も衰えたものだな』

『二〇一〇年のスパイ事件じゃ、逮捕された十人はまるでアマチュアだったたって話ですから』

　それは、米当局がロシア人十名をスパイ容疑で逮捕・起訴した事件だ。彼らはＳＮＳを利用して連絡を取り、ロシア語訛りの英語を話していたのだ。KGB時代ならあり得ないことだった。

『他山の石にしなければな』

『なんですそれ？』

『他の山から出た粗悪な石でも、自分の玉を磨くのに役立つという意味のCNの故事だとよ』

『隊長、意外とインテリですね』

『死にたいか？』

『包囲と配置は計画通りに？』

『連中、何かの探知スキルか道具を持っていることは確実だ。うまく立ち回れよ』

『暗殺ならともかく、俺たちはスパイじゃないですからねぇ……』

ファシーラは頭を掻きながらそうぼやいた。

だが、破壊工作は仕事の範疇だ。相手の能力が未知数なのが大きな不安材料だが。

『まあ、攻撃よりも斥候の能力が高そうな連中を呼び寄せましたし、依頼主殿がフランス政界のお友達のコネで、COS（特殊作戦司令部）のダンジョン攻略部隊から、〈生命探知〉持ちを一人よこしてくれましたから、それを付けてあります。なんでも探知方向を任意に絞って距離を伸ばせる

（注15）　ファシーラ
「facile」はフランス語。英語で言うなら「easy」。なんでも簡単そうにこなすところから付いたあだ名らしい。

凄腕らしいですよ』

『足手まといにならなきゃいいがな』

『隊長。ダンジョン内については向こうがプロなんですから、ヤバい発言は控えてくださいよ』

『たった三年でプロもくそもあるか』

吐き出すように言った歴戦の傭兵（ようへい）であるラーテルの言葉を聞きながら、違いないとばかりにファシーラは肩をすくめた。

『それから、うちと似たような連中が動き回っているようですぜ』

『助っ人か？』

『いえ、正規のやつらのようです』

『ふん。正規軍の連中に獲物をさらわれるのは業腹だな』

『違いありません』

ファシーラは手早く数名を呼び寄せると、いくつかの指示を与えて送り出した。さりげなく妨害工作を行うのだろう。

SECTION：

代々木ダンジョン　六層

六層に下りた俺たちは、早速目的のモンスターがいるはずの森の奥を目指した。

下一桁は少し怪しいが、誤差は十匹以内のはずだ。スライムあたりできれいに揃えるのは、時間的に難しかったのだ。

「一応来たことは来たが、一体どうやって見つけるんだ？」

そのモンスターは、Bittacus Chameleon。日本ではまたアイテムを落としていないから、正式和名は不明だが、カマネレオンなんて呼ばれている。

カメレオン系だけに、身を隠すのがうまく、探そうとしてもなかなか見つからないらしい。

Bittacusは広く分布しているガガンボのような昆虫だが、ここは、紀元前五世紀にクニドスのクテシアスが記した、話す鳥の名前から来ているようだ。

このモンスターの正式名称が知られたのは、マダガスカル島にあるダンジョンで、とあるオーブがドロップしたからだった。

そのオーブの名前は「impersonate」だったのだ。日本語で言えば「ものまね」だろうか。

そしてその効果は――

「まさか声色を変えられるオーブがあるとはね」

「世界は広いですよね。探索には何の役にも立ちませんけど」

そう、探索には大して役に立たないが、今の俺たちにはとても役に立つオーブなのだ。

「ファントム様の声は最大の懸案でしたからね」

フィクションで使われるような、喉の辺りに設置して声をまるっきり変えてしまうような道具は存在しないか、仮にあったとしても購入できるような場所では見当たらなかった。

少し低音で喋ってみたりもしたが、どうもうまくなかったのだ。

三好に至っては、いくつかの看板を用意して、それを掲げたらどうですか、なんて真面目な顔で言い出す始末だ。どこのコメディ漫画だよ、それ。

「話によると、十一層のレッサーサラマンドラより面倒くさいそうですよ」

「なにぃ？　あいつらだって擬態中は〈生命探知〉をすり抜けるんだぞ？」

「まずは、カヴァスの探知能力に期待しましょう」

どうやっているのかは分からないが、アルスルズはレッサーサラマンドラの擬態をものともしなかった。犬だけに嗅覚かとも思ったが、一般的にモンスターの嗅覚は退化しているか、ないとすら言われている。採餌行動も生殖行動もとらないからだ。

だが、アルスルズたちが人間様の料理を美味しそうに食べるのを見ていると、実は嗅覚もちゃんとあるんじゃないだろうかと思わないでもない。嗅覚なしで料理の味は楽しめないからだ。今度、シュールストレミングあたりでどうなるか試してみよう。

レッサーサラマンドラを探し出した彼らの探知能力だったが、樹上にいると思われるモンスターの探知ははかばかしくなかった。時折、ワイルドボアなどの地上種と会敵するだけで、時間は刻々と過ぎていった。

「どうにもうまくないな」

「数が少ないんでしょうか?」

「棲息地は間違いないよな?」

「JDAのマップが正しければ」

JDAが公開しているダンジョン情報局には、各フロアの地図やエリア区分、そこに棲息しているモンスターなどの情報が公開されている。それによると、件のカメレオンは、六層の森林エリアの深部に棲息していることになっていた。

その後も、数十分うろついてみたが、結果は芳(かんば)しくなかった。

「仕方ない、試してみるか」

そう言って俺は二つのオーブを取り出した。

「先輩?」

「ほら、こいつを使っとけ」

「〈生命探知〉ですか?」

「丁度二個あるからな、俺はとりあえず二重取りしたらどうなるか試してみるから」

〈生命探知〉はスケルトンを始めとしてウルフやコボルドなど、それをドロップするモンスターは枚挙にいとまがない。確率はそれぞれ様々だが、〈メイキング〉にそれは関係ないから、結構な数を取得することになるのだ。

ただ追跡系だけに、オークションに出すことは憚られた。そのせいで、最も溜まりやすいオーブの一つとなっていた。

俺たちはいつものように、互いに人間をやめるコールをしながらそれを使用した。

「で、どうです？　〈生命探知〉の二重取り」

そう言われて、色々辺りの気配を探ってみたりしたが、特に大きな変化は感じられなかった。ただ――

「感度はいまいち分からんが、探知範囲が広がったぞ」

「へー」

その広がった領域に、突然ごちゃっとまとまった反応が現れた。

「んん？」

「なんです？」

「いや、お前の〈生命探知〉に何か反応があるか？」

「いえ、特には」

つまりこいつらは、通常の〈生命探知〉の感知距離ぎりぎりにいるわけか……

「先輩？」

「ちょうど〈生命探知〉の探知範囲ぎりぎりに、結構な数の探索者がまとまってるんだ」

「くっついて来てる誰か、でしょうか？」

もしそうなら、〈生命探知〉の感知距離を熟知しているなんて普通じゃあり得ない。それにその距離を維持することは、通常の〈生命探知〉よりもレンジの長い探知手段を持っていなければ不可能だ。しかし、それが監視や追跡を行っている者か普通の探索者なのかを判断するのは、なかなか難しかった。一層や夜の十層のように誰もいない領域ならいざ知らず、ここはまだ浅層といえる領域で、人はそれなりに多いからだ。

「まだ人の多い一桁層だし、偶然かもしれないけどな」

特に実害はないから、今のところは気にしないでおこう。

「しかし、カメレオンの反応はなしか。考えてみれば、俺たち結構十層に行ってるけど、未だにモノアイとか見たことないし。それなりに希少なモンスターは多いのかもな」

「こうなったら仕方ありません」

「ん？」

「秘密兵器を使いましょう！」

「秘密兵器だ？　森ごと焼き払うなんてのはなしだぞ」

〈生命探知〉に意識を集中しても、影響が出るほど近くに探索者はいない。相変わらず遠目にうろうろしている連中はいたが。しかし、無差別にモンスターを大量虐殺するような手段は、下二桁調整が不可能だから、この場合は悪手といえるだろう。

「そんなことしませんよ。私を何だと思ってるんですか」

「頼れる非常識なやつ」

「そう、私は頼れる女！　こんなこともあろうかと！」

こいつ非常識のところを丸ごとスルーしやがった。

「これです！」

じゃーんという効果音が聞こえそうな勢いで、三好は〈収納庫〉の中から、何やら大げさな機械を取り出した。

「なんだそれ？　投光器？」

「ふっふっふ。携帯できるタイプの紫外線照射装置です！　超強力なやつですよ！」

「そんなものどうするんだよ？　ローマの地下にある遺跡で柱の男でも封じ込めるのか？」

「どこにそんなのがいるんですか……いいですか、先輩。ある種のカメレオンには、骨が蛍光発光するものがいるんですよ」

「骨？」

それは去年の一月、サイエンティフィック・リポーツに、ミュンヘン動物学収集博物館の博士課程の学生が発表した論文で報告され(注16)、驚きをもって迎えられたそうだ。

特に顔面にある円形の突起が、綺麗な青色の発光パターンを示すらしい。

カメレオンの棲息場所は、今いるような深い森の中だ。薄暗いし、純粋に青いものが少ない空間だから、もしも発光したとしたら、それは目立つことだろう。

「どんなカメレオンでも反応するのか？」

「そういうわけではありませんが、このモンスターが最初に有名になったのはマダガスカル島ですからね」

件のカメレオンは、マダガスカルの固有種だったらしい。

「まあ、せっかく持って来たんだから、試してみようぜ」

棒の先についた強力な紫外線照射器を森の木々に向けた三好は、「行きます！」と、俺に一声掛けてからそのスイッチを入れた。

「おお?!」

その光に照らされると、比較的高所にある枝のあちこちに、青く輝く点が、まるで星のように現れ始めたのだ。

「おい……まさか、あれが全部そうなのか？」

「なんで襲ってこないんですかね？」

「ある程度一杯になったところで、一斉に舌を伸ばしてくるんじゃないだろうな……」

「それはぞっとしませんね。先輩、やっちゃってください！」

「あ、ああ」

俺は少し離れた位置にいた星に向かって、ウォーターランスの細いやつを撃ち出した。どうやら頭は硬いらしく、一発では倒せなかったが、当たった瞬間に奇妙な声を上げて姿を現した。

（注16）論文
https://doi.org/10.1038/s41598-017-19070-7
２０１８年にバイエルン州立動物学博物館の研究員が発表した論文。
『サイエンティフィック・リポーツ』に掲載された。

『ぎゃぁあああ！』

「おい！　マンドラゴラかよ！　趣味が悪いぞ！」

もう一発当ててると、黒い光に還元したが、当たるたびに、まるで人間のような悲鳴が上がる。

『もう、やめてくれよ！』

『酷い！』

『やーめーてぇええ』

「……三好、こいつら、精神攻撃か何かを得意としてるのか？」

「これ、夜中に後ろから声を掛けられたら怖いですね。振り返っても誰もいないんですよ」

「三好が死んだ後、夜中に後ろから『せんぱぁあい』とかこいつらに言われたら心臓マヒを起こす自信があるぞ」

「縁起でもないですね！」

しかしこれ、近くに探索者がいたら、何か誤解されそうだな……

それを避けるために、素早く七匹を倒したところで、〈メイキング〉が仕事をした。

► スキルオーブ：声真似	1/	40,000,000
► スキルオーブ：タンショット	1/	500,000,000
► スキルオーブ：カモフラージュ	1/	1,200,000,000
► スキルオーブ：インビジブル	1/	3,100,000,000

「うえ？」

「どうしました？　〈声真似〉ありますよね？」

「あ、ああ……まあな」

俺はそう言って、彼女にオーブのリストを書いたメモを渡した。

三好はそれを見ると、実に面白そうな顔をした。

「〈タンショット〉って、舌が伸びるんでしょうか？」

「それは実に興味深いが、〈自切〉や〈自再生〉と同様で種に依存する気もするな」

「試してみます？」

三好がおかしそうに舌をぴこぴこと出し入れさせて言った。

「冗談はよせよ」

「で、問題はこれですか」

三好が指差したのは当然〈インビジブル〉だ。

「カメレオンが〈カモフラージュ〉を持っているのは当然として、まさか〈インビジブル〉まであるとは思いませんでしたね……」

〈カモフラージュ〉は、周囲の風景に溶け込んで発見を困難にすることだろう。そして〈インビジブル〉はその名の通り透明化だ。体が透明になるのだろうか。

「映画だと元に戻れなくなって暴走しますけど」

「それ以前に裸で歩くのがなぁ……さすがに服は透過しないだろ？」

「透明化は凄いかもしれませんけど、スパイ的にはどうですかね？」

「まあ、現代なら床の圧力センサーに引っかかるよな」

透明になっても、体重をごまかせたりはしない。重要な施設に入るのは難しいだろう。

「でも、こんなスキルがあるんですね。うちもセンサーフロア導入しないとダメかなぁ……」

「秘密基地化が進みそうだな」

三好が真面目な顔をして、そんな検討をしているのを見て、俺は思わず茶化したが、もしかしたら笑い事ではないのかもしれない。

「しかし、三十一億分の一か……」

「先輩。今回は時間がないんですから、余計なことを考えないでくださいよ。必要になったらまた来るってことで」

「わ、分かってるって」

そうして俺は、予定通り〈声真似〉を取得すると、その場で使用した。

「あーあー……三好の声」

「うわっ、本当に録音した私の声みたいに聞こえます」

「そりゃそうだろう。だが三好の声ってわけにはいかないよな。ファントムって言うくらいだから、ちょっと低音で渋い声かな……って、まてよ？」

「どうしました？」

「しまった！　ボイスチェンジと違って、〈声真似〉だろ？　オリジナルがないとうまく声が作れないっぽいぞ?!」

「じゃあ、ユーリ＝ウィチニアコフさんとか」

「誰だよそれ」

「地獄の底から響いてくるような低く太い声が特徴の、バッソ・プロフォンドな人ですよ」

「全然知らん……もうこの際サイモンで良くないか？」

「面白いとは思いますけど、どっかで問題になりそうな気がしませんか？」

「まあまあ、今回だけだよ」

「大丈夫かなぁ……」

心配そうな三好を尻目に、俺たちは、大分遅れた時間を取り戻そうと移動を開始した。

どうせ斎藤さんたちは豚串キャンプで一泊するはずだ。それが十層を目指す探索者のスタンダードだからだ。

§

『なんだ？　何か叫んだぞ』

ラーテルが派遣したフォローチームは、アラン＝ボージェ――フランス軍から派遣された〈生命探知〉持ちの少尉で、その特殊な技能から、口さがないアメリカのチームはラバーネックと呼んでいた――の指定した方角に向けて収音マイクで探りを入れていた。

さすがに普通の音量の会話は拾えないが、ある程度以上の大声ならかろうじて拾えるのだ。

『どうやら、「人間をやめるぞ！」と叫んでいますね』

日本語の分かるメンバーがそれを翻訳して伝えた。

『は？　二人ともか？　一体どういう意味だ？』

『変身系のスキル持ちでしょうか？』

『ワーウルフとかか?』

『デビルフルーツでも食べたのかもよ』

ひとしきり頭をひねり、冗談まで飛び出したが、これ以上近づけない彼らに実際のところを知ることはできなかった。

『なんだ? 悲鳴?』

その後すぐに聞こえてきたのは、複数の男女の悲鳴だった。

『助けを求めてますね』

『おいおい、あいつらこの先で虐殺でもやってるのか?』

マイクから聞こえる音をヘッドセットを通して聞かされたチームの面々は、眉をひそめ、鼻白むように言った。

『それはない。あそこにいるのは連中二人だけだ』

アランは、相手が〈生命探知〉を持っていることを前提にして、その通常の探知ぎりぎりの位置からターゲットを捉えていた。そしてその周囲に人間がいないことは確実だった。

『二人だけ? じゃあ、この声はなんだ?』

『……さあな』

アランはそう言っただけだったが、誰もいないはずの場所で叫ばれる何人もの悲鳴は、まるで人間の魂をいたぶる悪魔の所業のようにすら思えた。

『誰もいないはずの場所で上がる悲鳴ね。まさか、人間をやめるってのは――』

『よせ。隊長に報告して指示を仰ぐ』

戦場で臆測で動くことは危険だ。

必要なのは正確な情報と、マシンのように正確に指示に従い目的を達成する力だ。

『了解』

そうして報告を受けたラーテルは、ガチョウが立ち去った後、その場所の簡単な調査を命じたが、
現場からはなんの痕跡も発見されなかった。

調査にあたったチームの面々には、周囲の森が、まるで音のない緑の檻（おり）のように感じられた。

SECTION :

代々木ダンジョン　八層

「えらい場慣れしとりますね」

「え？」

「いや、ずいぶん落ち着いとるから」

今日の探索最後のフロアになる八層へ下りて来たというのに、涼子にはまるで動じたところがなかった。

代々木の八層のモンスターの強さは、横浜の一層より少し上といったところだ。

にもかかわらず、横浜の一層で鍛えた自分ですら、モンスターの違いから若干緊張しているというのに一体どういうことだろう。事前に聞いた話によれば、いわゆるプロ層へは下りたことがないということだったが……

「ええっと……実感がないだけじゃないですかね？」

彼女は言葉を濁すようにそう言うと、曖昧な笑顔を浮かべた。

「それにしちゃあ——」

「あ！」

二人の話を耳にした、吉田(よしだ)が話に割り込もうとした瞬間、涼子は小さく声を上げると、素早く弓を二度引いた。

突然のことに驚いた隊員たちがその矢の行く末を目で追うと、糸を引くように飛んだ二本の矢が、四十メートルは先にいたフォレストウルフの番を襲い、その喉元を貫いた。二体のフォレストウルフはほとんど同時に短く声を上げると、そのまま地面へと倒れ込んだ。

これ以上ないくらい大きく目を見開いたテンコーから、驚きの声が思わず漏れ出した。

「うっそやろ?!」

自分どころか、知っている探索者連中にもこんなことができるやつはいない。一体でも難しいのに、二体同時になんて絶対に不可能だ。しかもあっさりとそれをやってのけたのは、プロでも何でもない、最大到達層がファン層どころか、わずか二層の女性なのだ。

それを見た吉田は、驚くよりも先に、ぐっと小さくガッツポーズを決めた。やはりこの女は画になると再確認したのだ。

もっとも彼女がこれほど伸び伸びと歩いているのは、見守り隊の存在を知っているからだ。彼女は、あの二人なら、何が起こってもなんとかしてくれると信じていたのだ。

§

「うわー、先輩。今の見ました？」

六層から急いで先へ進んだ俺たちが斎藤さんたちに追いついたのは、八層の入り口だった。そこでこっそりと彼女たちに合流した見守り隊の三好隊員が、小さな双眼鏡を覗きながら驚きをあらわにした。

「まるで指輪に出てくるイケメンのエルフみたいですよ」

いや、エルフは全部イケメンだから。

ほとんど同時に複数の矢を放つためには、矢を弓の右側につがえなければ無理だ。現代アーチェリー風に左側につがえていては、矢をつがえるのに時間がかかるためだ。だからちょっと特殊な射法と言えるだろう。もっともかのエルフの男は左につがえていながら、同時に三本の矢を射ていたが……

「さすがはアルテミスですね」

「アルテミス？」

「あれ、知りません？　今、ネットじゃ有名なんですよ、彼女」

「有名って、なんで？」

その後三好が教えてくれたところによると、先週、光が丘で行われていたアーチェリーの大会で、なにやらとんでもない記録を打ち立てたらしい。

「それって撮影だった日だろ？　映画の話題作りとかじゃないのか？」

「一瞬だけアップされていた動画によると、昼食の休憩中にやらかしたガチらしいですよ」

「ガチったってなぁ……余興みたいなもんだろ？」

「そりゃそうですけど、何しろ世界記録ですからね」

「はぁ？」

世界記録？　アーチェリーの？

「世界記録って、そんなにあっさり出ちゃってもいいわけ？」

「いや、いいも悪いもないと思いますけど……さすがに選手でもなんでもないので、参考記録にもならなかったみたいですけど」

「それにしたってなぁ……で、なんでアルテミス？」

どうやら、ダンジョンでゴブリンやウルフを射て腕を磨いた弓の名手ってところが、アルテミスと呼ばれるようになった原因らしい。彼女は森ならぬダンジョンで、野生の獣ならぬモンスターを射て練習したと思われているのだ。

「ぶふっ！　なんだそれ。もっと早く教えてくれればネタにしたのに」

「実際は、地味にスライムを叩いていただけですからね」

「ま、この辺じゃ危険はなさそうだな。予定通り先行して、俺たちは十層で補給するぞ」

「了解です」

§

「いやー、凄いね斎藤ちゃん。さすがはアルテミス。まるで神業だ」

「いや、それやめてくださいよ」

実態とかけ離れているその名称は、さすがの涼子も少し恥ずかしかった。

「まあまあ。もう一度やってくれない？　城、格好良く撮ってくれよ」

「そうは言っても手持ちのワンカメっすからねぇ……まあ、できるだけはやってみますけど」

促されはしたが的が存在しない。それに、矢を無駄に使うのもためらわれた。何しろ先は長いのだ。使った矢は回収するにしても、傷んでしまえばそれまでだ。

あちこちでいろんなポーズを取らされた涼子は、少し嫌な予感に襲われて確認した。

「吉田さん、念のために確認しておきますけど、私、今回限りの約束ですからね？」

この企画が通ったとしても、彼女は本編には出ないつもりだ。

パイロットフィルムに登場した人物が、本編で他の俳優に差し代わることは、ドラマでもままあることだから気にしていなかったが、こうまで念入りにプッシュされると、自分の後に抜擢(ばってき)された誰かが困るどころか、交代そのものができなくなるのではと心配したのだ。

そもそも弓の腕前だけとっても、彼女の真似をすることは不可能だ。

「分かってる、分かってる。でも、ほら、やるからにはいい画にしたいでしょ？」

「まあ、それは分かりますけど……」

そういう不安はあったが、涼子は地上での撮影とそれほど変わらない気分で付き合っていた。

芳村たちが、どこかで見ているというだけで、即死級のダメージを被らない限り大丈夫だと安心していたのだ。

遠距離で即死級となると、アーチャー系や魔法使い系の放った攻撃が、たまたま急所に命中するくらいだろうが、十層までの間に、そんな攻撃を受ける確率はほぼゼロだろう。聞かされていたアイスレムの能力が額面通りならなおさらだ。

画を撮るために、想定以上に八層のあちこちを歩き回った四人は、それでも予定よりも早い時間にキャンプ予定の場所――通称ターン・スピット――に辿り着いた。

「はぁ……やっと着いたか」

「なんですか吉田さん。いきなりテンション下げちゃって」

それまでハイテンションだった吉田だったが、そうは言ってもここは危険なダンジョンの中だ、常に強いられる緊張は、知らず知らずのうちに体力や精神力を削り取っていく。安全だと思われる場所に来たことで、それが一気に噴き出したのだろう。

「へぇ。話には聞いてたけど、本当にこんなところでやきとんなんか売ってるんだ」

涼子がその屋台を覗き込みながら、感心したように言った。

「それが通称の元らしいぞ」

ターン・スピットは肉を焼く串を回すために使われた犬の種類だ。そこから転じて、肉を焼く機械そのものや、串を回す人の名称となっていった。

「へー」

「興味があるなら食べてみろよ。ちょっと休憩しようぜ」

吉田はどさりと荷物を置くと、それを枕に転がった。

「ま、あんまり美味くはないけどな」

「美味くないとは酷いな」

吉田の声が聞こえた、屋台の男――いつの頃からかジャックと呼ばれている――が、苦笑しながらそう言った。どうやらロースティング・ジャック（肉を焼く機械の名称）から来たらしい。

「ええっと、斎藤涼子さん？」

「はい？」

突然自分の名前を呼ばれた彼女は、覗き込んでいた串焼きから目を上げると、私も少しは有名になったのかしらと場違いなことを考えながら、不思議そうに小首を傾げた。

「これを預かってますよ」

「え？」

彼が差し出してきたのは、彼女が使っている矢が満載されている大容量タイプのクイーバーとメモだった。

それを受け取ってメモを見ると、そこには三好の筆跡で『使いすぎ！』と書かれていた。

八層での撮影で大量に消費した矢に不安を感じていた涼子は、さすが見守り隊と相好を崩して、きょろきょろと周りを見回してみたが、それらしい人影は見えなかった。

「ちょっと前に、カメラを抱えた、男三人に女性一人のパーティが来たら渡してくれって頼まれたんだけど、まさか今を時めくアルテミス様だとはね。あ、そうだ。サイン貰える？」

「え？　ええっと、はい。いいですよ」

いきなり色紙とマッキーを取り出すジャックに、周囲の探索者たちは全員「そんなものが常備されてるのかよ」と心の中で突っ込みを入れた。

「まるで、サイトはんが来られるのを知ってたみたいやん」

テンコーが不思議そうに言うと、豚串屋の兄ちゃんは、「まあ、ここには有名人もそれなりに来るからね」と笑った。

そりゃあ有名な探索者なら来るだろうが、それのサインを貰おうとするかどうかは別の話だ。自分のサインを悪用されたくない探索者は、それを拒否するだろう。人気商売の芸能人やスポーツ選手とは違うのだ。もちろんテンコーなら喜んでサインするだろうが、残念ながら彼のサインは求められなかった。

「さて、次はあれやな」

ダンジョン探索用アイテムの中で、『ＷＤＡ最大の発明品』『ダンジョンが人間の文明に及ぼした最大の功績』などと言われる二つのアイテムがある。

一つは、発売以来パーティ所有率ナンバーワンを一度も譲ったことがないアイテムで、代々木でいえば、五層より先へ向かうパーティへの普及率は、事実上一〇〇%だろう。

その機能は非常にシンプルで、ワンタッチで視界を遮る個室を作り出すこと、ただそれだけだ。

その名も——

「ルーって、なんでこんな変な名前やの？」

テンコーは城の背負っていた大きなバックパックから小さくたたまれたテントのようなアイテム

を取り出した。

「ただの英語だよ。主に女性が使う口語でトイレを意味するんだよ」

「へー、吉田はん、詳しいな」

中世。まだ家にトイレがなく、皆、おまるのようなものを使っていた時代、排泄物は窓から投げ捨てられていた。

下を通っている人がそれを被る事故を防ぐため、投げ捨てるときに『ガーディールー！』と叫んで警告していたらしい。意味は『水に気を付けろ！』だ。

本を正せば、フランス語の Gardez l'eau からの借用だということだが、ダンジョン内のトイレ事情は中世と同じだという、WDAのブラックなジョークだと考えるのは穿ちすぎだろうか。

するすると四本の細い脚を伸ばして頂点の紐を引っ張るだけで、ああら不思議。一瞬で高さ一・六メートル、周囲が一メートル四方程度の部屋ができあがる。トップ部分にベンチレーションファンが付いたバージョンもあるらしい。因みに床はない。

非常に軽い分とても脆く、少し力を入れると簡単に壊れてしまう。一時的に視界を遮る以外のことは、本当に何もできないアイテムなのだ。

用を足している最中に、ヒョイと持ち上げる悪戯が一瞬だけ流行ったが、WDAが悪質な例を取り上げて、対象者を免取りにしたことで沈静化した。

「簡易トイレでええんちゃうの？」

「それじゃ商標が取れないだろ」

「そらそうか」

そう言って彼は、個別パッケージされた、スープの素のようなものを取り出した。

視界の問題はルーで解決したが、排泄（はいせつ）物の処理はそうはいかない。

普通の野外なら、穴でも掘って埋めればいいのだろうが、ダンジョンの場合は、非破壊オブジェクト属性の床が露出している部分では、決して穴など掘れはしない。

当初は従来からある簡易トイレがルーと共に利用されていたが、さすがに使い勝手がいいとは言えなかった。

そこで登場したのが、ルーと双璧をなす発明品、その名も『パウダー』だ。日本の探索者の間では『ふりかけ』と呼ばれている。

これこそテクノアメニティの雄、日本触媒が、ＪＤＡと共同でダンジョン素材と高吸水性高分子素材から作り出した、発売以来探索者購入率ナンバーワンを一度も譲ったことがない伝説のアイテムなのである。ダンジョン素材を利用した商品としては、最も成功した例だろう。

こちらの機能もたった一つ。排泄物に振りかけると、それが一瞬で灰のような物質になり、乾いた粉になって消えてなくなるというものだ。

ただし紙は残る。

この問題を解決すべく、ダンジョン素材を利用した布や紙も開発が進んでいるらしい。

ダンジョン内で排泄してお尻を拭く。たったそれだけのことに、人類の叡智が結集されているということが、実にくだらなくて素晴らしい。

「ふりかけは中に置いとくから、必要なら使ってや」

「はーい」

サインのお礼にとジャックが差し出した豚串を口にしながら、彼女が微かに照れた様子で返事をするのを、お宝シーンとばかりにカメラに収めていた城は、吉田の呼びかけに振り返った。

「おい、城。あれ」

それまで大の字でへたっているように見えた吉田が、突然上半身を起こして九層へ向かう階段の方を真剣な顔つきで見つめていた。

「なんです？」

つられてそちらを見た城の目に、隙のない行軍で九層へ下りる階段に向かっている、バトルドレス姿の一行が飛び込んできた。

中央にいるがっしりとした男は、周囲に気を配る周りの男たちを支配しながら、周りの何ものをも気にすることなく、正しく王のように歩を進めていた。

「なんだか、覇王って感じですね」

「感じないか？」

「何をです？」

「スクープの気配だよ！」

「ええ？」

「ありゃただもんじゃない、絶対だ」

「それはまあ……」

だが、その分やばい奴って雰囲気もぷんぷんだ。

「それに、あいつは高位探索者じゃないぜ」

「どうして分かるんです？」

「そりゃ隙はなさそうだったが、身のこなしが探索者じゃない。それに――」

「それに？」

「見たことのない奴だ」

仮にも吉田はダンジョン研究家を自任している。世界の主要な探索者の顔くらいはチェックしていた。探索者じゃないが何かのプロに見える連中が、白昼堂々と集団で、目的ありげに九層へと向かっている。

「なあ、ちょっと、ちょっとだけ追ってみないか？」

親指と人差し指の間に少しだけ隙間を空けながら、熱に浮かされたような瞳でそう言った。

「ええ？　今日はここまでの予定ですよ？」

「現場で幸運にも出合った素材をスルーするような奴は永遠に上には行けないぜ？」

幸運の女神には前髪しかないんだよと、吉田が立ち上がった。

日没までは、まだ三時間近く残っていた。

SECTION：

代々木ダンジョン　九層

「斎藤さんたち、大丈夫でしょうか？」

　彼女たちを八層で追い越した俺たちは、現在九層の中頃を歩いていた。

「キャンプ予定地に到着したことだし、いざとなったらアイスレムもいるんだから平気だろ」

　コロニアルワームをカメラに収めようなどという、無謀としか言いようのない行動を起こしたりしない限り、九層で問題は起こらないはずだ。

　俺たちは時間のある今晩のうちに、十層でバーゲストから〈闇魔法（Ⅵ）〉のオーブを取得したり、魔結晶を集めたりといった用事を済ませておくつもりだった。

「それにしても……」

「先輩？」

　何かを考え込むような俺の態度に違和感を感じたのか、三好が不思議そうに呼び掛けた。

「いや、六層でしただろ、探知範囲ぎりぎりにいる探索者の話」

「今でも？」

「まあな」

「だけどそれって、どうやって私たちとの距離を測ってるんでしょうね？」

「俺と同じ多重使いがいるとか？」

「それはちょっと考えにくいでしょう」

〈生命探知〉は有用なオーブだ。

ただでさえ低いオーブのドロップ率を考えれば、一人に二回使わせるよりも、複数の人間に一度ずつ使わせた方が有利に決まっているし、どんな組織でもそうするだろう。

「なら、スキルの効果をブーストする機器が開発されているとか？」

「うーん……サイエクスパンダーの話は聞いたことがあるが、あれは眉唾だろ？」

サイエクスパンダーは、一言で言うなら魔法の強化装備だ。

さすがは漫画とアニメの国だけあって、そんなものを本気で開発しようとした連中がいたことは確からしいが、現在では色々な噂――とん挫したとか密かに実用化されているだとか――が、時々思い出したようにネットで話題になるくらいだ。

「あ、先輩。右前方、林の中に何かがいます。ついでに後ろの確認もしてみましょう！」

自分の〈生命探知〉で何かを捉えた三好が、突然全力で後ろから離れる方向に走り始めた。

「先輩の探知範囲から出るくらいの位置で、右に曲がって、モンスターを倒しに行きますよ！」

「了解！」

俺が〈生命探知〉で確認すると、疑わしかった連中が、いきなり速度を上げたようだった。

「こいつは、ビンゴかね」

それでも徐々に離れて行ったところで、突然右へと方向を変えて三好が探知したモンスターに向かう。単純に逃げると、探知に気付いたことを知らせるだけだからだ。

「ブラッドボアです！」

こちらに気が付いたブラッドボアは、いわゆる猪まんまであるワイルドボアの上位種だ。体が大きく、牙が鋭くなっていて、それで敵を切り裂いて返り血を浴びるさまが名前の由来だろう。

そのまま得意の突進で先行する三好を切り裂こうとしていたが、加速する前に黒い塊に横から激突されて吹き飛んだ。カヴァスが久しぶりに活躍しようと大はしゃぎしたのだ。

「こりゃ、出番はなさそうだな」

後ろから追い縋って来た連中は、時々左右を探るような動きを見せていたが、どうやら俺たちを発見したらしく移動を停止した。距離は見事に探知範囲ぎりぎりだ。

そうして俺たちが、ルート上へ戻るように歩くのに合わせて、慌てるように後退していった。そうしないと距離が詰まり過ぎるからだろう。

「どうでした？」

「見事なもんだ。ありゃあ手慣れてるぞ」

「どうします？」

「今のところ実害はないからほっとこうぜ。どうせ夜の十層には付いてこられないだろ」

「もしも付いてきたとしたら？」

「そりゃ、ゾンビとスケルトンの餌食になるだけだ」

相当な手練れっぽいが、探索者としての能力は並みだろう。〈生命探知〉を二重化して以来、どうも強さみたいなものが、輝点の大きさや明るさで違うように思える。もしもこの感覚が正しいとしたら、後ろの連中は中堅にも届かないように思えた。

「助けないんですか?」

「Gランクのしょぼい探索者が?」

「ファントム様が、ですよ」

三好がいたずらっぽく笑った。

「……冗談はよせよ。探索は自己責任だろ」

「どうですかね。先輩、甘ちゃんだから」

いや、いくら俺が甘ちゃんでも、こちらに危害を与えてくる可能性が高そうな知らない連中を、命を懸けてわざわざ助けたりは……しないよな?

三好は楽しそうに後ろ手を組むと、鼻歌を歌いながら十層への階段に向かって歩き始めた。

§

「いや、やっぱり引き返しましょうよ」

「おいおい、見ただろ今の不自然な行動。やはり連中には何かあるって」

「吉田さん、いつから記者になったんですか」

前を歩きながら言い争っている二人から少し離れて、テンコーと涼子が並んで歩いていた。

「ねえ、テンコーさん。あれって大丈夫なの？」

「まあ、本来ならこいつはイレギュラーってやつやから。サイトはんは八層で待っとった方がええんちゃう？」

「テンコーさんは？」

「ワテ、一応護衛やからなぁ……」

「うーん。でも一人でキャンプにいるのはちょっと」

何しろここのところ彼女は一応有名人だ。そうでなくても美人だし、一人でキャンプにいたりしたら何が起こるか分からない。探索者にはちょっと荒っぽいタイプも多いのだ。

「せやな」

「ま、仕方ないから付き合いますか」

前の二人は結局このまま進むことにしたのか、十層への下り階段方面だとテンコーが言う方向へと進んで行った。

§

「さて、日没まで一時間ってところか」

俺たちは十層へと下りる階段の前で立ち止まり、同化薬を取り出した。

「一応飲んどくか？」

「このまま下りて蹴散らしたいところですけど、後ろから付いてこられたら目立ちますよね」

「ま、夜の同化薬の効果を、身をもって確かめておくのも悪くはないさ」

そうして目立つ場所で、目立つように同化薬を飲み干すと、そのまま下へと歩いて行った。

§

『隊長。ガチョウのやつら平気で下りて行きましたぜ。本当に追うんですか？』

『追わない理由があるのか？』

『代々木の十層はヤバイって聞きますぜ。特に夜は』

〈異界言語理解〉のとき、ＣＮの連中が死にかけたのが夜の十層らしい。

『一応調べてはみたが、ただのゾンビとスケルトンで、どちらも頭を潰せば倒せるそうだ。防具はゾンビグローブを装備しろ。両手にゾンビ用のナイフと、スケルトン用のブラックジャックかハンマーを装備しておけば、何体来ようとカモみたいなものだ』

ゾンビグローブは、大型犬用のロンググローブのようなものだ。噛（か）みつかれても貫くことができない素材で作られている。足元のブーツも同様だ。

『第一、連中はたった二人で下りて行ったぞ？』

それが可能な奴がいるとしたら、その行為は可能なのだ。

『はいはい。そう来ると思いましたよ』

これだからラーテルなんて呼ばれるんだよと、ファシーラは呆れたように手を上げた。

ラーテルはアフリカに棲息するミツアナグマのことで、誰が相手でも隠れたりせずに、堂々と姿を現し練り歩く恐れ知らずで有名な獣なのだ。

『銃は？』

『よっぽどじゃなきゃ使うな。どうせ弾が足りなくなる』

『了解』

『隊長！』

そのときチームの狙撃役の小柄な男が手を上げた。

『なんだ、シュート？』

『俺は不参加です。そういうミッションなら俺の体格と武装じゃ無理そうだ』

ラーテルはシュートと呼ばれたその男をぎろりと睨んだが、特に何を言うでもなく頷いた。

ラーテルのチームでは、作戦に参加するかどうかを比較的自由に決められた。自分の能力で生き残れないような作戦には、自分の意思で参加しないことができるのだ。

だが、すでに始まっている作戦での離脱は珍しい。

ファシーラは、それを認めた上司の顔をまじまじと見直すと、腰に手を当てて深いため息をつき首を左右に振った。

『はー、キュレナイカのバジリスクも丸くなったもんだ』

『死にたいならいつでも殺してやるぞ?』

並の人間なら視線だけでもちびりそうな圧力を、ファシーラは簡単に受け流した。

『生きるのに飽きたらお願いしますよ』

そう言って、降りた男に階段の下でライフルを持っての待機を命じた。それは帰還時のサポートが必要になったときの保険だった。

§

「吉田さん……」

装備を身に付け下りていく部隊を見ながら、城は泣きそうな顔で呼びかけた。

すでに日没までは一時間を切っているだろう。一瞬空を見上げた吉田は城に向かって言った。

「城、同化薬は調達してあるんだよな」

「嘘でしょう?」

予定では今夜調達するはずだった同化薬だが、全員分を手に入れられるかどうか分からなかったため、保険としてあらかじめ購入してあった。使わなければ売り飛ばせばいいし、番組が決まれば今後も使うかもしれないから取っておいて経費で落とせばいいからだ。

「ぎりぎりまで追うぞ。バッテリーは替えとけよ」

「吉田はん」

さすがのテンコーもこれには口を出した。

「行くんは勝手やけど、夜になったら保証でけへんで」

つまり日が落ちるようなら見捨てて帰ると言っているのだ。そもそも夜の十層など、契約の範疇にはない。

「もちろん日没までに引き返せるところまでしか行かない。どんないい映像が撮れたところで死んだらそれまでだからな」

「ほんまに分かってはる？」

「もちろんだ」

それを聞いて肩をすくめたテンコーは全員に同化薬を配った。

「たとえどこぞで戦闘が発生しても、参加しなけりゃ襲われへんそうや。焦って急に動いたりしたらあかんで」

そして同化薬を涼子に渡しながら注意した。

「もしも戦闘になったら、ゾンビを中心に狙い。スケルトンは眼窩を貫いて頭を壊さへんと死ねへん。弓だと不利や」

涼子は黙ってそれを受け取りながら、ちらりと自分の足元を見た。そこではアイスレムの尻尾の先が涼子のつま先を小さく叩いていた。

「いざとなったら頼むからね」と彼女は誰にも聞こえないよう小さく囁いた。

まあ、ホラー映画のための経験だと思えばいいかと深呼吸を一つすると、ゾンビ対策として芳村に貰った革の小手とレッグガードを身に付け、腰にメイスをセットした。

芳村たちのアドバイスはたった一つ、「噛まれるな」それだけだった。

SECTION：

代々木ダンジョン　十層

「おいおい、連中本当に下りて来たぞ」

九層へと上がる階段のところに七つの点が現れたかと思うと、そのうちの六つがこちらに向かって移動を開始した。

「もうすぐ日が暮れますよ。今はともかく、その人たち大丈夫なんですか？」

この辺りの地形はアップダウンが激しく、道もグネっているから、すぐに視界には入らないだろうが、距離は数百メートルといったところだろう。

「実は代々木初心者で、同化薬が夜の訪れとともに役に立たなくなることを知らないとか……」

「そんな初心者が十層に来られるはずないでしょう。先輩が手練れっぽいと仰ってましたし、どっかの特殊部隊か何かですかね？　ダンジョンの訓練がいまいちの」

階段を下りた後、俺たちがどちらへ行ったかを簡単に察知したところを見ると、さっきの連中なのは間違いなさそうだ。

しばらく様子を見ていると、モンスターの群れがおかしな行動をとり始めた。

「はぁ？」

俺は思わず立ち止まった。

「どうしました？」

「連中、同化薬を使ってないっぽいぞ?!」

「ええ?」

階段付近にモンスターはほとんどいないからすぐには分からなかったが、少し離れた位置にいたゾンビたちが、入ってきた連中に向かって一斉にゆっくりと移動し始めていた。

もしも意図していなかったとしたら、初心者なんて言葉では語れないほど酷すぎる。それともゾンビやスケルトンは敵じゃないタイプの探索者なのだろうか。

「私たちみたいに、ゾンビやスケルトンと相性が良くて自信があるとか?」

「銃を使うとしたら、そんなことはあり得ないが……」

弾は有限だ。

だから、どんなに腕が良かったとしても、銃を使って戦う時点で十層では通用しない。

しかし意に反して、いつまでも銃声は聞こえてこなかった。

§

『うお』

十層へ下りて思わず声を上げたのは、COS(特殊作戦司令部)のCD(ダンジョン部隊)から派遣されていたアランだった。

『どうした？』

『いや、モンスターだらけで、ガチョウたちがどこにいるのか……いや待ってくれ』

このフロアにいるモンスターは、どうやら移動せずにたたずんでいるだけのようだし、どういうわけか反応が薄い。

そんな中、普通の反応で移動する二つの点があった。これがガチョウに違いない。

『どうやら、あっちへ移動しているようだ。モンスターが多いので気を付けてくれ』

『よし、行くぞ』

アランが追跡距離に達したことを告げると、ラーテルは、まるでアンデッドなどいないかのように無造作に歩き出した。

『周囲五十メートルくらいのモンスターが反応して移動を開始している』

『どうやらアンデッドらしく、動きは遅いようだな』

『しかし、本当にあいつらと近接でやるんですか？』

酷い臭いに顔をゆがめながら、ラーテルの部下がゾンビを指差した。

『臭いじゃ死なんから心配するな。帰ったら腐った羊の内臓を食わしてやろうか？』

『いえ、それはもう勘弁してください』

新兵の訓練に、腐った羊の内臓をぶちまけられた場所で飯を食うというのがあるのだ。彼は引きつった笑いを浮かべながら、平気になるまで相当辛かったことを思い出していた。

彼らは前を行く二人を追いかけながら、少し周囲に膨らんで、自分から接敵することで周りのモンスターを減らし始めた。

§

空はもう大分色付いてきている。

「日没予定時間まで後四十八分。戻るのに必要な時間になったら引き返しまっせ」

十層へ足を踏み入れたテンコーが、いつもと違う厳しい顔で全員に宣言した。

「それで連中は――」

何か手掛かりを探すように、城がきょろきょろと周囲を見回していたが、吉田はまったく迷う様子も見せずに右側の低い丘を指差した。

「あっちだな」

それは十一層へ下りる階段とは逆の方向だった。

「どうして分かるんです?」

「階段の途中にいたお仲間っぽいやつが、ずっとそっちを見ていた」

「ははぁ」

もちろんフェイクかもしれないが、間違っていたらいたで、何事もなく帰って来られるだろうと、テンコーは黙っていた。ともかく後少しの間だけ何事も起こらなければいいのだ。

「ま、行けば分かるさ。あの辺だけでも画になるだろ」

そう言って指差された場所は、どこまでも墓が続く丘陵に、ゾンビとスケルトンがゆらゆらとまるでそこから生えているかのように揺れていた。

「あれ、本当にモンスターなんですか？」

まるで肌寒さで鳥肌が立ったかのように、涼子は自分を抱きしめながら腕をさすった。

「今は立って揺れとるだけやけど、あれが移動し始めたら危ないいんや」

「動きだけ見てると、まるで昔のちゃちな特撮みたいなんですけどね」

遠目のスケルトンをズームでアップにしながら城がそう言った途端、そいつは丘の向こうを振り返ると、ゆっくりと歩き始めた。驚いてファインダーから目を上げると、その周辺のアンデッドたちも皆同じような行動を始めていた。

「う、動き始めたみたいだけど……」

恐れるような涼子の声に、テンコーは眉間にしわを寄せて自分たちの後ろを見回した。その辺りのモンスターには、まだ影響が出ていないようだ。

「こら、なんか――」

その丘の向こうで起こっている、そう注意を促そうとしたとき、吉田が城の腕を掴んで興奮したように言った。

「おい、何か起こってるぞ！」

吉田は慌てて走り出そうとしたが、テンコーが素早く腕を掴んでそれを止めた。

「あかん吉田はん、慌てなや。ゆっくり、ゆっくりや」

少し離れた所にいるゾンビがこちらを向いていることを目で示しながら、そうたしなめた。

急な動きは周りのアンデッドを刺激する。こっちまで巻き込まれてはたまらない。

「くっ」

吉田は焦る気持ちを抑えつけ、先のモンスターたちが移動する速度に合わせて、なるべく速足で丘の上へと到達した。だがその先で起こっていることを目にすると自制が弾け飛んだ。

「じょ、城！　撮れ！　撮れ‼」

テンコーは慌てて彼の体を押さえつけ、体を低くさせた。

丘の下では、周りから徐々に集まってくるアンデッドを、四人の男たちが次々と近接戦闘で破壊していた。そしてその中央には無人の野を行くかのように歩を進めようとしている二人がいた。

「すげぇ……」

ファインダー越しにその戦闘を捉えながら城が思わずそうこぼした。

何故襲われているのかはまるで分からないが、ゾンビの首を飛ばす男たちのナイフの扱いは非常に洗練されていた。しかも対人に特化している。

「あら、何人も殺(や)っとんな」

「テンコーさん！」

まるで情景に魅入られたかのように、そこから目を離さずに吉田が訊いた。

「あれ、どのくらいまで近づいても大丈夫なんだ？」

「は？」

テンコーはあまりの質問に間抜けな声を上げるしかなかった。

どの程度戦闘に近づいても、アンデッドに襲われないのかと聞いたのだろうが、そういう時は逃げるのが最善だ。間違っても近づいたりはしない。

「そんなん知るかいな！　あれに近づく？　あほ言いなや、とっとと逃げんかい！」

普通の神経をしていれば十層でアンデッドに喧嘩を売ったりはしない。そんなことをしたら命が幾つあっても足らないからだ。しかも大したリターンはない。

目の前の窪地（くぼち）には、周囲から続々とアンデッドが集まっていた。

しかも移動しながら戦闘しているせいで、モンスターの反応領域が広がるのと同じ効果を発揮していた。時間が経（た）つにつれてその数は増える。それは十層で殺される探索者の典型的なシチュエーションに見えた。

§

『隊長、こいつはちょっと数が多くないですか？』

ファシーラは危なげなくスケルトンの剣を躱し、頭を叩き潰しながらそう言った。

『こいつら、こんなにいたか？』

『ダンジョンのモンスターはリポップしますからね。倒しても減りませんよ』

『リポップ先はランダムだろう？』

『そりゃま、そうですけど』

　ファシーラは遠くを見透かして言った。

「どうやら戦闘に加わるアンデッドが近くにいると、ある程度影響を受けるようですね」

　どんな窮地にあっても、その冷静さが頼もしい男だと、ラーテルは笑みを浮かべた。

『ラーテル！　これは無理だ！　引き返そう！』

　それまでラーテルの傍でガチョウたちの追跡に集中していたアランが、四人の壁を抜けて来たゾンビの頭を踏み潰して戦闘に参加しながら、そう叫んだ。

　彼の特殊な技能――探知方向を任意に絞って距離を伸ばす――を利用するためには、それなりの集中が必要だ。こうなってしまっては、ただの〈生命探知〉と大差ない。

『はっ、ＣＤの連中は腰抜けか？』

　それを揶揄（やゆ）するようにラーテルの部下が大声で叫ぶと、左手のロンググローブにかじりついていたゾンビの首を右手のナイフで切り飛ばした。

『これほどの数がでたらめに動いている上に近接戦までやらされちゃ、連中の位置を掴むのが難しいんだよ！』

　暗にお前らがしっかりしていないから、俺まで戦闘に駆り出されているんだと当てこすりながら、左から来たスケルトンの頭を特殊警棒で砕き、同時に右から来たゾンビの頭をヒップホルスターから素早く抜いた拳銃で吹き飛ばした。

『USP？　あんたフレンチSAS（第一海兵歩兵落下傘連隊）か？』(注17)

『元、な』

彼の動きを見て、基本性能はうちの部下を凌駕（りょうが）するなと感心した。CDのアランはステータスで強化されているからだろう。

これほど違うなら、基礎訓練にダンジョンを含めてもいいかもしれんと、彼は認識を新たにしていた。ただし、ここから生きて帰れればだが。

銃声の影響か、さらに津波のように押し寄せ始めているアンデッドの群れを蹴散らしながら、彼はどう撤退するかを考え始めていた。

§

「手練れですねぇ……」

少し離れた小高い丘の頂上付近に生えている、ねじれた木の幹に隠れながら、三好は双眼鏡を覗いていた。

基本的に十層のアンデッドが立っているのは、律儀なことに墓の傍だ。所々にある墓のない空間は、ぽっかりと開いた広場のようなもので、ここもまたその一つだった。

「ブラックジャックみたいなものと、大きなナイフだけで対処してますよ」

俺は木の根元に腰かけながら、〈生命探知〉に集中していた。辺りの警戒はカヴァスがやってくれているが、基本的に同化薬が有効な間は問題ないようだ。

「後詰めかな？　どうやら四人が合流しようとしてるぞ」

「合流？」

「入り口側の丘の上で様子を見ている感じだ」

「丘の上ですか？」

三好がそう言って、それらしい場所にピントを合わせた途端、素っ頓狂な声を上げた。

「ええ?!」

「なんだよ、さまよえる館に群れてる鳥みたいな声を上げて。脅かすなよ」

苦笑している俺に向かって、双眼鏡から目を離した三好は、「あれは後詰めなんかじゃありませんよ」と頭を振ってみせた。

「後詰めじゃない？」

そう言われれば、周辺のアンデッドたちは四人を無視して丘の下へと進んでいる。四人も攻撃に

（注17）　USP
ドイツの銃器メーカーH&Kの自動拳銃。

フランス軍では、主に第一海兵歩兵落下傘連隊で使用されている。

加わる様子がなかった。

「じゃあ、連中の後ろにいる四つの輝点って――」

「覗いてみれば分かりますよ」

俺は受け取った双眼鏡に目を当てて、その場所を見た。

「何でこんなところにいるんだよ！」

そこには丘の上に這いつくばるようにしている、吉田陽生探検隊の姿があったのだ。

その時三好が、目を輝かせて言った。

「先輩！　ついにデビューの時がやって来ましたね！」

「いや、デビューってな……」

「奇しくも今日は元成人の日、大人になったことを自覚し、自ら生き抜こうとする青年を祝い励ます日なんですよ！　小正月に行われた元服由来の日だってことですし、先輩もデビューして大人への階段を――」

「いい加減にしろ」

俺は三好の頭にチョップを落とした。

「あたっ」

大体、十層でここへ来ている探索者はおそらく俺たちだけだ。のこのこと出て行ったりしたら、その正体はバレバレだ。

「だって、ほっておけないでしょ、あれ」

それは確かにその通りだ。あんな状態でもし何かが起こったら——探検隊の命運は、今や風前の灯火のようなものだった。

「あの連中って、俺たちを追跡してただろ。こっから行ったら三秒で身バレするぞ」

「〈生命探知〉なら、もうしっちゃかめっちゃかですよ」

そう言われて改めて確認をしてみたら、どの点がなんなのかさっぱり分からない状態になっていた。もちろんよく見ればアンデッドは存在感が薄めなのだが、あの戦闘を行いながら把握するのは確かに難しいだろう。集中し続けていないとすぐにこうなるようだ。

「それに、向こう側へ回って、いかにも階段側から助けに来た感じにするとか、突然傍に現れるとか、方法は色々ありますよ」

「どうやって移動するんだよ?」

追跡されていたら、移動を感知されかねない。いくら混乱しているといっても、全然違う方向に移動する点は目立つはずだ。

「そこはカヴァスに頑張ってもらえば簡単です」

なるほど。シャドウピットに落ちて移動すれば、必要なのは魔結晶くらいか……。

「そしたらお前が危なくなるだろうが」

今日のお供は一頭しかいない。斎藤さんにくっついているアイスレムを呼び戻すのも、向こうが危険になるという理由で難しいだろう。

「日没までは、あと十五分ありますから、それまでなら大丈夫ですよ」

「十五分以内にあそこに行って、連中を助けて、ここまで戻って来るなんて芸当ができると思ってるのか?」

「先輩にできなければ、誰にもできないでしょうね」

「どこのシトレ校長だ、お前は」(注18)

俺は深くため息をついた。

「いいか? 四人はすぐにでも引き返す可能性があるから、ぎりぎりまで様子を見る」

「え? もしも日が暮れちゃったらどうするんです?」

「もしもそうなりそうなら、この木の陰にドリーを出しておくから、そこへ逃げ込んどけ」

影になった丘を背景にするから、あそこから裸眼で視認することは難しいだろう。

「で、カヴァス。やれるのか?」

影に物を入れるのは比較的簡単だが、大きな物を入れたまま引きずって歩くのはなかなかの重労働らしい。

「くーん?」

どうかなーといった具合に首を傾げているが、でかいから可愛いポーズは似合わないぞ。

「分かったよ。魔結晶何個分くらいだ?」

そうストレートに尋ねるとカヴァスが近寄って来て、てしてしてしと三度俺の腕を叩いた。

「三個か?」

「ウォン」

足元を見られたような気もするが仕方がない。背に腹はかえられないのだ。

§

『ファシーラ』

『なんです？　今忙しいんですが』

二体のゾンビの相手をしながら、右足でスケルトンを蹴り飛ばしているファシーラが、まるで遊びの最中に声を掛けられたかのような気安さで答えた。

『後ろの丘の上に誰かがいるのに気が付いてるか？』

『もちろんでさ』

『無線でシュートを呼べ。あそこから攻撃させて、連中も戦闘に巻き込め』

『つまり圧力を分散するってわけで？』

（注18）　シトレ校長
田中芳樹（著）『銀河英雄伝説』より。

作中に登場するヤン・ウェンリーの士官学校時代の校長。第十三艦隊誕生時（その時点では元帥）にヤンを艦隊司令官にしてイゼルローン要塞の攻略を命令した。三好が言ったのは、そのとき、ヤンに可能だと思うかと聞かれて答えたシトレ元帥のセリフのぱくり。

『そうだ。半分向こうに行ってくれれば、手薄になった包囲を脱して入り口まで戻る。一点突破だ。アンデッドは遅いし、弾薬は節約してあるから、逃亡ルートにいるやつらをなぎ倒すくらいならできるだろう』

後ろから追ってくるアンデッドも、上の連中が引き受けてくれるだろう。

『穢れのない仔羊の血で救われるってわけですか。生きて帰れたなら、祈りの一つくらいはささげなきゃなりませんね、こりゃ』

そう軽口を叩くと、彼はヘッドセットでシュートに指示を出した。

§

「吉田はん、そろそろヤバい。引くで」

「引くって、おい。あれ、助けなくていいのかよ？」

吉田は目の前で繰り広げられている戦いを指差した。

「……どうやって助けますの？」

カメラマンが悲惨な映像を撮るたびに繰り返される議論がある。映像を撮っている暇があるなら、どうして手を差し伸べないのかというやつだ。

ここでもリアルタイムでもの凄い撮れ高が上がっている。これで連中に死人でも出ればなどと、不謹慎な考えが頭をよぎらないでもない。だができるなら手を差し伸べてやりたいというのも嘘ではないのだ。

そこで得た映像を世に問うことの陶酔、目の前で起こっている事件そのものの興奮、そうして善良な人間としての葛藤が、ないまぜになって彼の頭の中で渦巻いていた。

「だが――」

「あんな、吉田はん。探索者はやな、自分の手が届く範囲の以外のことはしたらあかんねん。せやないとミイラ取りがミイラってやつになんのや」

テンコーは断固として何もせずにすぐ引き返すように力説した。

「テンコーさん。後ろから、誰か走って来るんだけど」

「走って?!」

涼子の指摘に、慌てて後ろを確認したテンコーは、そこに全力で走って来る人間の姿を見た。周りのアンデッドはそれに反応してゆっくりと動き始めていた。

「こらやばいわ。すぐに退却や！　立ちや！」

「いや、あれは彼が追われているだけで、俺たちは避けとけば関係ないだろう？」

そう言ってぐずぐずしているうちに、駆けてきた男が吉田のところまで辿り着く。そうしてそのまま立ち止まると窪地のアンデッドを――狙撃した。

「なんばしょっと?!」(注19)

「いや、テンコーさんそれ福岡弁」

危機感の薄い吉田がつい面白がって突っ込んだ。

テンコーの叫びを聞いた男は、にやりと口をゆがめて笑うと、『まったくその通り』と、人差し指と中指の二本の指でテンコーを指して、そのまま窪地の援護を始めた。すると窪地に集まっていたアンデッドの半分がこちらを振り返り丘を登り始めた。

「いや、あんた――」

そう言いかけた瞬間、空気を裂くような鋭い音が聞こえて、後ろから近づいてきていた三体のゾンビが倒れた。涼子が矢を射かけたのだ。

「もう私たちも襲われる対象っぽいですよ！　脱出しないと！」

§

『シュートが来たようですぜ』

丘の上から放たれた銃弾が、何体かのアンデッドの頭を吹き飛ばすと、それにつられて後ろのアンデッドたちが丘を登り始めた。

『よし、後ろの半分が上に向かった。あれに付いて上がりながら連中を巻き込むぞ！』

『了解！』

§

「あっちゃー、やらかしましたね」

窪地の様子を見ていた三好が、右手で顔を覆った。

「連中、あのまま丘を駆けあがって、後ろから来ているアンデッドの群れも四人に押し付けるって寸法か」

「動きに迷いがありません。こんな手段の実行に、まったく躊躇を覚えなかったみたいですから、正規の軍ってわけじゃなさそうですね」

「この際どこの誰でもいいが……」

あんな連中を助ける必要があるか？

「いざとなったら、アイスレムがピットの中に避難させるんだろう？」

「そうですけど、アイスレムって斎藤さん以外を認識してないと思いますよ」

スタッフがどのくらいいるのかも分からなかったし、周りの人間のどこまでが救助対象なのかを

（注19）　**なんばしょっと**
福岡弁で「何をするんだ」。英語なら"none but shot."に聞こえる。シュートが「その通り」と英語で答えたのは、そう聞こえたからだろう。意味は「撃つしかない！」
某漫画で一九九六年の有馬記念に刑部を背負ってアルデバランを差し切り大穴を開けた馬のことではない。

指示することができなかった俺たちは、とにかく斎藤さんだけは守るように命令したのだ。

とは言え残りのスタッフを見殺しには――

「――できないか」

「先輩には無理ですね」

「え、漏れてた？」

「漏れてなくても分かりますよ」

「そりゃどうも」

「あそこはラウンドアバウト[注20]ですからね。十字路は十字路でも、ケルト十字ですよ。何かが出てもおかしくありません！」

「……十字路に現れるのって、悪魔じゃなかったか？」

「細かいことはいいんです！　とにかくあそこが最適ですって」

俺は仕方がないと立ち上がると、木の後ろにドリーを取り出した。質量的には三好の〈収納庫〉の方が向いているのだが、中に食料が入っていたため、〈保管庫〉に収納していたのだ。

「じゃ、三好はこれに隠れてろよ。そろそろ日没だからな」

「了解です」

俺は、現在の装備を〈保管庫〉にあるファントムのコスに一瞬で入れ替えた。

「先輩、早替え、巧くなりましたね！」

「一応練習したからな」

「先輩って、そういうところが真面目ですよね。立派に猿之助の名前を継げそうです」

三代目猿之助は早替わりや宙乗りなどのケレンを多用した舞台を作り上げた歌舞伎役者だ。賛否はあるが、歌舞伎をエンターテインメントにしようと頑張った人なのだ。

「いや、だって着替えだよ？　失敗して恥をかくのは嫌だろう」

「下半身がストンしたら面白いですよね」

「どんなギャグキャラだよ、それ。んじゃま、行ってくるわ。カヴァス、よろしくな」

「お気を付けて」

俺がサムズアップすると、体全体が、足下の影にすとんと落ちた気がした。

§

『隊長、こいつはキリがありませんや、いい加減疲れましたぜ』

追い縋って来るアンデッドはこちらが足止めされない限り追いついては来られない移動速度だが、

（注20）**ラウンドアバウト**
環状交差点。ヨーロッパでよく見かける中央が円になっている信号のない交差点で、左側通行なら時計回りに円に侵入して、好きな道から出て行く。

左右から襲ってくる連中や、丘を登りながら振り返ってタゲを変える連中は多い。

そうして大量の興奮したアンデッドたちは、より広範囲のアンデッドを目覚めさせるようだった。集まれば集まるほど、広い範囲のアンデッドが反応して押し寄せてくるように思えた。

『こいつらにこんな習性があったのは誤算でした』

周囲にいるアンデッドだけが襲ってくるのなら、それを倒して進むことは可能だったし、彼らはそれを想定していたのだ。

『敗因は正確な情報を集め損ねたことってところか？』

『何しろダンジョンの中のことで、しかも過疎地らしいですからね、正確な情報と言ってもなかなか……前の二人が平気で歩いて行くんですからなんとかなると思うのは仕方ありませんや』

命の危険が押し迫る中、彼らは平気な顔でやり取りしていた。まるで、頭の中にあるそれを感じる回路が断線しているかのようだった。

『ま、逃げるだけなら何人か犠牲にすりゃなんとかなるでしょう』

『そいつは前の連中の役割だな』

ラーテルはすぐ先にいる四人の探索者を見て獰猛な笑みを浮かべた。

そこは小さなラウンドアバウトになっている十字路で、中央の円の中には、少し大きめの墓石が立っていた。

『よし、連中も足止めされているようだ。この十字路で追い抜いて後ろの化け物どもを押し付けたら、一気に速度を上げて包囲を抜けるぞ』

十字路の先にいるアンデッドの密度は後方に比べれば低い。

今までは前を進むアンデッドの群れを刺激しない速度で追い縋って来たが、追い越してしまえばそれを気にする必要もない。自分たちなら一気に抜けられるだろう。

連中の一人がカメラを向けているが、どうせあれはここで失われることになる。気にすることもないだろうと、ラーテルは計算した。

§

「よ、吉田さん。後ろの連中がなんだかヤバそうなんですけど」

城がファインダーを覗きながら、彼らの獰猛な顔にビビるように言った。

彼らは左右から襲ってくるアンデッドを効率的に倒しながら、彼我(ひが)の間にいるそれを蹴散らして、まっすぐこちらへ向かって来ていた。

「ヤバいってなんだ――うぉっ?!」

横から吉田に縋りつくように襲ってきたゾンビの頭を、テンコーがグルカスタイルのマチェットを振って叩き潰した。飛び散る不浄の物体に、吉田は思わず顔を背けた。すぐに黒い光に還元されるとはいえ、気持ちが悪いことに変わりはない。

「こっちゃ、それどころやあらへんわ！　一緒にまとまって脱出しようとしとるんやないの！」

「テンコーさん！　そろそろ矢が！」

一度に三連射しながら前方のアンデッドを次々と倒していた涼子からも声が掛かる。

絶体絶命とはこのことだなとテンコーは内心苦笑しながら、なんでこんなことになっているんだろうと思わず遠い目になりそうだった。

そのとき、ラーテルの部下が、吉田の襟首を摑むかのように手を伸ばしてくるのが見えた。

「ちょっと待ってや」

その手首を横から摑んで止めたテンコーが、彼に向かって言った。

「何するつもりやの？」

ぴりぴりとした緊張感が二人の間に張り詰めたとき、すぐ後ろに迫って来ていた細マッチョの男――ファシーラ――が、腕を摑まれた男の陰から素早くナイフを突き出した。

「っ⁈」

それに驚きながらもテンコーが軽く躱すと、ファシーラはわずかに目を見開いた。

§

躱されただと？

今のは確実に、あの男の死角から攻撃したはずだ。普通なら、右腕の腱が切られ、返す刀で急所

――例えば首――にナイフの刃がめり込んでいたはずなのだ。

それをまともな訓練すら受けていなさそうな身のこなしの男が躱す？

「多少切り刻んだところで餌は餌だ。役には立つだろう」くらいの軽い気持ちで手を出したことは確かだが……こいつは少し本腰を入れる必要がありそうだ。

「うわっ、あっぶな！　自分ら頭おかしいんちゃう？　周りはアンデッドだらけやのに、なんで探索者同士で揉めなあかんねん」

ファシーラは左右のアンデッドを素早く牽制して、あの男を殺すまでの時間はあると判断すると、暗い光を浮かべた眼差しをテンコーに向けた。

「テンコーさん。日本語通じないんじゃないですか！」

「あー、わて外国語あかんねん。なんや誤解があるんかな。ないすとぅーみーちゅー！」

周囲から押し寄せて来るアンデッドの群れを前に、そんなことを言い出すテンコーをカメラに捉えながら、こいつは余裕があるんだかバカなんだかよく分からないなと城が嘆息していた。

テンコーはこれでも横浜で鍛えたCランク探索者だ。いかに訓練を積んでいても、単純な反射速度や力で普通の人間が彼に敵うはずがない。

しかしファシーラには戦場で培った経験と技術があった。

素早く懐に踏み込むと、左手に隠し持った暗器で――

殺った、と彼は思った。

その暗器は、思惑通りテンコーの太ももに突き刺さり、その動きを止めるはずだった。

だがその瞬間、ファシーラの左腕は鋭い音を立てて何かに弾かれ、その目的を果たすことができなかった。

『なっ⁉』

スリングショットで鉄球をぶつけられたかのような衝撃に、しびれた左腕を右手で摑みながら、彼は何かが飛んできたと思われる方向を見上げ、そうして目を微かに見開いた。

アランは自分の〈生命探知〉にいきなり現れたそれに驚愕した。その反応は突然現れたのだ。そう、なんの前触れもなく突然に。

『誰だ、お前？』

ラーテルが目を細めて静かに訊いた。

そこにはマントを羽織った人間のようなシルエットが、今まさに残照を残して沈もうとしている太陽の光の中に浮かんでいた。

§

（はー、ぎりぎりだったじゃん）

俺は内心冷や汗をかいていた。ここは一応日本だ。まさか追いついた瞬間に、いきなり攻撃を加えるなんてまったく予想していなかった。どこの兵隊さんか知らないが、ちょっと気が短すぎないか？

しかし準備もなしで飛び出さざるを得なかったから、キャラの方向性もくそも、まだ何も考えていない。こいつはまいった。どんなキャラにすればいいんだよ、三好ぃ……

§

突然現れた墓の上の人影を見た吉田は、心の中で歓喜の雄叫びを上げていた。今時脚本のある映画でもこんなベタな展開はないだろう。

アンデッドの群れと戦う謎の軍人のような探索者たちに巻き込まれ、探検隊が絶体絶命のピンチに陥った時、颯爽（さっそう）と現れた——えーっと、仮面の紳士？

そこには、ホワイトタイのフォーマルを着た仮面の男が、中折れ帽に手を当てて、気取った様子で格好をつけて墓石の上に立っていた。

しかも男はマントをはためかしている。一歩間違えばアホだが、場合によっては非常に分かりやすいヒーロー像だ。

同じ映像をカメラに収めながら、城は、自分の頭が恐怖のあまりおかしくなって幻影を見ているんじゃないかという思いから逃れられなかった。後で再生してみたとき、何も映っていなかったとしても彼は納得しただろう。それくらいあり得ないシチュエーションだった。

矢をつがえ、片っ端からモンスターを黒い光に還元していた涼子が、後ろの騒ぎを聞きつけて、振り返ろうとしたとき、横から飛び出してきたゾンビが彼女の腕を摑んで喰らいつこうとした。

「きゃっ」

叫び声を上げて彼女がよろめいたその瞬間、墓石の上の男が左手でマントのふちを摑んでそれを広げ右手を無造作に振ると、そこにいる人間を囲むように青白い半透明のリングが現れた。

そうして彼の立っている墓石を中心に半径数メートルの中にいたアンデッドは、すべてが一瞬で切り裂かれ、黒い光に還元された。

『なっ！』

ファシーラが驚きの呻きを漏らし、ラーテルはそれを見て額に汗を浮かべた。

「うっそやろ……」

呆然とそれを見ていたテンコーを横目に、涼子はちらりとその人影に目をやって、あるものを見とがめた。

「あれって、まさか……」

絶体絶命のピンチにもかかわらず、彼女の目には笑いが宿っていた。

§

『誰？　そうだな……』

影は辺りを睥睨するように見回すと、右手で帽子を取って脇に仕舞い、まるでこれから宮廷でダンスをする淑女に対して腰を折るかのように気取ったお辞儀をして英語で答えた。

『お初にお目にかかる。今宵は、荒野に呼ばわるものとして、汝らに言葉を告げよう』

『はぁ？』

荒野に呼ばわるものは、旧約聖書のイザヤ書の四十章三節に現れる何かだ。それは一般に困難な状況で希望のメッセージを取り次ぐものとされている。

珍しいことにファシーラは間抜けな声を上げることしかできなかった。彼は、まるでここがオペラのステージになったような非現実感に襲われていたのだ。

ラーテルはそれを見て、怒りと諧謔を同時に感じていた。

荒野に呼ばわるものだと？　こいつは救い主気取りのバカなのか？　それとも主が来られる道を整えよとでも告げるつもりか？

額に穴をあけてやりたいという欲求に抗いながら、彼は冷静に考えた。

さっきの手品は本物だ。それどころか今でもそのリングはその場にとどまり、この場所に押し寄せるアンデッドを倒し続けている。つまりこいつには、この辺りのアンデッドなどものともせず、片手間で倒せる実力があるってことだ。

『おい、アラン』

ラーテルは小声で隣にいたアランに声を掛けた。

突然現れた非現実的な男が話す声を、どこかで聞いたことがあるような気がして記憶を辿っていたアランは、我に返ったようにそれに答えた。

『なんだ？』

『ヴィクトールにこのふざけた野郎と同じことができるか？』

ヴィクトールは世界ランク九位――今は十位か――の探索者でＣＤのエースだ。

アランは何の躊躇も見せずに『無理だね』と断言した。つまりあそこにいる奴は、それよりも上のランクの誰かだってことだ。

§

十八世紀の挨拶なんてなんの役に立つんだと思っていたが、早速使う羽目になるとは思わなかった。うまく決まったと思うが、いずれにしてもどこかから見ているに違いない三好が腹を抱えていることだけは間違いなさそうだ。

連中が話していたのはフランス語だったから、フランスの特殊部隊っぽいが……民間人を平気で囮（おとり）にしようとする軍なんてあるのかね？

『それで、主の使いたるあんたが、俺たちに何の用だ？』

まともにやり合ったら皆殺しにされかねない強者（つわもの）だが、どこか甘いところを感じ取ったラーテルは強気に出てみた。

『いや、何かお困りのようだったから、寄ってみただけさ。必要なければ――』

そう言った瞬間、探検隊の隊長――あれが吉田陽生かぁ――から声が上がった。

「へ、へるぷみー！（たすけてくれ！）」

いや、そこはせめてＵＳ（私たち）って言えよと内心吹き出した。

「救われたいのか？」

「に、日本語?! あ、いや、頼む！」

「承ろう」

俺は、レンブラントやルーベンスの受胎告知（ルーベンスハイスの１６２８版だ）に描かれたガブリエルのごとく右手で天を指し示した。


『なんだ?』

『隊長。どうやら奴は、向こうの連中の救助要請にＯＫを出したようです』

日本語担当だったシュートが、今のやり取りを翻訳してラーテルに告げた。

『ほう。つまり、我々と敵対するということか?』

腰のグリップを意識しながら、ラーテルは目を細めた。

『いえそこまでは――』

そのとき、男を中心に何かの渦が生まれ、それに気が付いたモンスターたちが動きを止めて、一斉にこちらを振り返った。

　異変を敏感に感じ取ったラーテルは、冷静を装い辺りを見回しながら、自分の副官に訊いた。

『一体、何が起こってる？』

『分かりません、分かりませんが——』


　俺の周りで渦を巻いていたDファクターが、展開してあったリングの周囲に絡みつき、残照の中光を帯びて、まるで青白い雪の切片のように輝き始めた。それに触れたアンデッドは溶けるように黒い光に還元され、そこかしこで幻想的な光のドラマが展開されていた。

〈水魔法〉は結構使ってるから、ここは誰にも見せたことのない〈極炎魔法〉一択だ。強力だし、このコスプレにも相応しい。三好は充分に離れているとはいえ、インフェルノはあまりに酷かったから、あれはナシだ。


『——何かとんでもないエネルギーを感じますぜ！』


　そうして、イメージするべきは、自らと守るべきものを中心に広がる青き炎のリング。

　それは触れたもののすべてを生まれてきた場所へと送り返す聖なる炎。青く白く、すべてを無に帰す恒星の輝き——

　俺は目を開くと、完成した魔法の名前を唱えた。

『シリウス・ノヴァ！』

その瞬間、渦を巻いていた輝くリングが空気を切り裂く音を立て、爆発するように拡大し、それに触れたアンデッドを全て蒸発させながらはるか先まで広がって行った。

『な……』

一瞬で訪れた静寂に男たちは呆然と言葉を失くしていた。それにちらりと視線を投げかけると、俺は九層への階段の方を指差して、『道は開かれた』とだけ告げた。

そうして、ちゃんと練習したネイティブっぽい発音で「Au revoir(注21)」と言いながらマントを音を立てて翻した。

その言葉に振り返った者たちの目には、翻され、渦を巻くように体にまとわりついたはずのマントの形状が、重力によって溶けて落ちていくのが映っただけだろう。

それは、まるで今までそこにいた男が、突然溶けてなくなったかのように見えたはずだ。

『消えた？』

『〈生命探知〉に反応――なし』

(注21) Au revoir

フランス語で「さようなら」

オ・ルヴォワールとカタカナ表記されることが多いが、フランス語のRの音は喉の奥でうがいをする時のように発音する、いわゆる口蓋垂音（こうがいすいおん）なので、どっちかというとオウヴァな感じに聞こえる。ガストン・ルルーがフランス人なので、それにあやかったのだろう。

アランは悔しそうにそう報告した。

『どう思います、隊長。死の間際に見る幻の話は聞いたことがありますが』

ファシーラが辺りを見回しながらそう言った。とにかく近場のアンデッドが一掃されたことは間違いなかった。

『幻だろうと何だろうと、道は開けたそうだ。行くしかないな』

『連中は？』

ファシーラが四人組の探索者を目で指すと、ラーテルは小さく両手を上げた。

『やめとけ。主のお使いとやらが、どこから見てるか分からん』

ちらりと前の四人に目をやると、特にこちらを警戒しているようにも見えず、すでに九層への階段へ向かって駆け足で進み始めていた。

『それに幸い、連中はお前の行動を何かの行き違いだと思っているようだ』

コケにされた気分のアランは、男が立っていた墓石をじっと見つめていた。

『まさか……あれがファントムなのか？』

アランの頭の中には、それまで誰にも目撃されたことがなく、存在すら疑われていたエリア12出身の匿名探索者、世界ランキング一位の二つ名が、繰り返し響いていた。

だがどこかで聞いたことがあるような声だった。

彼は、途中から始めていたスマホの録音を停止させると、後でブーランジェ中佐に分析を依頼してみようとそれを深くポケットに突っ込んだ。

§

「いや、凄かった！」

早足で九層への入り口へと向かいながら、吉田はずっと興奮していた。

「凄いやあらへんで。ワテら死にかけたんでっせ！」

「分かってる、分かってる。だが、凄かっただろ！」

興奮のあまりボキャブラリーが壊滅している吉田が、握り拳で力説した。

「で、あれは一体誰なんだ？」

もしもあいつに出演をＯＫさせたら、この番組の成功は確実だ。

「さあ、相当な実力者だってことだけは確かですけど」

「とにかく帰って調べよう！」

「だけど、吉田さん」

城は心配そうに吉田に言った。

「もしあれが、触れてはいけない何かだったりしたら、俺たちヤバくないですか？」

彼はちらりと後ろを振り返った。

「それに、あの軍人みたいな連中も。テンコーさんへの攻撃ってマジじゃありませんでした？」

「まあ、結構鋭かったけど――ワテが先に腕を摑んだやん？　なんか行き違いがあったんとちゃいますか」

　本格的な対人戦の経験がないテンコーは、自分の感覚を基準に相手が脅しくらいのつもりだったんだろうと判断していた。

「そうかなぁ……だけどもしこの映像を残したくない人がいたら……」

「帰り道に襲われるって？　考え過ぎじゃないのか？」

「吉田さん。俺たち、今日は十分非常識な目に遭っていると思うんですよ」

「あ、ああ、まあな」

「用心するに越したことはないと思いません？」

「ああ……そうかもな」

　その後は特にアンデッドに襲われることもなく、やがて九層への階段が見えてきた。

　あんな目に遭ったにしては楽しそうに歩く涼子を見て、テンコーは不思議に思った。

　彼女は二層までしか潜ったことのない探索者で、若手の女優だ。普通ならこんな経験をしたら、トラウマになりかねないはずだ。一体――

「サイトはん、なんか心当たりがあんの？」

「なんのです？」

「さっきのヒーローやがな」

「まさか」

「でも、自分を助けに来たみたいやったで」

あのリングだって、彼女の悲鳴と同時に展開されていた。

「まさか」

そう言いながら涼子は、結構ちゃんと見てるんだなとテンコーを見直した。

もっとも、後ろの探索者たちとのやり取りを見て、ちゃんと実力のある人なんだとは思っていたのだが。

「噂の師匠さんとか？」

そう言われて、内心「当たり！」と叫んでいたことはおくびにも出さず、「師匠のランクはGですよ？」と答えた。

「そらまた……しかし誰なんやろう」

（ま、知っていても信じられないよね。あれが芳村さんだなんて）

彼が最初に帽子に手をやった時、まだ沈む前の夕日に左手の小指がきらりと光っていた。あの指輪は、間違いなく師匠がしていた民族的な文様のものだった。

彼が消えた時、いつの間にか足元に置かれていた矢が満載されたクイーバーを誰が置いたのかは分からない。もしかしたらアイスレムくんが持ってきてくれたのかもしれないし。

だけど、涼子はあれが芳村だと確信していた。

§

「ぶはー」

シャドウピットから出た俺は、元の装備に着替えると深く息を吐き出して、ドリーの中のソファに腰かけた。

「お、オゥヴァ……オウヴァあああ」

戻ってきた俺の姿を見て、三好はいきなりそう言いながら、肩を震わせ、口を押さえ、涙を浮かべながら笑いをこらえていた。

「な・に・を・笑ってる？　やれって言ったのはお前だろーが?!」

俺は三好の顔をアイアンクローで握りながら、怒りの笑顔を浮かべてそう言った。

「あ、あたたたた、先輩、痛い！　先輩のステータスで握られたら頭潰れますから、やめてー」

俺が手を放すと、こめかみをすりすりと撫でながら、改めて三好が言った。

「し、しかし本当にやるとは……白いバラでも咥えさせるべきでしたかね？」

「どうも三好くんの頭は余計なことばかり思いつくようだね。必要ないなら握り潰してあげないといけないかな？」

俺はにっこり笑って、明るく楽しげな様子でそう言った。

「え、遠慮しておきます」

「しかし、やっぱりこれって、滅茶苦茶恥ずかしいぞ」

「それにしちゃ、なかなか堂に入ってましたよ。ちょっとキザったらしすぎて、好みは分かれそうですけど、やはり世界チャンピオンはエキセントリックかつ孤高でなければ」

：

「おまえのそのイメージって、どっから来てんの？」

まあ突然だったので、キャラが定まらなかったのは仕方がない。

今後どんなキャラで行くのか考えとかないとなぁ……無口なタイプが楽でいいんだが。

「実際、先輩がやっていると思わなければ、なかなか格好良かったですよ。あの人たちも呆然としてたじゃないですか、あの魔法も派手で良かったです」

シリウス・ノヴァ！と言いながら、三好が俺の真似をした。

俺だと思わなければってなんだよ、まったく。

「あれなぁ……強力なのはいいが、かなり最低なんだよ」

「なんでです？」

「下二桁がどうなってるのか分からなくなるんだ」

「……それは最低ですね。これからバーゲスト退治だってあるというのに」

「もう一周させるしかないか。幸い敵はいくらでもいるし」

シリウス・ノヴァで蹴散らした領域にも少しずつアンデッドが戻ってきているし、この辺りはそもそも影響がない。九層の入り口方向へと意識を向けていた分、そちらに厚くなったのだろう。

俺はさっきから目の端に出ていた、スキルオーブの選択肢に注意を向けた。

どうやら、シリウス・ノヴァの最中に発生した下二桁○○の分のようだ。しかも二つ分。

「同時に出ても上書きされたりしないんだな」

それは嬉しい情報だ。ただ——

「どっちもゾンビかよ……」

▶ スキルオーブ：生命探知	1/	20,000,000
▶ スキルオーブ：腐敗	1/	400,000,000
▶ スキルオーブ：感染	1/	900,000,000

「三好ー、〈感染〉とか、〈腐敗〉とかいるか？」

「いりません。ていうかパッシブだったりしたら、本当に人間やめなきゃだめなヤツじゃないですか、それ」

「だよなぁ。使えるものは〈生命探知〉くらいしかなさそうだ」

「ならそれにして、育成する探索者用にキープしておけばいいんじゃないですか？　結構使えるスキルですし」

「そうだな。他のやつもオーブの鑑定用に使うかと思ったんだが」

「そんなヤな名称のオーブ、手に入れたとしても、いきなり使う人はいないでしょう。後でいいですよ」

実際には、消滅までの時間内に誰かに渡せないことが明らかになった時点で、ワンチャン使ってしまう探索者がいるかもしれないが……そんなところまで気にしていたらきりがない。

「じゃ、そうするか」

俺は、〈生命探知〉を二つ取得した。

三好の周りに時々アイテムが転がるところを見ると、カヴァスは車の外で周りのアンデッドを蹴散らしているようだ。

そういや、すぐに消えた演出をしたおかげでアイテムも全然拾えなかったな。結構な数がドロップしたはずだが……もったいないが、ここそこ拾っていたら格好悪いしなぁ……

「とにかく俺は、いつものように上で下二桁をどうにかするよ」

「ゆっくりしたいところですが、いつバーゲストが出るか分かりませんからね」

バーゲストの霧の中には、その辺にいる野良のモンスターが登場しない。出てから下二桁を調整するのは難しいのだ。

「まったくだ」

六条さんの育成には必須のスキルだし、取得が面倒なオーブなだけに、ここは確実にゲットしておきたい。

「何はともあれ飯食おうぜ、飯。腹が減ってはなんとかって言うだろ」

三好は、俺が取り出した弁当を掻き込むようにして素早く食べると、食後のお茶を飲みもせずに、いそいそといつものポジションに座って、カメラ越しに二・五センチの鉄球をばらまき始めた。

いつもと大きく違うのは、カメラ越しにモンスターを仕留めるたびに、カヴァスのシャドウピットに入るようになったことだろう。

「どうです？」

そう訊いてきたので俺は〈メイキング〉を起動して取得SPをチェックした。

結果は一層でテストしたときと同様、経験値取得制限はリセットされているようだった。俺は、箸を咥えたまま、彼女にOKマークを作って見せた。

それを見た三好は俄然（がぜん）やる気になったらしく、凄い勢いで消えたり出たりを繰り返した。

見ているとなんだか目がちかちかしてきたので、食事を終えた俺は、スカイルーフから外へ顔を出して、アーチャーに注意しながら手当たり次第に魔法をばらまいた。

しばらくすると、オーブリストが表示された。どうやらスケルトンだ。

▶ スキルオーブ：生命探知	1/	20,000,000
▶ スキルオーブ：魔法耐性（1）	1/	700,000,000
▶ スキルオーブ：不死	1/	1,200,000,000

これでやっと下二桁が分かるようになった。だが安心はできない。

俺は〈魔法耐性（1）〉を取得すると、後はきちんと数を数えながらこちらへと向かってくるアンデッドたちを急いで処理していった。バーゲストがいつ出て来るか分からなかったからだ。

下二桁を九十九に調整した俺は、やっと一息ついてバンクベッドへ転がった。後は時々顔を出すことで、周りのアンデッドたちが途切れないように調整するだけだ。

三好は黙々とシューティングを行っていたが、あまりに素早く出入りすると、まるで三好が点滅しているみたいに見えて気持ちが悪かった。

そうしてしばらくの時間が経過した頃、ついに鎖を引きずる音が聞こえてきた。

「来たか」

そう言って俺は、バンクベッドから飛び降りた。

「どっちだ、三好？」

「車の後方ですね。まだ少し距離がある感じですけど……」

後部方向のモニターに、霧の塊が映っている。

「普通のバーゲストっぽいな」

「そんなにほいほい特殊な個体が出てきたら、たまりませんよ」

「時間は？」

「二十時四十七分です」

「さすがにここで後三日は無理だよな」

一応、斎藤さんたちの護衛もあるし。

「先輩だけなら可能ですよ。見守り隊は私だけで」

「それもなぁ……」

「おお、心配ですか？　心配ですか？」

「いや、三日もこんな寂しいところに一人でいたくないだろ？」

「ぶー。『荒野に呼ばわるもの』のくせに」

「引っ張るなよ、それ」

俺は苦笑した。

そろそろドリーの周囲も霧に覆われ始めていた。

「どうやらバーゲストはこっちに近づいてきたみたいですよ」

「追いかける必要がなくてラッキーだったな」

そうしてその日、俺たちは待望の〈闇魔法（Ⅵ）〉をゲットした。

二〇一九年　一月十六日（水）

SECTION：

代々木ダンジョン　十層

翌朝、ドリーの中で起きた俺たちは、代わるがわるシャワーを使い、朝食にサンドイッチを食べていた。これが去年の十一月に作られたなんて、誰にも信じられないだろう。

三好が飲んでいるオレンジジュースだって、手搾りのブラジリアーノのものだ。

ブラジリアーノはシチリアのオレンジの中では、出荷開始が早く、大体十一月の中旬くらいから出まわり始める。ブラッドオレンジジュースといえば、赤いタロッコがメインだが、こちらは十二月の下旬頃から出まわり始める。

購入したブラジリアーノがいまいちだったので、全部搾ってジュースにしたのが十一月の後半。それがまだ搾りたてみたいに飲めるのを見ていると、〈保管庫〉って凄いよなと改めて思った。

爽やかだが、ジュースにすると少し物足りないそれを飲み干した三好が、パンくずを払って立ち上がった。

「そろそろ始めますか」

まずは、三好の新しいペットの召喚だ。

「その前に、三好。お前結構なポイントが溜まってるぞ」

「え？　ポイント振ったの四日前ですよ？」

「さすがは新方式ってやつだな。アンデッドの方が、スライムより経験値が多いし」

俺は〈メイキング〉を起動してもう一度三好のポイントを確認した。

「15ポイントも増えてるぞ?!　一体どうなってんだ」

あっという間に八百十四位、トリプルへ突入だ。

「俺たち、去年、『たった二ヶ月でトリプルまでは無理』なんて言ってなかったか?」

「あの時は新方式がありませんでしたからね」

「斎藤さんはあっという間に三桁前半だし、この調子だと六条さんも危ないんじゃ……」

「危ないってなんですか、危ないって」

「高ランクなエリア12の匿名エクスプローラー問題だよ」

「まあまあ、先輩。誰だか分かんないから匿名って言うんですすし、大丈夫ですよ」

「ううむ……」

「それに、どうせ順位は下げられないんだし、やってしまったものは悩んでも仕方ありません。ほら、言うでしょう?　『是非もなし』って」

「お前はどこの戦国武将だ」

「であるか」

そう言って三好は俺の不安を笑い飛ばした。確かに悩んでも仕方がないことだけは確かだ。

「とにかく、召喚前にＩＮＴに振ってくださいよ」

「いや、お前、現在こんなだぞ?　さらにＩＮＴでいいわけ?」

NAME	三好 梓
SP	15.411
HP	29.15
MP	136.75 (205.125)
STR	[-] 10 [+]
VIT	[-] 11 [+]
INT	[-] 80 [+]
AGI	[-] 25 [+] [37.5]
DEX	[-] 25 [+]
LUC	[-] 10 [+]

「ピーキーなキャラメイクにはロマンがあるんですってば」

「だからこれって、現実なんだっつーの」

俺たちは数日前と同じやり取りをして笑った。しょうがないやつだな。

「ほら、ＡＧＩを切り良く30にして、後は極振りしといたぞ」

「ありがとうございます」

NAME	三好 梓
SP	0.411
HP	29.90
MP	153.50 (230.25)
STR	[-] 10 [+]
VIT	[-] 11 [+]
INT	[-] 90 [+]
AGI	[-] 30 [+] [45]
DEX	[-] 25 [+]
LUC	[-] 10 [+]

「うし、それじゃパワーアップしたＩＮＴで呼び出しますよ！」

三好は天高く掌を突き上げて叫んだ。

「サモン！　グラス！」

三好は前回とほぼ同じポーズで召喚を行った。そうして前回と同様、巨大な魔法陣が展開して、
前回と……同様？

「なんじゃこりゃ?!」

現れたヘルハウンドを見て、俺は思わずそう言った。

「ケンケン！」

そこにいたのは、ちょっと大きめのポメラニアンといったサイズの犬で――見た目は、まるっきりスキッパーキだ。(注22) 目は金色のようだけど。

「ヘルハウンドなのか、これ？」

三好は感極まったかのようにふるふると震えていた。

「きゃー！　可愛い!!　ほんとにできた！」

「まて、今何か聞き捨てならない台詞があったぞ」

そういやこいつ、以前プレ・ブートキャンプの時の農場で——『カヴァスの小さいのとかがいたら、もうモフモフで可愛いんですけどね。きっと、ケンケンって鳴くんですよ！』——とか言ってなかったたか？

「ほら、先輩が、ダンジョンが意思を読み取って収束させるって話をしてたじゃないですか」

「あ、ああ……」

「だから召喚も同じかなぁと、そう思ったんですよ！」

「で、子犬っぽいのを召喚してみたと」

「可愛いですよねー」

三好はデレデレしながら、そいつ——グラス——を持ち上げて撫で回していた。

「で、そいつ、戦えたり、入れ替わったりできるわけ？」

もしもカヴァスたちと入れ替わったりしたら、大きな連中の首がちょん切れるんじゃないの？　首輪のせいで。

「もー、つまんないことを気にしないでくださいよ、カワイイはすべてに勝るんですよ？」

「いや、お前な……ここへ何しに来たか覚えてる？」

あまりの三好の壊れように、俺は頭を抱えながら訊き正した。

それを聞いて、三好の手からぺいっと飛び降りたグラスが、てててと俺のところまで走って来ると、前足をテンと俺の足に乗せた。

そして、オイ見てろよと言わんばかりにガンを飛ばすと――

「おお?!」

消えたように見える速度で、少し先にいたスケルトンに飛びかかると、あっさりとその頭部を粉砕した。

くるりと身を翻して、見事な着地を決めたグラスは、「へ、見たかい?」と言わんばかりのドヤ顔で、ポーズを決めた。

そのすぐ脇へ、三好の放った鉄球がドスドスと突き刺さる。

それに驚いてよろけたグラスは、その場所に這ってきていたゾンビがいたのを見て、悔しそうに顔をゆがめた。

「まあ、ちょっと脇が甘いですけどね。おいで、グラス」

グラスが、とぼとぼと三好の足下まで歩いていくと、三好がわしゃわしゃと耳の後ろと顎の下を掻いた。

いや、君たち。まわりでは結構戦闘が起こってますけど、なに平和そうにしてるんですか?

「そうだ! 先輩!」

「なんだよ」

「入れ替わりでいいことを考えました！」

そう言って立ち上がった三好は、もう一度天高く掌を突き上げた。

「お、おい……まさか……」

「サモン！　グレイサット！」

そう叫んで三好は次のヘルハウンドを召喚した。

そうして召喚されたのは、想像通り、見事にグラスと瓜二つの犬だった。

「ケンケン！」

その犬をグラスと同じように撫でながら、難しい顔で、「こうなってくるとグレイシックも小さくするべきでした……」とぶつぶつ言っていた。

どうやら、グラスとグレイシックとグレイサットは、三頭がひとまとめの扱いのようだ。

今度、そのマビノギオンとやらを読んでおこう。なんだか最近、俺だけが知らないんじゃないかと不安になってきたのだ。

（注22）　スキッパーキ
Schipperke。ベルギー原産の、真っ黒で狼のような形状の小型犬。

SECTION：
横浜ダンジョン　二層

暗い地下の空間に、機関銃のバースト射撃音がこだまする。

その弾丸が向かう先にいた大型の蜘蛛のような形をしたモンスターは、およそ二万ジュールのエネルギーを叩きつけられるたびに、あちこちが千切れ飛んでいた。

わずか十数秒後には黒い光に還元されて、部屋の中央に宝箱が現れた。

『ふーむ。横浜の二層じゃ、一二・七ミリでも十分な威力だな』

ファルコンインダストリーのポーター開発ユニットでチーフを務めているプリマス＝コープマンは、タブレットを片手に今しがた行われた戦闘のデータを眺めていた。

『どうします？　次は二〇ミリ装備のテストですが。ここでやめておきますか？』

戦闘終了の解放感から固くなっていた肩の力を抜いた、紅一点のノーラ＝ベルイマンが、後れ毛をかき上げてヘルメットをかぶり直した。

『いや、テストはテストだ。一応クリアしておこう。バトルプルーフは重要だからな』

それを聞いたお調子者のカイ＝ライトールが、ペンをヘルメットのひさしに当てて押し上げながら軽口を叩いた。

『はは。実戦って程のこともありませんけどね』

何しろ登場と同時に穴だらけにされるのだ。今のところ先手を取ってしまえば戦闘というほどの戦闘は発生していない。

『なんなら日本の自衛隊が引き返した三層をクリアしに行きますか？』

プリマスは無駄な力みが抜けているのはいいことだと感じたが、それでもここはダンジョンだ。場を引き締めるように指示を出した。

『ダンジョンは戦闘を学習してフロアボスやワンダリングユニークを最適化するなんて話もあるぞ。調子に乗ってないで次のテストの準備を急げよ』

『了解』

横浜ダンジョン二層の出入り口には、重厚な扉が据え付けられているが、その扉がある場所はダンジョンではない。もしもそうならすぐにスライムの餌食になるからだ。

その扉のダンジョン側、数メートルの範囲には、コンセントやＬＡＮを始めとする様々な端子が用意された空間が広がっていた。

元は自衛隊が攻略をする際に利用した設備らしいが、それを利用できるここは、四時間に一度しかポップしないボスキャラのことをもあって、世界で最もポーターの戦闘テストに相応しい場所だろうとプリマスは思っていた。

ファルコンインダストリーのポーター開発ユニットは、そこに何台かのポーターや計測器を持ち込んで、実地で最終調整を行っていた。このテストをクリアすれば、そのままサイモンチームに十八層へと持ち込ませて、世界へのお披露目を行うつもりだった。

何しろ現在の代々木十八層は、世界中のトップチームが集まる場所だ。そこでのお披露目は、大会場で行われるモーターショーなどよりもずっと効果があるだろう。

入り口のサービスエリアまで十二・七ミリを搭載したポーターを誘導したカイは、そこで寡黙なエンジニアであるギョームが、次の二十ミリバージョンをセットアップしているのを見て目を見開いた。

『おいギョーム！　M2でもオーバーキルだったのに、そいつを持ちだすのか？』

彼がセットアップしていたのは、二十ミリの中でもこのシリーズ最強の懸架式バルカンだった。M197をショートバレルにした改良型で問題点だったジャムを極限まで減らしたポーター専用武装だ。

ギョームは黙って頷くと、『試しておかないとまずいだろ』とだけぽつりと言った。

『そりゃまあそうだけどよ』

この装備は設計時から色々と物議を醸した代物だ。

そもそも重さとフレームの都合で懸架式にせざるを得なかったが、昆虫を模した脚が邪魔で左右に銃身を振った時の動作が複雑になるのだ。

いっそのこと前方固定でボディを左右に振って照準した方がましなのではないかなどという意見が内部にすらあった。

二時間ほどチェックや整備を行って、給弾用の外部ポッドを上部に取り付けるのを手伝った後、残りの調整をギョームに任せて、カイはプリマスのところへ戻った。

『チーフ。二十ミリはM197改が準備されていますが、それでいいんですね？』

『あれか……そうだな、実戦で試してみないとな』

『トラブル用に十二・七ミリも出しておきますか？』

『頼む』

『了解。しかしいい加減こいつらにも名前が欲しいですよね』

通常は色々な開発コードがあるものだが、こいつらは単に「ポーター」と呼ばれていた。

新ジャンルだから、それで識別できたし問題がなかったのだ。

『フリングホルニ派と、ナグルファル派と、スキーズブラズニル派で揉めてるらしいですよ』

おかしそうにノーラが言った。

『なんだそれ？』

『古ノルド語の船の名前。神様の船だそうです』

『そういうの好きな奴いるいる。いっそのことアークにしておけばいいのに』

『フランスの連中が先にアッシュを登録したらしいから、無理だろうな』

ひと通りのチェックを終えたプリマスが、紙コップのコーヒーを片手にそう言った。

『軍産とルノーの共同開発ってやつですか？』

『ああ』

フランス語のアッシュは、英語ならアークになる。意味はもちろん「方舟（はこぶね）」だ。

『みんな神話と船が好きですね』

『まあ気持ちは分かるよ』

ダンジョンの奥地をさまようとき、こいつはまるで身を寄せることのできる船のように思えるだろう。宿でもいいが、こいつは一緒に動き回るからなと、プリマスは思った。

リポップ予定時刻まで十二分を残して、すべての準備は完了した。

『そういや、さっきの宝箱、中身は何だったんです？』

『ん？　確か――』

プリマスが箱の中身を説明しようとした時、部屋の中央に小さな稲妻が走った。

『な、なんだ？』

リポップ時間が少しずれたのだろうか。しかし、ボスとはいえ、これほどもったいぶった登場も珍しい。

プリマスは落ち着いて、チームに指示を出した。

『ポーター射撃スタンバイ！』

『スタンバイ！』

『二十ミリ照準よし！』

万全の準備をして待ち構えている彼らの前で、光が集約して実体化しようとしていた。

まるで複数の頭を持った蛇のようなシルエットが形作られていく。

『……ヒュドラか⁈』

『バカ言え。そんな大物がここで出るなんて聞いたことがないぞ。それにサイズが――』

『細い？』

『なんだこいつは……』

見たことのないモンスターは危険だ。何をしてくるか分からないからだ。しかもこいつはボス扱いのモンスターなのだ。

『なんでもいい。実体化すると同時に攻撃しろ！』

『了解』

光が収まると同時に、回転する三つの砲身が、わずか十数メートル先の何かに向かって死の欠片をばらまいた。

現れた何かは、なすすべもなく銃弾の嵐にさらされて、首のような部分が千切れ飛んだ。

『はは、ビビらされた割には拍子抜けでしたね』

カイが額に汗を浮かべたまま強がった。

『ジャパンにはゴーストをよく見てみたら枯れたススキだったたって言葉があるらしいぞ』

『狼を発見したやつはいつでも大きめに報告するって言いますからね』

カイとプリマスのやり取りを聞きながら、ノーラは吹き飛ばされた頭の残骸を見て言った。

『これって……クリーナー？』

ファルコンインダストリーのダンジョン関連研究者は、全員が横浜の二層を護衛なしで利用できる程度には経験を積んだ探索者だ。モンスターについても幅広い知識を持っていた。

クリーナーはダンジョンの掃除屋とも呼ばれる特殊なモンスターで、渦虫にヤツメウナギの口がくっついたような形態をしているダンジョン内のスカベンジャーだ。もっともそいつが漁る対象は、外部から持ち込まれた物や人なのだが。

『でも、複数の頭を持ったクリーナーなんて……』

興味を惹かれて近づこうとした彼女を、プリマスの鋭い声が引き留めた。

『待て！』

『え？』

『どうして死体が消えない？』

クリーナーは二十ミリでズタズタにされ、体はばらばらになっていた。普通ならこれで生きていられるはずがない。

しかし、ダンジョンのモンスターは、死ねば黒い光に還元されて消えるはずなのだ。

ノーラはハッとした様子で立ち止まると、恐る恐る後退った。

『チーフ、そうは言いますが、あれだけバラバラなんです。普通なら生きているはずが――』

カイがそう反論しようとした時、千切れ飛んだ組織がウゾウゾと蠢き始め、まるでズルリと音を立てるかのように――

『再生した?!』

ノーラが叫んだ通り、大小七つの肉塊は、大小七つのクリーナーに変貌していた。

『冗談だろ？』

カイが顔を引きつらせながら、もう一度ポーターをバトルモードに切り替え、自動応戦させようとしたとき、部屋中のいたるところに魔法陣が浮かび上がった。

『ヤバイ！』

クリーナーがダンジョンの掃除屋と呼ばれるわけ――それはこの召喚にあった。

魔法陣からは、様々な色をしたスライムが召喚され、それぞれが活発に動き始めた。

バトルモードに切り替わったポーターは、ＡＩが自動的に攻撃対象を設定すると、銃弾をバーストモードでまき散らし始めた。

『カイ！　やめさせろ！　あいつがどこまで分裂するか分からんぞ！』

『え?!　しかし！』

『こいつは相性が悪すぎる！　ポーターは放棄！　退くぞ！』

リモコンでバトルモードを終了させると、四人は急いで出口へと向かった。幸い横浜の二層は、ボスの存在にかかわらず出入りは自由だ。

彼らが脱出していくのを尻目に、スライムたちはポーターに群がり、ＡＩの攻撃によって千切れた体は、再び新しいクリーナーに姿を変えていた。

SECTION：
港区　赤坂

吉田陽生探検隊は十層から強行軍で戻って来ると、定番の打ち上げもせずに現地で解散した。と言っても、涼子が別れただけで、三人はそのまま赤坂のスタジオへと押しかけていた。撮れているはずの映像のことを考えると、矢も盾もたまらなかったのだ。

「すげぇな……」

ＰＣにダウンロードしてラッシュを見終わった後、吉田が思わず呟いた。

これを編集してパイロットを完成させれば、番組枠を取れない理由がない。それくらい派手な映像だった。

不安は登場している連中の所属だ。知らず知らずのうちに、手を出してはいけないところに手を出していたとしたら、番組どころの騒ぎではなくなるかもしれない。

「しかし、こいつは誰なんすかねぇ……」

城が、最初に仮面の男が現れた時点で映像を静止させてそう言った。ほとんどが陰影の濃い暗い映像だったが、そのシーンは日没直前で、まだ少し光量があるのだ。

「あんな真似、シングルでも難しいんやないですか」

テンコーの言葉に吉田が考え込んだ。

「ヴィクトールよりも上となると、八位のナタリーは性別が違うだろ？　七位のジュシュアは斥候タイプで強力な魔法が使えるなんて話は聞いたことがないし、九位のキングサーモンと五位のメイソンは体格が全然違う」

「つまり、二位のドミトリーか三位のサイモン、後は四位のファンか六位のウィリアムってことですか？　あのリングは光魔法のようにも見えましたけど」

上位陣でよく知られている光魔法の使い手は、キャンベルの魔女こと、エラ＝アルコットだ。

「エラは、性別も体格も違うよ」

「全員違うと確信できれば、こいつがファントムだって確信が強まるんだがなぁ」

「でも、見た目はすっかりファントムじゃありません？」

確かに身に付けているコスチュームは、オペラ座の怪人っぽい。

「はまりすぎだよ。このまま放映したらヤラセだって言われるぜ」

それはまるでバラエティー番組内の演出のようですらあった。

「後は声か」

声紋は個人識別のための重要な手段の一つだ。こいつの音声データを上位探索者のインタビューあたりと比較すれば、少なくとも誰と違うかは分かるだろう。

「テンコーさん、科警研あたりにコネとかない？」

「あらしませんがな。伊織はんにすらかすりもせんのに」

科警研こと、科学警察研究所は、警察関係から科学的鑑識や検査を依頼される組織で、法科学第四部の情報科学第三研究室が音声の研究を行っている。

「本気で調べたいんなら、民間に依頼できますよ？」

「そうは言うがな、法科研あたりに頼んだら、下手すりゃ一件百万くらいかかるぞ。番組が決まって予算が付けば分からないが、現時点ではなぁ……お前、払うか？」

「なんで俺が?!　ありませんよ、そんなカネ」

「だろ？　なら顔しかないな」

「顔認識技術は凄く進んできましたけど、法的問題が持ち上がりそうな勢いですよ？」

「動画から顔画像を切り出して、ゴーグルを始めとする画像検索にかけてみるくらいなら問題ないさ。顔検索じゃなく画像検索だから精度はお察しだろうが」

「はぁ、まあデータは用意しておきます」

「それに、こっちの連中は有名人かもしれないだろ？」

吉田は後ろにいたバトルドレスの連中を指しながら言った。

「国際報道あたりの記者に訊いてみたら、知ってるやつがいるかもしれないぞ。それなら城にも知り合いがいるだろ」

「まあ、多少は」

よろしく頼むといった様子で、吉田は城の肩を叩いた。

「ともかくこいつは暗号化して、バックアップをあちこちに分散しておいてくれ」

「それって、謎の組織に襲われて奪われたり削除されたりするかもってことですか？」

「バカ言え」

そう吉田は笑ったが、その笑いには少し力が欠けているように見えた。

「そういうわけだ。テンコーさん、悪いけどこの映像は番組で使われるか、この話がぽしゃるまでお宅のチャンネルでの公開はナシで頼む」

「まあ、それはしゃーないけど……」

テンコーは何かを考えるように言葉を切った。

「なあ吉田はん」

「なんだ？」

「こいつやけど……うちのチャンネルに上げてSNSで探してみーひん？」

未だに画面に表示されているままの仮面の男を指差した。

「はぁ？」

「いや、だってこいつは代々木の中におるわけやし、誰にも会わんで過ごすなんて不可能やろ？どっかで誰かが見とるかもしれへんよ」

「それはそうだろうが……」

「それにな、これが知れ渡ったら最後、探索者の一人一人が全員監視カメラになるんよ」

「は、はは」

吉田は顔を引きつらせながら笑った。それは恐ろしい世界だが、まさに現実だからだ。

現代の携帯電話の普及率はほぼ一〇〇%と言っていいだろう。そして、そのほぼすべてにカメラが搭載されている。どんな人間であれ、無人島にでも行かない限り誰かと接触せずに生きていくことは難しいだろうし、それが奇矯な格好をしているとくれば、なおさら目立つ。

「いや、しかし、この映像をそのまま使うわけには――」

「そこはミニコーナーで、『十層でこんなやつに会うたんやけど、誰ぞ知っとる人いーひん？』くらいのノリでええんちゃうかな。何しろこの格好やで？」

「むぅ……」

「それにな、もしも見つかったら出演交渉できるかもしれまへんで？」

テンコーのそのセリフは、吉田の心を大きく動かした。

二〇一九年 一月十七日(木)

SECTION：

ニューヨーク州 ニューヨーク 国際連合本部ビル

ＷＤＡ（世界ダンジョン機構）の本部は、その設立経緯から国際連合本部ビルの二フロアを間借りしていたが、現在は、(注23)すぐ南側の土地に本部ビルが建築中で、そろそろ引っ越しと局の再編成が行われる予定だった。

ＤＦＡ（食品管理局）は、人類にとっても重要な機関だけに、二つの分局がメリーランド州のホワイト・オークと、イタリア、パルマのドゥカーレ公園の隣に作られていた。

前者はアメリカのＦＤＡ（アメリカ食品医薬品局）に、後者はＥＵのＥＦＳＡ（欧州食品安全機関）に間借りして協力体制をとっている。

『何度見ても、出来の悪い冗談だとしか思えないな、これは』

イースト川を見下ろすＤＦＡの本局では、主席研究員のネイサン＝アーガイルが、緊急・最重要扱いでＰＯ（知財局特許課）から回ってきた資料を見て思わずそうこぼした。エイプリルフールはまだ二ヶ月以上先のはずだ。

『ミスター・アーガイル。どうされました？』

アシスタントの、シルクリー＝サブウェイが、彼の様子を見てそう尋ねた。

親しい人たちは、みな彼女のことをシルキーと呼んだが、思春期を過ぎた後、モノトーンの服が好きだった彼女は、その亡霊や妖精を思わせる呼ばれ方をあまり好きにはなれなかった。もちろんそんなそぶりを見せたことはないが。

今ではそれを気にするようなこともなくなり、研究で徹夜をした翌日に、モノトーンのワンピースでガラスに映る自分の姿を見ると、うんシルキーだよねと苦笑をするくらいだ。

初めて会った時から、ネイサンは彼女のことを堅苦しくミス・サブウェイと呼んで、親しくなった今でもその呼び方は変わっていない。

彼女は、彼の口から堅苦しくミスと呼ばれるのが、今では結構好きになっていた。それに倣って、彼女も彼のことを、ミスター・アーガイルと呼んでいたが、おかげで周囲の研究者たちには、もしかして仲が悪いのだろうかと心配されてしまうことさえあった。

もちろん、二人ともそんな雑音に耳を貸したりしない性格だったから、ある意味、割れ鍋に綴じ蓋とも言える間柄だ。

『いや、POに提出された出願情報のチェックが回ってきたんだが……』

『それは珍しいですね』

ダンジョンから産出する食品の、安全性の確認や管理がこの部署の仕事だが、ダンジョンから産出するアイテムに食べることが前提のものは、今のところそれほど多くはない。

本格的な稼働は、例の五億人登録後の浅層ドロップが開始されてからだろうと、関係者の誰もが思っていた。そのため現在は、協力している機関から安全性試験の下請けをテストがてらに引き受けたりするくらいには暇だった。

『そういえば、ミス・サブウェイの専門は分子生物学だったかな?』

『はい』

『この件をどう思う？』

ネイサンは、自分が見ていたモニターのドキュメントをタブレットで開き直すと、それを彼女へと差し出した。

そこには、定型の書式で記された、ＰＯの申請書類がそのままクリップされていた。

『Ｄファクター？』

『そうだ、提出者の主張によると、ダンジョンは独自の管理機構を持っていて、ダンジョンに属するオブジェクトを管理しているそうだ』

『モンスターのリポップなどを管理と呼ぶのでしたら、そういうシステムがあると考えるのは妥当だと思いますが』

『まさにゲームのようなシステムだな。それで、その管理機能の根源には、提出者たちがＤファクターと名付けた物質があるそうだ』

管理機能の根源？　シルキーには意味が分からなかった。

電気のようなものだろうか？　いや、仮にコンピューター社会でも、それを根源と呼んだりはし

（注23）　**すぐ南側の土地**
十年以上に亘って空き地だが。現在はSOLOW BUILDING COMPANYが所有している場所のようだ。ドラマでもおなじみのソロービル最上階の地権者だ。

ないだろう。では管理者としてのＡＩのようなものだろうか。いや、それをファクターなどと呼ぶのはいかにも変だ。

『ダンジョン碑文の翻訳で、『魔素』などと訳されているものでしょうか?』

魔素というものが魔法の発動に関わっているという仮説はすでに立てられていて、一応研究はされていた。

しかし、魔法スキルを得た人間の数はとても少ない上に、大抵はダンジョン攻略におけるＶＩＰとなっている。さらに、実験でその意識を暴走させたりしたら、実験者を無意識に殺害することなど簡単に行える存在だ。脳にプローブ一つまともに落とせず、研究は遅々として進んでいないと聞いていた。

『提出者によると、そのＤファクターは、魔法だけでなく、あらゆるダンジョン内オブジェクトの構成に利用されている。言ってみれば、自由に構成を変えられる原子のような存在らしい』

「それはまた、なんというか……大変夢のある、お話ですね」

その、あまりに遠慮した言葉の選び方に、ネイサンはくすりと笑みをこぼした。

つまり彼女は「馬鹿じゃないの?」と言ったのだ。

『ここに書かれていることが事実なら、ダンジョンは、Ｄファクターを自由に構成することで、あらゆるものを作り出していると、そう結論できるわけだが……』

『さすがにそこまで来ると、ほら話にしか聞こえません』

『しかし、ただのほら話なら、ＰＯからここまで、緊急かつ最重要扱いで送られてきたりはしないよ。それがたとえアメリカ大統領の発言だったとしてもね』

つまりその内容は、あらかた妥当だと判断されたのだ。そしてPOとしては、その内容に関する、確認された結果——つまり裏付けが欲しいわけだ。しかも早急に。

それが何故なのかは、提出された書類を見ればすぐに理解できた。

『しかしそれなら、なおさらうちに送られてくる理由が分かりません。DD（ダンジョン局）あたりが妥当だと思いますが』

『その訳は、その先を読めば分かる。そのパテントは、Dファクターに関するものではないんだ。その部分は、あくまでも前提としての説明にすぎない』

シルキーは、前提の説明に素早く目を通しながら、ページをめくった。

そうしてそこに書かれている本論のアブストラクトにあたる部分を読んで、思わずタブレットを取り落としそうになった。

『ダンジョニング？』

ネイサンは揉み手をしながら、大きく頷いた。

『そう。そのパテントの主要な部分は、我々の現実に属しているものが、ダンジョニングと呼ばれる工程を経ることで、ダンジョンの管理に組み込まれるというところにあるんだ』

『つまり……死んだらリポップする人間が作れるかもってことですか?!』

『額面通りに受け止めるなら、可能性はある』

そう言って微かに肩をすくめた彼は、今でこそ落ち着いた大人としての名声を勝ち取っていたが、実はブリティッシュパンクで育った男だった。

ダムドやセックス・ピストルズの結成とともに、この世に生を受けた彼は、成績は良かったが、どちらかと言えばライ麦畑に共感するようなタイプの少年だった。そして思春期にパンクに出会うと、その強烈なインパクトに一発でノックアウトされた。

つまりその時の彼は厨二病だったのだ。

その後、世界が、水の中で一ドルの餌に飛びつこうとしているスペンサー・エルデンに熱狂し、ロック史上、最も有名な作り手と聞き手の間の行き違いが起こっていた頃、彼は「グランジ？　パンクについていけない連中がひねり出したクソだろ」とうそぶいていた。(注24)

要するに彼はこじらせたのだ。

そういうタイプだったとはいえ、行きたい大学ならどこへでも、他人のお金で行ける程度には頭の出来が良かった彼は、きちんと自分と社会に折り合いをつけ、順調にキャリアを重ねて今ここにいた。

そんな彼が、目の前に現れた、まさにファンタジーとしか形容のしようのない可能性に、大人のままでいられるはずがなかった。そこには未知の可能性という名の、性悪だが飛び切り美しくセクシーな何かが横たわっていたのだ。

まるでフェロモンの塊のような体つきで彼を誘惑するそれは、思春期の抗いがたい性への衝動にも似た何かで、彼を虜（とりこ）にしようとしていた。

『もっともリポップした人間が、元の人間の記憶を持っているかどうかは分からないけどね』

『まあ、それは』

そんな夢物語の可能性に相槌を打ちながら、彼女はさらにページをめくった。

そうして、そのパテントに関連する別のパテントと、それに添えられたレポートの内容を見て、大きく目を見開いた。

『！』

『そいつがまさに、それがここに送られてきた理由ってやつさ』

そこには、『ダンジョン内作物のリポップと、現行作物のダンジョン内作物への変換』と書かれた論文が厳かに添付され、外部の専門家たちの評価を待っていた。

『ミス・サブウェイ』

『は、はい』

『すぐに、飛行機のチケットを取ってくれ』

『東京行きですか？』

（注24）　ロック史上、最も有名な作り手と聞き手の間の行き違い

水の中で一ドルの餌に飛びつこうとしているスペンサー・エルデンは、ニルヴァーナのセカンドアルバム『ネヴァーマインド』のジャケットの写真。

そこから先行シングルにカットされた、Smells Like Teen Spiritがこの行き違いの元になる。

カート・コバーンはこの曲を、バカみたいな歌詞にバカみたいなリフを組み合わせ、当時のクールな若者を皮肉ったつもりで作ったが、従来のロックに対するアンチテーゼのように深読みされて大ヒットしたため、作り手と聞き手の間に大きな齟齬を生んだ。

彼女はパテントの申請者を見てそう尋ねた。

『そうだ。そこに、そのレポートにある農園があるそうだ』

『しかし、やりかけの仕事を放り出すわけには……すぐに移動するのは許可が下りませんよ』

『むぅ……すぐにけりをつける。そうしたら、すぐにだ。できるだけ早い便を頼む』

彼は、早速、溜まっている雑事にけりをつけるために仕事を再開した。

『人類史上に残るような事態は、自分の目で確かめないわけにはいかないだろう？　チャンスは鳥のようなものだそうだよ。捕まえなければすぐに飛び立ってしまう。君も同行するかい？』

顔も上げずに問われた言葉だったが、彼女の答えは最初から決まっていた。

SECTION :

西新宿　方南通り

西新宿の都庁前に広がっている新宿中央公園は、その名前に反して、西を向いたアリクイかゾウかマレーバクのような新宿区の前足の端にある。そうして、その一角には、新宿の総鎮守として知られる熊野神社が座していた。

そのほど近く、一階にファミリーマートが入居したビルの七階で、デヴィッドが持ち込んだ音声データを呑み込んだソナグラフ――音声の音響的特徴を抽出する装置――がモニターに色鮮やかな画像を描き出していた。

『一緒に持ち込まれた、いくつかの音声データと比較した結果、ほぼ間違いなく三番のデータと同一人物による発声です』

眼鏡をかけた神経質そうな白衣を着た男が、その分析結果に目をやりながら言った。

何をどうやったのかは知らないが、この男はクソ忙しいうちの業務に突然案件をねじ込んできた。つまりそれができる男なのだろうと、白衣の男は面倒だという思いを隠しながら、デヴィッドに説明を続けた。

『ほぼ?』

『九五%の確率で同一人物ですね』

三番のデータは、エバンスの攻略を行った時受けたサイモンのインタビューだったはずだ。それ以外にも上位探索者の音声データを集められるだけ集めて送らせたのだ。

『九五％……』

『そっくりに声真似をすることは可能ですが、音声の――言ってみれば音色でしょうか。その部分は、声道――声帯から口唇までのことですが――の構造によって決定されるんです』

白衣の男は、自分の喉と唇を指差しながらそう言った。

『それで？』

『つまり、声を真似することはできても、声道の構造まではコピーできませんから、同一の構造を持った音声は、同一の人物から発せられたものだと解釈できるのです。その一致率が九五％だってことですね』

『ほう』

『そしてこの人の外見的特徴ですが――』

『分かるのか？』

『一般的には、体の大きさと声帯の大きさには相関関係があります。それに、声道の構造が分かれば、ある程度は顔の形も分かりますよ』

『どのくらい正確だ？』

『おおよそ正規分布の確率密度関数に従います。その標準偏差は――』

『つまりはそこそこだってことだな？』

説明を途中で遮られた男は、左手の中指で眼鏡の位置を直しながら、小さく頷いた。

『おそらく、身長は百八十センチから百八十五センチ、ヒスパニック系かスペイン人の多い地域で育った、均整の取れた体つきの男性ですね』

『何故育った場所まで?』

『最後のフランス語のＲは見事な口蓋垂音でしたが、英語は巻き舌が強めで、しかもＳの音がＴＨに近くかすれています』

『それが?』

『スペイン訛りの特徴なんです』

『なるほど』

ラーテルたちから聞いた話が本当なら、そんなことができるのは、ランキング上位の人間だけだ。だから仮面の男がサイモンである可能性はあるだろう。目の前の男が描いてみせた人物像もサイモンを指し示している。

だが、シュートの話によると、最後に流暢な日本語を話したらしい。サイモンがそれほど日本語に精通しているなんて話は聞いたことがないし、それらしい情報もなかった。

『日本語の部分は?』

『まるでネイティブのような発声で、訛りもまるで感じられません。母音の響きから声道の構造は同一人物のものだと思われますが――』

語数が少ないので、あくまでも参考程度にしておいてくれとのことだった。

ラボを後にしたデヴィッドは、車の後部座席で、解析結果のレポートを眺めていた。

ラーテルたちの話を総合して、最もあり得そうな話は――

『サイモンとDパワーズの連中が、日没間近な十層で待ち合わせをしていたということか』

〈マイニング〉が採れるのは十八層だし、日没間近な十層を訪れる探索者はいない。考えれば考えるほど、パズルのピースがぴったりとはまり込むような気がした。

『ダンジョン内には、監視カメラも録音機器も設置できないしな』

DADに限らず組織に所属する探索者は、やむを得ない事情がない限り、取得したアイテムやスキルオーブの提出を求められている。もっともそれに対して高額のボーナスが支払われているとは聞くが、Dパワーズが始めた非常識なオークションの価格とまではいかないだろう。

つまりこいつは――

『横流しってわけだ』

デヴィッドは、楽しそうに口元をゆがめた。

この情報を上手く使えば、世界三位の探索者の首根っこを押さえられるかもしれない。

それに必要としているのは〈超回復〉を始めとする回復系のアイテムだけだ。それ以外は今まで通り自由にさせてやれば、それほど大きな反発もないだろう。

欲を掻きすぎると失敗する――彼はそのことを誰よりもよく知っていた。

SECTION：

市ヶ谷　ＪＤＡ本部　ダンジョン管理課

「課長！」

　退勤時間間際、突然ノックもそこそこに飛び込んできたのは、ダンジョン管理課主任の坂井典丈だった。

　明後日はセンター試験本番だ。

　彼は管理課から大学入試対策委員会として出向いているので、そこで何かあったのだろうかと斎賀は眉をひそめた。

「なんだ？　営業二課の岡本くんとやりあいでもしたか？」

　斎賀は、デスクの傍の椅子を彼に勧めながら、そう言って笑った。

　営業二課から対策委員になっているのは、岡本安信という男だった。どうやら二次試験の対応方針で、事あるごとに坂井とぶつかっていると報告を受けていた。

「それどころじゃありませんよ！」

「それどころじゃない？」

　十九日からのセンター試験対策は、現在ＪＤＡの抱えている案件の中で最も重要なものの一つだろう。それがそれどころで片付けられるとは一体何があったというのだろう。

「今しがた、報告が上がってきたんですが――」

そう言って彼は、数枚の書類を差し出した。

「──横浜が大変なことになりそうなんです」

彼は大きく声を落として、囁くように言った。

「横浜？」

またぞろあの連中が何かやらかしたんじゃないだろうなと、彼はその書類を受け取って目を通し始めた。だがそこに書かれていた報告者は──

「ファルコンインダストリー？」

そこには、ファルコンインダストリーが、開発中の機器の試験のために三十六時間貸し切りにしていた横浜の二層で起こった事件が記載されていた。

「マルチヘッデッドクリーナー？」

クリーナーは奇妙なモンスターだが脅威度は低い。一般的にはただのスカベンジャーだと思われていたはずだ。

「報告によると変異種のようで、頭がいくつかあったそうです」

横浜二層のボスだ、それなりに強いのだろうが、誰か相性のいい探索者が仕留めるだろうし、そうでなくてもあそこなら放置しておけばいいだけだ。脅威と言うほどのことは──

そう考えながらページをめくった彼の目に、信じられない言葉が飛び込んできた。

「分裂して増殖する、だと？」

報告書によると、ばらばらにしたモンスターの欠片の一つ一つが再生して一匹のクリーナーになるらしい。まるでプラナリアだが、それだけではなく――

「四時間から六時間に一回？　それって、四時間から六時間で数が二倍になるということか？」

「ファルコンが、ゲートの内側のサービスエリアに残したポーターからの映像で確認した結果だそうです。もしも六時間に一回分裂し続けたとしたら、三日で四千九十六倍ですよ！」

　しかもその一体一体が、八匹のスライムを召喚するのだ。斎賀は正確にその脅威を認識した。

「横浜二層の容積は？　計算したのか？」

　ダンジョンを放置するとスタンピードが起こることは碑文が語っている。だが、今のところそれが起こったと思われるダンジョンはなかったし、これもそうとは言えないだろう。

　だが、横浜は代々木と違って既存建築物を利用したダンジョンだけに狭いのだ。もしもその中に入り切らない数のモンスターが生まれたとしたら――

「入り口から噴き出すってことか？」

「地下駐車場への入り口ゲートは、それなりに強固に作ってありますから、内側のサービスエリアが浸食されてもしばらくは持つと思いますが、店内から下りる階段の方は……」

　あの階段の扉は外開き、つまり階段側に開く扉だ。そこから溢れたモンスターは、地下九階までの階段領域を覆いつくしたところで、他のフロアへは侵入できないだろう。何しろ扉はダンジョンの一部だ。非破壊属性が設定されている以上、外側へ向かって開く扉を内側に押し込もうとしたところで何も起こるはずがない。結局――

「一階の出口まで押し出されるってことか」

　そうしてさらに、外の世界へと押し出されるのだ。斎賀は難しそうな顔をして腕を組んだ。

「ファルコンはこの件に関して何か手を打つと言っているのか？」

「それが……どうにもなりそうにないそうです。せいぜいがＤＡＤに働きかけてサイモンチームを派遣するくらいが関の山だとか。提出された資料を見ても、二十ミリなんて非常識な武器でばらばらにしていますが、効果はなかったそうです」

「うちがやれることは？」

「商務課で特別依頼を出して退治させるくらいでしょうが、これ、どうにかできますかね？」

　物理的に切断しても、そのそれぞれから新しい個体が生まれてくるくらい再生能力の高いモンスターだ。本来のクリーナーなら一匹一匹の脅威度は低く、横浜二層のボスだと言っても単体ならどうにでもなりそうなものだが、分裂するという一点で、それは最悪の存在と言ってよかった。

　横浜ダンジョンの危機どころか、地上に出ても同じペースで分裂し続けるなら横浜も関東も、ひいては日本どころか地球の危機だと言っても大げさではない。何しろ本体の八倍の数のスライムが文明を喰らい尽くそうとするのだ。

「最悪横浜のビルそのものを犠牲にすることをいとわず、強力な武器を使うしかないか」

　知られているクリーナーの弱点は火だ。二層が飽和しないうちにゲートからナパームでもぶち込んでやればなんとかなるかもしれないが、もしかしたら換気設備やエレベーターのシャフトで上のビル部分と空間的に繋がった場所があるかもしれない。もしもそうなら上層のビルにも確実に被害が出るだろう。

「横浜の管理会社から、現在のビルの図面――地下に繋がる空間を塞いでいるかどうかが分かる図面だ――を取り寄せろ。また、ファルコンはファルコンで動けと伝えろ。ただし連絡は密にしてもらえ。後はダンジョン庁と自衛隊に正規ルートで協力を仰げ。横浜どころか日本が危ないかもしれないと脅し付けてやれ。伝手の言質は取ってあるが建前は重要だからな」

「分かりました！」

坂井は身を翻して部屋から出て行った。

「あの時の『何か』がこんなに早くやって来るとはね」

先日寺沢と交わした電話の内容を思い出しながら斎賀は苦笑した。

「しかし、横浜か……」

先日から一階はＤパワーズの所有だ。もしもそこからさらに桜木町へと押し出されれば、連中は無過失責任を追及されるだろう。

彼はどさりと椅子に体を預けると、スマホを取り出して寺沢に連絡する前に、専任管理監の番号を表示した。

そして、Ｄパワーズに横浜の一階を売却したのは、もしかしたら〈異界言語理解〉の取得を依頼したこと以上にファインプレーとなるかもしれないなと考えながら、その番号をタップした。

SECTION：

代々木八幡　事務所

「せせせ先輩！」

「なんだよそれ。どっかの美少女高校生作家か？　休学中の」

記者会見の時、三好が化けさせられていたキャラの話を聞いて、空いた時間にそれを読んでいた俺が突っ込んだ。

「なんです、その分かりにくい突っ込みは……。そんなことより、最新のテンコーさんのチャンネル見ました⁉」

俺たちは、先日初めて見て以来、たまにそれを視聴するようになっていた。

「いや。更新されてるのか？　最近多いな。例のパイロットフィルムで素材が増えたのかな？」

そう言いながら三好が差し出してきたタブレットを見た俺は、そこに表示されている映像を見て、思わず頭を抱えそうになった。

「なんだよこれ？」

そこにはマントを翻し、タキシード仮面様よろしくポーズを取っている俺が立っていたのだ。

「なかなかよく撮れてますよね。半逆光で大部分影に沈んでるところが渋いです」

「おま、焦ってたんじゃないの？」

「よく考えてみたら、私じゃありませんし」

そりゃまあそうだろうが、それ、酷くね？

「で、これ何？」

静止画だけだとどういう使われ方をしたのか分からない。

「まあ、一言で言うとウォンテッドってやつですね」

「なんだそれ？　俺って賞金首なの？」

「テンコーさん風に言うと『十層でこんなやつに会うたんやけど、誰ぞ知っとる人いーひん？』って感じです」

「はぁ」

そうは言っても、あんな格好で潜ったりしていないし目撃者が出るはずはない。

「問題はその先なんですよ」

「先があるのか？」

「代々木の十層でこんな格好している奴がいるなんてーということで、悪乗りした人たちが現在絶賛拡散中です」

「ああ……」

ときにネット民の行動力には恐ろしいものがある。アーシャのカレーの時も凄かったらしい。

「まあ、気が乗ったときだけなんですけどね」

「そういうもん？」

「そういうもんです。そしてすぐ飽きます」

　だが、その成果は、ネット上にいつまでも残り続けるのだ。

「だが、あんな格好でうろうろしたりしないし、別に何も出てこないだろ？」

「あの画像は、それほど高画質というわけでもありませんでしたけど、ネット民の調査能力は侮れませんからね。どこから先輩に辿り着くことやら……」

「よせよ」

「そこで！」

　うっ、こいつはあれだ。三好がろくでもないことを思いついたときの顔だ。

「ファントム様の衣装を量産することにしました！」

「はぁ？」

　衣装の量産？　こいつが突拍子もないことを言い出すのは、今に始まったことではないとはいえ、何をどうやったらその結論に到達するのか、意味不明も甚だしい。

「いいですか、先輩。賢い人はどこに葉を隠します？　森の中でしょう？」

「おいおい」

　この有名な言葉はG・K・チェスタトンが書いた、『ブラウン神父の童心』の中の『折れた剣』に登場するセリフだ。

「だが、森がなかった場合はどうするんでしょうね？」

　ノリノリでチェスタトンを引用し続ける三好を見て苦笑しながら、そういやこいつの二つ名は(注25)ワイズマンだったっけと、今更ながらに思い出した。

「森を作るんだろう？」

「その通り。枯れ葉を隠したい者は枯れ木の林を作り、死体を隠したいと思う者は、死体の山を築いてそれを隠すわけですよ。つまりファントム様を隠すなら——」

「ファントムの群れを作るのか？」

「いえー」

三好が嬉しそうに、ハイファイブで応えた。

だが爆発的に画像が拡散されているとはいえ、衣装を量産してどう売ろうってんだ？

「そんなにうまくいくか？」

「いくわけありませんよ」

「おい！」

いきなりはしごを外しやがったぞ、こいつ。

「まあまあ先輩。たとえファントム様の林が生まれなくても、いくばくかの数が出ればいいんです。そういうものがあると知られれば、うちがしーやんから服を買ってることがバレたとしても単なるコスプレ衣装の購入です。何もおかしなところはないでしょう？」

（注25）　ワイズマン
二つ名としては「賢者」だが、チェスタトンの小説『ブラウン神父の童心（The Innocence of Father Brown）』では"wise man"と記され、賢い男と訳されている。

三好がとぼけた顔でそう嘯いた。

「仮に先輩がその格好をしていることがバレたとしても、ただのコスプレですよ。何しろ先輩はGですからね」

「うーん……そううまくいくかな？」

「二層あたりでしーやんを連れて撮影会でも開催すれば、カバーとしては完璧ですって。あれでも彼女はそれなりに有名人ですし」

ダンジョン内で携帯は繋がらないがカメラ機能は当然使える。面白画像を撮影して、戻ってからそれをSNSにアップする探索者は多いのだ。

「マテ。撮影会って、まさか俺がコスプレしちゃうわけ？」

「他に誰がやるんです？」

「ずぅえっ――ったい嫌だ」

「えー？」

「えー、じゃないよ、えーじゃ」

「我侭ですねぇ。じゃ、夏にビッグサイトで――」

俺はがっくりと肩を落とした。

「あんな魔境はもうこりごりなんだが……」

「どうせアーシャに連れて行かれるんじゃないですか？」

「ぐっ」

あのお嬢さんの行動力もたいがいだがら否定はできん。それはともかく、あんな姿をヨーロッパの社交界あたりに公開されたら良くないいんじゃないの？

俺は仕方なさそうにため息をつきながら訊いた。

「んで、本音は？」

「しーやんが稼ぐチャンスです！」

あまりのストレートさに、俺は思わず苦笑してしまったが、これくらいの方が三好らしくて安心できる。

「だって、しーやんなんとかしないと……」

「なんとかって……お前、ファントムコスで結構払ったんじゃないの？」

「だから早速ファブリックを見に行ってたじゃないですか」

「そういや……」

初めてファントムコスを着せられた日にそんなことを言っていたっけ。

三好の話によると、彼女は、ひたすら好きなことをやり続けた結果、生活費が大ピンチに陥っていたらしい。

「折原さんって、会社員なんじゃないの？」

「本人曰く、安月給らしいですけど」

そりゃまあ日本の会社で、すべての残業を拒否して趣味に邁進していれば昇進するはずはないし、手取りも増えないよな。しかも色々そっちのけで趣味につぎ込んでるわけか。

「生活全般がダメな人なのか……」

「腕はいいんですけどねぇ……」

「もしかして海月マニアで、家でタコクラゲとか飼ってたりしてない？」

「残念ながら知り合いに女装する男性はいませんけど。先輩、結構守備範囲広いですね」

そのとき、事務所の呼び鈴が鳴ったかと思うと、鳴瀬さんが嵐のように飛び込んできた。

§

押っ取り刀で駆けつけてきた鳴瀬さんは、三好が淹れたコーヒーを挟んで居間のソファで俺たちと向かい合うと、すぐに詳しい話をし始めた。それを聞いた俺と三好は同時に声を上げていた。

「「スタンピード?!」」

「――の可能性があるそうです」

スタンピードはダンジョンからモンスターがあふれ出る現象で、ダンジョンで発見された碑文にその記載があるだけで実際に起こったことはないとされている。

無過失責任とあいまって、ダンジョンの入り口周辺の土地を元の地主に手放させるのに非常に役に立った現象だ。

「それが横浜で？　何かの冗談ですか？」

　鳴瀬さんは残念そうに首を横に振った。

「いや、しかし、スタンピードってモンスターが一定以上に増えたときに起こる現象でしょう？　一層にそんな数のモンスターはいませんし、二層以下は知られている限りガチャダンですよ？」

　つまりはボスモンスターしかいないということだ。雑魚はポップしない。到達されていない四層以降の情報が何故知られているかというと、階段は最下層まで繋がっているし、そこからドア越しに内部をうかがうことはできるからだ。

「実は――」

　それは昨日のことだったらしい。

　ファルコンインダストリーが最新の機器のテストに横浜の二層を使っていたときに、とあるボスモンスターが登場した。それがクリーナーだ。

「クリーナー？」

「正しくはクリーナーの亜種で、マルチヘッデッドクリーナーと名前が付けられました」

　クリーナーは平べったい蛇のようなモンスターで、ヤツメウナギのような不気味な口がくっついているらしい。今のところ代々木では発見されていないが、ＮＹのＢＰＴＤ（ブリージーポイントチップダンジョン）の比較的浅い層から見られる徘徊(はいかい)型のモンスターだ。

　スライムを召喚することで知られていて、ダンジョンのスカベンジャーなどと呼ばれているが、それほど大きな脅威があるわけではない。

　鳴瀬さんが持ってきてくれたメモリーカードの中には、ファルコンインダストリーから提出されたものだと思われる映像が含まれていた。それを見た三好が呆れたように言った。

「こりゃまた……ばらばらになった肉片のそれぞれが、元の個体に復元しましたよ」

「こいつらクリーナーってかプラナリアだな……スライムの召喚数に制限はあるんですか？」

「今のところ最大で八だと考えられています」

それを聞いて俺はほっとした。

「まあ、こいつが厄介なのは分かりましたけど、ばらばらにしなけりゃ問題ないですよね？　召喚数も八が限度じゃスタンピードの条件を満たしそうには――」

ないと言おうとした俺を鳴瀬さんが遮った。

「こちらをご覧ください」

「え？」

それはゲートの扉のすぐ内側から撮られた映像だった。

画面の中で蠢いている数匹のクリーナーが妙な動きを見せていた。その中の一匹がしばらく静止したかと思うとプルプルと震え始め、突然――

「は？　分裂？」

そこには元のサイズよりも一回り小さな二匹のクリーナーが蠢いていた。

「なんです、これ？」

「映像はゲートのすぐ内側にあるダンジョン外のエリアに置かれていたファルコンインダストリーの機器から撮影されたものです。破壊されるまではそのまま内部の映像を送信するそうですが、そ

れによるとマルチヘッデッドクリーナーは、時間の経過に伴って分裂するようなんです」

「……って、その期間は？」

「大体、四時間から六時間に一回です」

それを聞いた三好が、ギャグ漫画のごとくコーヒーを噴き出した。

「うわっ！　なんだよ！」

「せ、先輩……」

三好がものすごく深刻そうな顔をしている。こいつのこんな顔なんて、新入社員で入ってきて、初めて高価な試薬をパーにした時以来じゃないか？

「私たち、こないだ津々庵の正式な所有者になったんですよ」

彼女が心配しているのは、二層のトラブルが階段の入り口に影響しないかということだろう。

「そりゃそうだが、借りたのは一階と一層だぞ？　二層やゲートは関係ないだろ？」

「先輩……あそこは元──ていうか今もですけど──商業ビルなんですよ？　当然、地下一階と、駐車場は階段で繋がってます」

「そりゃそうだが間に相当数の階層があるだろ？」

何しろ横浜の階段は一段一段が、別の層だとほぼ判明している。モンスターは層を跨ぐのに相当な理由を要するはずだから、何もなければ、層のない地上ゲートの方へ向かうはずだ。

「先輩、このモンスターは分裂して増殖するんですよ。自然界なら餌の量で分裂の上限が決まったりするかもしれませんが、相手はダンジョンモンスター。Ｄファクターを糧に、無限に分裂したりしたら――」

「ああ！」

代々木と違って横浜ダンジョンは狭い。もしも、その空間のすべてをモンスターが占めた後、そこからさらに増殖したとしたら――スタンピードとは別のカタストロフィーが訪れるだろう。

「もしもそうなったとき、鍵のかかってない二層の階段側のドアと、自衛隊探索以来、金庫の扉のごとく超強化された地上ゲートの入り口と、どっちが先に開くと思います？」

三好が憂鬱そうにカップを置いて、汚れたテーブルを拭いた。

もしもそうなったら、モンスターは空間に収まりきれずに押し出されるだろう。その事実の前には階層もくそもありはしない。そうして、押し出されたモンスターは階段を逆流して――

「ヤバイじゃん！」

何しろ一度階段に押し出されてしまえば、入り口までそれを物理的に押し止めるものは何もない。後は地上まで一直線だ。そうしてダンジョンの入り口所有者には無過失責任が課されるのだ。

「ゲートから溢れたならＪＤＡの責任だろうが、もしも今、一階からそうなったりしたら……」

「まごうかたなく私たちの責任です」

「……まずいな」

「まずいですね」

もしも周辺一帯が蹂躙されたとしたら、一体どれくらいの被害額になるのか見当もつかない。田舎ならともかく、事は横浜の一等地で起こるのだ。

「それで、鳴瀬さんが慌ててうちへ？」

彼女は静かに頷いた。

「それで、これっていつの映像なんです？」

気を取り直したように三好が訊いた。

「十六日の十六時四十八分だそうです」

ちらりと見上げた時計は、十八時前を指していた。

「もうじき二十六時間か」

もしも六時間に一回分裂したとすると、あと少しで三十二倍になる頃だ。

「横浜は狭いからな。Dファクターの供給も代々木みたいに潤沢とは言えないだろ」

最下層にどんなコアがいるのかは知らないが、ボスモンスターのリポップ時間に四時間もかかるダンジョンだ。

「連続すれば、分裂可能時間も最長時間寄りになるってことですか」

それを裏付けるように、鳴瀬さんがファルコンの監視映像から得られた情報を教えてくれた。

「最初は十六日の二十時ですね。以降十七日の一時、七時、十三時に分裂が確認されています」

四時間、五時間、以降は六時間間隔か。

「十九時には三十二倍か」

三好はそれを聞いてすぐにノートＰＣを取り出した。

何もないところから現れたＰＣを見て面食らった鳴瀬さんは、「それって、もしかして……」と訊いてきた。例の〈収納庫〉なのかという意味だろう。

　ぞんざいに頷いた三好は、何かのデータを呼び出した。

「ダンジョンビルの地下駐車場の面積は、約九千三百平方メートルです。天井まで三メートルとすると、容積は、ざっと二万七千九百立方メートルですね」

「え？　それどっから？」

　モニターに表示されたダンジョンビルの設計図と立体画像を見て鳴瀬さんが驚いたように聞いた。ＪＤＡでも手配したが、まだ送られてきていない資料だったからだ。

　その反応を見た三好がドヤ顔で言った。

「こんなこともあろうかと」

「嘘つけ」

「たまたまです。津々庵の改装用に見たいって言ったら貸してくれました」

「あー、そりゃ間が良かったな」

「ですです。それで、クリーナーってどのくらいの大きさなんです？」

「五十センチ×五十センチで、長さが二メートルといったところでしょうか」

　鳴瀬さんがＢＰＴＤのデータを呼び出して答えた。

「大雑把（おおざっぱ）に言って、二匹で一立法メートルだな」

　凸凹があるから実際はもう少し小さくなるだろうが。

「ってことは……単純に計算すると、十五回分裂したところでパンパンですね」

「最初に復元した七匹すべてが分裂能力を持っていたとしたら？」

「それだと十三回目でパンパンです。後は、八倍の数のスライムをどうします？」

「最悪を想定しよう。スライムって、ぽよぽよしている間は、三十センチ×三十センチ×二十五センチくらいだろ？　八匹で〇・一八立方メートルってところだな」

「それで最初が七匹だとすると――十二回がリミットですね」

「十九日の十三時台で一杯になって、十九時四十分過ぎにボンッってことか」

俺は拳を握った掌を上に向け、目の前で爆発するように開きながらそう言った。

「いや待てよ、三好。下にも七層分の空間があるだろ？」

仮にもそこは地下駐車場だ。車で下りるルートで繋がっているはずだ。

部屋に入り切らない量になったとしても、そこから下へ押し出される方が優先されるはずだ。

「先輩。横浜の二層以降のシャドウルートには扉があるんですよ」

「扉？　駐車場なんだろ？」

「横浜の各層は全部ボス部屋ですからね。ダンジョンのボス部屋の入り口で想像するものは？」

「あー、……なるほど」

ダンジョンの作成にはどう考えても地球人の知識だの文化だのが反映されている。ボス部屋の入り口に扉があってもおかしくはないのか。

「そうでなくても、六時間で倍に増えるモンスターが一フロア全体を占めるようになったとしたら、八フロアなんて一日も持ちませんよ」

十八時間後には体積が八倍になるのだ。

「それに、ボス部屋のドアより先に、階段側にあふれると思いますよ」

「階段？」

「横浜の階段側の入り口のドアは、階段側に開くんですよ」

「そういえば……」

そしてドアは、まず間違いなく非破壊オブジェクトだ。つまり階段側で増殖したモンスターが、部屋に向かってどんなに押したとしても、それが開くことはないだろう。

「猶予になりそうなのは、階段の領域が占める空間だけってことか」

「一フロアが占める空間よりも小さいことは確実です。カタストロフィーが起こる時間は変わらない可能性が高いでしょうね」

つまり、最悪、猶予は残り四十五時間ってことだ。

それでゲートが吹き飛ぶか、そうでなければ津々庵からモンスターが噴き出すだろう。

「今のままなら、どう考えてもうちの分が悪いです」

そうして六時間に一度分裂するそれがそのまま分裂し続けたとすると、横浜は数日で席巻されるだろう。それどころか東京も関東も、ひいては日本もヤバいはずだ。倍々ゲームで世界は一瞬にしてこいつに覆い尽くされスライムに喰らい尽くされる。

「世界が食いつぶされちゃったら、無過失責任もくそもありませんけどね」

三好がちらりと鳴瀬さんを見た。『だからなんとかしろやー、おい』ということだろう。

「ＪＤＡはどうしてるんです？」

　俺は三好の視線に苦笑しながらそう訊いた。

「すでに自衛隊とダンジョン庁には話が行っています。ファルコンインダストリーも独自に動くそうです」

「独自？」

「ＤＡＤ経由でサイモンチームを動かせるかもしれないとのことです」

「なるほど」

　そういえばファルコンは、サイモンたちの装備を提供するスポンサーだ。

　それだけ動いていれば一見俺たちの出番はなさそうだが、問題は時間だ。サイモンチームは十八層だろう。連中なら一日で戻って来られるだろうが、こちらからの連絡は一日で行けるかどうか分からない。結局戻って来られるのは最短でも十八日の夕方以降になるはずだ。

　自衛隊にしてもすぐに動けるとは限らない。何しろ報告があったのは今日なのだ。

　チームＩのベースは習志野だというから、たまたま出動しておらず、すぐに動ける準備が整ったとしても十八日の遅い時間だろう。そもそもこいつは知られている君津（きみつ）二尉の能力との相性が悪い。サイモンチームのナタリーの方がずっとましだ。

　そのときじっとモニター上の設計図を見ていた三好が口を開いた。

「先輩。スタンピードをなんとかするのは、基本的にＪＤＡや自衛隊の仕事でしょう？」

「まあそうだな」

「つまり我々の問題は、いわゆる無過失責任をどう防ぐかってことに尽きます」

「まあそうだな」

「いいですか先輩。横浜の二層には、大まかに言って地上に出るべきルートが二つあります。ところが、地下駐車場の直通ルートの方には、頑丈なゲートがあるから溢れるとしたら階段側になって、津々庵から噴き出しちゃいそうなわけですよ」

「まあそうだ——って、お前何を考えてる?」

「そうしたら我々が取るべき手段は三つしかありません」

三好は目の前に右手の人差し指を立てて掲げた。

「一つ目は、購入した一階を誰かに売り飛ばす! 例えばＪＤＡに!」

「そんな都合のいい話があるかよ。この状況で買う奴はいないだろ」

「ケチですねぇ……」

「そういう問題か」

俺は演技めいた様子で肩を落とす三好に苦笑した。

「仕方ありません。では二つ目。ＪＤＡのゲートを粉砕する!」

「それは犯罪だろ」

俺は呆れたように首を振った。もちろん冗談で言っているのだろうが、こいつの冗談はどこまでが本気なのか分かりにくいのだ。こういうときは特に。

「貧すれば鈍(どん)するって言うじゃないですか」

「自分で言ってどうすんだよ。そもそも鈍したところで犯罪はだめだろ。何しろ鳴瀬さんが見てるんだぞ」

「なら、先輩。後は埋めるしかありませんね」

「え？　鳴瀬さんを？」

目撃者は消せってことか？

「ええ?!」

「違いますよ！　鳴瀬さんを埋めてどうするんですか！　幸い場所は桜木町です。周辺には生コンの工場が目白押しですよ」

「生コン？」

「少しの間塞がっていればいいだけですから。どうせスライムには無力でしょうし、少々質の悪い海砂でもＯＫですよ」

「ちょっと待て、お前まさか階段に？」

「どうします？」

「いや、どうしますってなぁ……」

もしも単純に生コンを流し込んだりしたら、それは最下層まで流れて行ってしまうだろう。そうして不当に入り口を埋めたダンジョンがどうなるのかの実験場となるに違いない。

そんな危険は冒せるはずがないので、二層になにかストッパーになるようなもの――例えばレンガとか――を一時的に積み上げて、それから流し込むしかないわけだが――

「そんなことをする許可がＪＤＡから下りるか？」

「そこはこっそりやって事後報告で。どうせしばらくしたらスライムに食われるでしょうから撤去の手間も要りません。要は少しの間だけこちら側から溢れないようにすればいいんですから」

ちょっと卑怯な気がしないでもないが、問題の解決手段としては分からないでもない。

俺が難しい顔をしていると、三好が説得力を積み上げた。

「だって、実際私たちに過失はないでしょう？」

「それはそうだが……悪魔は耳障りのいい言葉で人を堕落させるって言うぞ？」

三好は自分の頭の両側に両手の人差し指を立てて、くくくと笑った。

「第一、こっそりったって、鳴瀬さんがそこで聞いてるし」

彼女は俺たちのやりとりを苦笑しながら見ていた。

「それにな、一般的な生コン車じゃ、最大級の十一トン車でもたった五立方メートルしか積めないんだぞ？　あそこを全部埋めるのに、何台の生コン車が要るよ」

「階段の上の空間を二メートルちょっと×二メートルちょっとだと考えると、約一メートル埋めるのに一台ってところですね」

「あんなところに何十台も最大級の生コン車を連ねといて『こっそり』だなんて、へそ茶だろ、へそ茶」

「まあ、今からじゃ注文が通ったとしても、固まる時間がないでしょうけどね」

三好は、ハァとため息をついて肩を落とした後、ちらりとこちらを見てにやりと笑った。

「三つともダメが出ちゃったら、これはもう仕方がありません」

その顔を見て、俺は非常に、ひじょーに嫌な予感に襲われた。

「何か方法が？」

鳴瀬さんが期待するように言った。

「とにかく相手のことを知らないとどうにもなりません。先輩、ちょっと見に行きましょうよ」

「まあ、そうだな」

こいつは虫歯みたいなものだ。目をそらしていれば解決するという類いの問題ではない。そうしたところで、事態は単に悪化するだけだ。

そして何かするにしても相手のことをよく知らなければ方策も立てられない。

幸いエンカイのように一体で超強力というわけでもなさそうだ。スライムのような簡単な弱点が都合よく見つかるとは思えないが、調べてみても損はないだろう。

俺たちはとりあえず様子を見に行って、何ができるか考えてみると鳴瀬さんに伝えた。

もう夜も遅い時間なのに、彼女はその報告を携えてＪＤＡへと向かった。

「それで、結局どうするつもりなんだ？」

「今から行って、分裂が進む前に殲滅(せんめつ)――」

「マジで⁈」

「――することも考えたんですが、横浜に着く頃には三十二倍になってるんですよ。ということは、対象の数は二百二十四匹、スライムは――」

「千七百九十二匹だな」

「九千平方メートルに平均的に散らばってれば閑散としているでしょうけど、そうとは思えないんですよね」

固まってくれれば、千を超えるスライムは脅威だろう。ベンゼトスプラッシュにしても、移動する道を作るくらいなら可能だろうが、倒す端から召喚し直されたりしたら——まてよ？

「……ベンゼトスプラッシュでコアの状態にしたとき、そのスライムって倒してないよな？」

「経験値は入りませんね」

「なら、それって再召喚されるのか？」

「再召喚されないならスライムは敵じゃありませんけど、映像を見る限り色々なカラーのスライムがいたようですし、全部が塩化ベンゼトニウムで倒せるかどうかは、やってみなければ分かりませんよ」

「うーん」

「それにクリーナーをどうやって倒すんです？」

「え？　大したことないやつなんだろう？」

「再生しますからねぇ……」

俺たちの攻撃手段は、鉄球か斬撃か、そうでなければ〈水魔法〉が主体だ。どれもこいつを倒すのには向いていない。火炎放射器なんて持っているはずがないし、アセチレンバーナーじゃ購入したとしても範囲が狭すぎる。せいぜいがガスバーナーだが、あれも大して広い範囲を燃やせるわけではないし、温度も千七百度程度だ。焼く端から再生されたりしたら決め手にならない。

「凍らせてバラバラにしてから燃やすとか？」

「どんだけ時間がかかるんですか、それ。第一、やってる間に氷が解けてすべての欠片が再生したりしたら目も当てられませんよ」

「〈火魔法〉を後回しにしてたのが裏目に出たな」

「〈極炎魔法〉がありましたからね」

「あれは威力のコントロールがなぁ……」

沢山いる小型のモンスターを一匹ずつ倒すような用途にはまるで向かないのだ。

かと言って、全体をぶっ飛ばすほどの威力となると、上層階への波及が心配だ。なにかごまかせるタイミングでもないと使えないだろう。

「いずれにしても、これはもうファントム様案件ですよね！」

「やっぱり……」

「人知れず世界を守るってのもカッコイイじゃないですか！」

「そうか？」

俺たちの目的は、単なる無過失責任の回避じゃなかったっけ？　いつから人知れず世界を守る話になったんだ？　そういうのはフィクションの中のヒーローに任せておけよ。

「少なくとも私たちの安寧は守ってください」

「それはまあ――そうだな」

「でしょ？　それを守る過程で世界が守られちゃったとしても、それは仕方のないことですよ」

腕を組んでうんうんと頷いている三好が、実にすがすがしいどや顔でそう言った。

「いや、お前。世界を守るなんて大層な話が、お菓子のおまけみたいになっちゃってるけど、いいのかよ？」

「食玩って、お菓子の方がおまけみたいなものも一杯あるじゃないですか」

「そりゃそうかもしれないが……めっちゃ、都合よく騙されている気がする」

「気のせいですよ、気のせい。とにかく色々と準備してみます。どうなったとしても、最悪、先輩ならインフェルノ一発でいけますって」

「できればバレないタイミングで使いたいが……どうしようもなくなったら使うしかないか。問題はビル内の人だ。残っていたらまずいぞ？」

「自衛隊が突入するでしょうから、その前に人払いはすると思いますよ。いずれにしてもそこはＪＤＡにお願いしましょう」

「うーん、あれを目立たなく使う方法ねぇ……」

まあ、よろしくお願いしますよと、三好に背中をパパパパーンと叩かれた。

「あたっ！」

運命はかくのごとく扉を叩く――今しがたつけられた背中のもみじがそう語っていた。

SECTION：

市ケ谷　ＪＤＡ本部　ダンジョン管理課

とっくに就業時間は過ぎているはずだが、ダンジョン管理下にはそれなりの人数が残っていた。明後日のセンター試験対策に、今回の話が上乗せされたからだ。

「それで、どうだった？」

美晴が課長用のブースに入ると、斎賀は前置きなしでそう尋ねた。

「何ができるか考えていただけるそうです」

「何ができるか、ね」

彼は隣の椅子を指し示し、眉間にしわを寄せて腕を組んだ。

事ここに至っては、普通の探索者にこの問題を解決する方法はないだろう。

現在代々木にいる普通ではない探索者は、ほぼ全員が十八層だ。

ファルコンが、いつＤＡＤに依頼をするつもりになったのかは分からないが、常識的に考えればこいつが分裂することが明らかになってからだろう。仮に依頼をしてもＤＡＤがＯＫをよこさなければ連絡員を出発させることもできない。もしもＮＯだった場合に問題になるからだ。

普通レベルの探索者では、どんなに夜っぴて頑張ったとしても向こうへ到着するのは十八日の朝だろう。

そこから行動を開始するとしたら、たとえサイモンチームでもこちらに到着するのは十八日の遅い時間になるはずだ。

多少は休憩も必要だろうし、間に合ったとしてもぎりぎりだ。

そして、ぎりぎりになってしまえば、フロアいっぱいに広がったモンスターの物量で押し潰される可能性が高い。

火力という点で言えば、自衛隊に任せるしかなさそうだが、防衛出動なんて規模になれば国会の承認が必要だ。はっきり言って間に合うとは思えなかった。

「日本国民の生命、自由及び幸福追求の権利が根底から覆される明白な危険がある事態だと思うんだがなぁ……」

せいぜいがＪＤＡＧ（ダンジョン攻略群）の派遣だろうが、そのトップであるチームＩは、今回のモンスターと相性が悪そうだ。

資料は送ってあるから、後は適切な攻撃装備をどこまで持ち込めるかがカギになるだろう。

「建物の容積から計算したリミットは十九日の十三時か十九時といったところだな」

斎賀はさっき送られてきたビルの３Ｄ画像をモニターに呼び出すと、地下の容積を表示させながら言った。

「三好さんも同じことを仰ってました」

「あいつら、あそこの図面を持ってるのか？」

「一階の改装用に、運営会社から借りていたそうです」

「ははぁ」

美晴は事態を鑑(かんが)みて、真面目な顔で言った。

「横浜に避難勧告を行った方が良くありませんか？」

「ＪＤＡにそんな権限はないよ」

斎賀はため息をつくように椅子の背に深く体を預けた。

この場合、それは横浜市長の権限だ。それに市への連絡はダンジョン庁が行うのが筋だろう。

「対象は直接的な対人脅威が小さいモンスターだ。市としちゃあ、ぎりぎりまで混乱は避けたいだろうな」

この脅威が少ないモンスターが世界に及ぼす影響は甚大そうに思えるが、それは、外に出た後も分裂が維持されれば、という条件が付く。

その条件が各種組織の危機感を薄め、事なかれ主義を助長させていることは間違いない。

「放置して片付くような問題じゃないんだがな」

とにもかくにもすでに矢は放たれた。現時点で斎賀にできることはもう何もなさそうだった。

「課長？」

頭の後ろで手を組んで、椅子に体を預け目を閉じた斎賀を見て、寝てるんじゃないのかと訝(いぶか)しんだ美晴が声を掛けた。

「俺はさ、少しだけ信じてるんだ」

「？　何をです？」

「神の——見えざる手ってやつをさ」

「はい？」

　それは部分知に基づいた行動が、全体として美しいバランスをとることへの形容だ。

「もしも――もしもだぞ？　Ｄパワーズの連中が一階の権利を取得してなけりゃ、今回の問題に首を突っ込んだと思うか？」

　美晴は、それは絶対ないわねと確信して首を左右に振った。

「だろ？　仮に依頼しても引き受けるはずがない。なのに、こんな大問題が持ち上がる少し前に、その入り口の権利者がＤパワーズになった。これを天の配剤と言わずして何と言う？」

　むしろ芳村さんたちがあそこを買ったから、こんなイベントが起こったんじゃないかしらと、彼女は内心苦笑した。

「そう言えば三好さん、最初は二層へと続く階段部分をコンクリートで埋めて知らんぷりをしようなんて仰ってましたよ」

　それを聞いた斎賀は、目を丸くした。

「冗談だろ？」

「もちろん冗談でしたが」

「ともかく神様の手を邪魔しないようにしておかなきゃな。現地のスタッフに連絡して、何か求められたら優先して便宜を図ってほしいが、そうでない場合、一階側には一切近づかず関与もするなと釘を刺しておいてくれ」

「事情を知らないスタッフが聞いたら、ＪＤＡが無過失責任から逃れるための方便だと思われませんか？」

「いいさ。それにあながち間違いでもない」

斎賀は身を起こすと机の上で手を組んで、何かを考えるように目を閉じた。

「連中は何かを隠している。それは確実だし、ここはそれに探りを入れるチャンスだろうが——今は制限なしで自由にやらせておくことの方が重要だ」

そうして片目を開けると、ふざけたような口調で言った。

「それが世界のためってやつだな」

「分かりました」

美晴は笑いながらその指示に頷くと、それを実行するために立ち上がった。

終章

エピローグ

It has been three years since the dungeon had been made.
I've decided to quit job and enjoy laid-back lifestyle
since I've ranked at number one in the world all of a sudden.

SECTION：

インディアナ州 ゲーリー

そのダンジョン震が確認されたのは、インディアナ州ゲーリーの市街地だった。
そこは、マイケル＝ジャクソンの生家のすぐそばにある、有名なメソジスト教会だった。ただし
その教会が有名だったのは、そこが廃墟だったからだ。
それを感知したシカゴ大学とイリノイ工科大学の混成チームは、すぐに現場へ急行した。そこで、
後（のち）に「神の思（おぼ）し召し」と呼ばれるようになる現象を目にすることになった。
『嘘だろう……』
最初は施設利用型のダンジョンが生成されようとしていたその場所は、廃墟だったことが災いし
て、ダンジョン震に耐えられず建物そのものが崩壊していた。
だが、その結果、施設を利用したダンジョンの作成が難しくなったDファクターは、混成チーム
が作業している目の前で、もう一度地下タイプのダンジョンを作り始めたのだ。
研究者たちは、千載一遇の幸運に狂喜しながら、あらゆる手段を使ってその生成を観測した。
『どうなってる？』
『あ、リード先生』
シカゴ大学のダンジョン研究室に所属しているリード＝ジョーンズは、三年前、地球物理学から
ダンジョン研究に転向する者が多い中、同大学の天体物理学から転身した変わり種だ。

三十二歳でアソシエイト・プロフェッサーに抜擢された俊英で、その鍛えられた体と、学生だったころからハモンド(注26)のボロ家に住み続けていることから、学生たちには、インディ・ジョーンズと呼ばれていた。

通常三十そこそこでアソシエイト・プロフェッサーになることは難しい。

ポスドクから最短三年でアシスタント・プロフェッサーになったとしても、アソシエイト・プロフェッサーになるためにはさらに六年を要する。飛び抜けて優秀な人物でも大抵は三十五を過ぎることになる。

『目に見えない何かが、まるで穿孔機のように地中に潜り込んでいくようです』

肩まであるブルネットを無造作に頭の後ろでまとめたポスドクの学生が、興奮したように画面を見つめながらリードに説明した。

どうやら、研究室の学生が、多くのドローンを果敢に穴へと突入させているようだ。

『こいつがダンジョン針の正体か』

最新のダンジョン物理学によると、ダンジョンは、地球上にダンジョン針が打ち込まれることで生成されることは分かっている。

(注26) ハモンド
インディアナ州の町。シカゴ大学はイリノイ州だが距離は近く、彼の家から大学までは十マイル(十六キロ)弱くらいだ。
つまり、インディアナに住んでいるジョーンズだから、インディ・ジョーンズってこと。

『針と言うより、ドリルですね』

『深いダンジョンほど、ダンジョン震の時間が長いのはこのせいか』

ダンジョン震が終了した後、何分かその映像を眺めていると、突然、一つのドローンの映像が途絶した。

『何だ？』

『最も深い位置にあったドローンですが……』

途切れる前の映像を再生すると、そこには、何かおかしなものが映っているように見えた。

『よく見えないな』

『超音波センサーが、何かがそこに現れた様子を示しています……これは』

映像に映ったそれは、なんだかよく分からなかったが、センサーが捉えた形状は丸太のように太い紐のような生物に思えた。

『まさか……蛇か?!……よりにもよってなんで蛇？』

『アスプ(注27)でしょうか、危険ですね』

大げさに目を見開くリードを横目に彼女が苦笑いしながらそう答えると、リードは分かってるなとばかりに、にやりと笑った。

その瞬間、穴に突入していたドローンが、次々と通信を途絶させ始めた。

『ああ?!』

どうやら下層にあるものから順に接続が途切れているようだ。そうして、最後のドローンが失われるまでにそう多くの時間はかからなかった。

『こいつは、予算のやりくりが大変そうだな』

『半分は私物だったみたいですけど』

『……ご愁傷様』

がっくりと肩を落とす学生たちを見ながら、リードは帰りに飯でも奢（おご）ってやろうと思った。どう考えても経費で補償してやるのは無理そうだったからだ。

多大なる犠牲のもとに得られたデータを見ながら、リードはその惨状を無視して言った。

『ダンジョンは、おそらく何かが地中を掘り進み、そうして最下層に到達したところでコアとなる物体を作り出すんだろう』

『コア？』

『さっきのアスプさ』

『いわゆるボスモンスターですか？』

（注27）　アスプ

リードが口にしたのは『レイダース／失われたアーク聖櫃（せいひつ）（Raiders of the Lost Ark）』（1981年）で、床一面に蛇がいたときのインディのセリフ。たぶん、"Why snake? Why did it have to be snake? Anything else."と言ったのだろう。なお元はsnakes。

それを受けてサラが、"Asps. Very dangerous."（アスプだ。とても危険だ）と答える。ちなみにAspはエジプトコブラや大きなクサリヘビの一種だとされている。

『かもな。ダンジョンはボスモンスターを倒してしばらくするとなくなってしまう。だからそれはダンジョンを支える物質の発生源ではないかと思うんだ』

『支える物質』

『DFAが今月公開した論文には、Dファクターとか書かれていたな』

『DFA？　って、食品管理局のことですか？　ダンジョン協会の』

『そうだ』

彼女には、どうしてここでそんな名前が出てくるのか、まるで分からなかった。さすがに専門から外れすぎるため、そんな論文には目を通していなかったからだ。

それに気が付いたリードは、少しだけ指導者っぽく振る舞った。

『ダンジョン研究は、まだ緒に就いたばかりだ。関連するジャンルの論文は精読せずとも簡単に目を通しておいた方がいいぞ』

『分かりました』

もっとも大抵の学生は、そんな暇があるもんかと内心憤慨していたりするのだが。

『つまり先生の仮説では、そのDファクターの塊が地中へ潜り込み、適当な深さに達するとコアを作り出し――』

彼女は小首を傾げて先を続けた。

『――そのコアがDファクターを作り出して、最下層を形成し、以下順次上へ向かって層を構築していくということですね』

『今得た情報からだと、そう思えるね』

『それならコアができた瞬間は、まだ地上と繋がってますよね』

『そうだね』

『なら、コアがDファクターの生産工場として機能し始める前に、地上からミサイルでも打ち込めば――』

ジョーンズは手を広げて苦笑した。

『労せずして攻略できそうだ。問題はその場にミサイルがある確率が、ロトに当たるよりも低そうだってことだけだな』

彼はPCに記録されているドローンの位置と破壊時間を確認した。

『うーん。コアが生成された時間を考えると、各層が完全に生成されるというよりも一種のプレースホルダーとして階層が形成されているように思えるな』

『そこは今後の検証次第ってことですか?』

『検証方法がなさそうなのが残念だよ』

『出来立てのダンジョンに飛び込んでみるとか――』

彼女はそう言って、目の前にできた黒い穴を見た。

『くだらない富と栄光を求めて殺されるつもりかい?』

後ろからかけられたジョーンズの言葉に、彼女が思わず口元に笑みを浮かべて、『かもしれません……でも今日じゃないですよ』と答えると、彼は声を立てて笑った。(注28)

とにかくにも、そこで得られた知見は人類初のものだった。

彼らが喜々として書いた論文と引き換えに、世界で最も有名な廃墟の一つだった教会は、瓦礫(がれき)の山と化し、ワシントンストリートの廃墟の壁には、誰が書いたのか分からない落書きが「ゴミやがらくた、俺の目に入るのはそれだけだ」と落ちぶれた街を嘆いていた。

新しく教会跡にできたダンジョンの入り口は、まるで地獄へと通じるような真っ黒な穴となり、「リンボへの門」とそれに相応(ふさわ)しい落書きをされていた。

（注29）メソジスト教会の跡地だというのに。

（注28）　笑った

くだらない——以降は、インディ・ジョーンズの2作目、『インディ・ジョーンズ／魔宮の伝説（Indiana Jones and the Temple of Doom）』（1984年）。のセリフ。彼女がしゃべってるのがインディのセリフで、ヒロインのウィリーと次のようなやり取りをする。

"You're gonna get killed chasing after your damn fortune and glory!"

"Maybe...someday. Not today."

『くだらない富と栄光を追いかけて殺されるつもり!?』

『たぶん……いつかはな。でも今日じゃない』

どうやら、ジョーンズ先生と彼女は結構仲良しで、日常的にこういう遊びをしているようだ。

（注29）　メソジスト教会の跡地だというのに

リンボは地獄の周辺にある場所だが、カトリックの概念でプロテスタントには登場しない。そして、メソジストはプロテスタントの一派なのだ。

SECTION :

千代田区　大手町

「断られた？」

「いえ、正しくは考えさせてほしいと保留されました」

欧米のエグゼクティブめいたスマートさで、高価なスーツに身を包んだ四十代半ばの男が、髪に白いものが交じり始めた眼鏡の上司に向かって引き抜きの首尾を報告していた。

男の名前は三浦典義(みうらのりよし)。新越(しんえつ)ダンジョン株式会社の開発部長だ。

彼は上司から直々に、とある男の引き抜きを命じられていた。

「彼は県の環境研だったはずだろう？」

大手ではない化学業界にいる人間で、新越の誘いを断るというのは珍しい。それが開発部長直々の誘いともなればなおさらだ。

「三ケミさんか、触媒さんあたりに先んじられたか？」

「かもしれません。同じことを考えたダンジョン関連企業は多いはずです」

対象の男は三好将生(みよしまさき)。調査によると、今を時めくワイズマンの実の兄だ。

〈鑑定〉が発表された途端、世界中のダンジョン関連企業は、砂糖に群がる蟻のように彼女の周囲に群がった。いくらＪＤＡがその素性を明かさなかったとしても素人がやることだ、調べようと思えばいくらでも調べられる。

だが調べられたからといって、新越ダンジョンは健全な企業だ。彼女やその家族を拉致するわけにはいかないし、法の枠内で彼女の許諾を得るしかない。

「いくつかのルートから、何度か問い合わせてはみたが、どうやらどこの依頼も受け付けていないそうだ」

「キリがなさそうだという気持ちは分かります」

「そうだな。だが彼女も人間だ。しかもうら若い日本人の女性だ」

上司は海千山千の男を証明するように眼鏡の奥の目を光らせた。

「金にも地位にも興味がないときては、誰がどんな条件を積み上げても無駄だろうが、よく知っている人物から頭を下げられて、無下にNOと言えるタイプは少ないさ。ことに日本人はな」

現にJDAの専任管理監が何度か協力を取り付けている気配がする。

「となると……次は北谷ですか？」

「退職は円満だったようだな」

喧嘩別れしていたりすれば、元の職場からのアプローチは逆効果だろうが、そんな形跡は残っていなかった。

「表向きは、でしょうけど」

「ま、彼女にアプローチできるなら、プロジェクトの提携くらいやってみても損はないさ」

「彼女がいたのは基礎研究のチームです。丁度良さそうなプロジェクトがありますよ」

「ああ、あの液体の案件か」

その性質から非常に有望そうではあるが、そもそもどこから手に入れたのかも分からない液体の同定などという地味な作業を積極的にやりたがる新越の研究員は少なかった。

同定や物性の研究が進んだ後の応用をやりたがる連中は大勢いたのだが。

「成果主義も行き過ぎると良くありませんね」

開発部長という自分の立場を思い返して、三浦は苦笑した。

「うちでもうまく出所を見つけられていない案件だ。せいぜい持ち上げてから追い込んでやりたまえ。そうすれば嫌でも彼女を頼ることになる」

「分かりました。お任せください」

三浦が退室した後、次の予定までのわずかな時間、眼鏡の男は何度も目を通した手元の調査書に再び目をやった。

「それにしても北谷は馬鹿なことをしたものだな」

それによると、彼女は昨年の十月まで北谷マテリアルに在籍していた。

もしも彼女を手放していなければ、今頃は圧倒的なアドバンテージで、間を置かず業界のトップに躍り出ることすら可能だったはずだ。

逆に言えば、彼女を手に入れた企業は世界を席巻できるということだ。無数にあるダンジョン関連企業は、大小問わず多かれ少なかれ彼女に対するアプローチを考えているだろう。

企業戦士などという言葉が歴史の陰に消えて久しいが、今も昔も水面下では苛烈なやり取りが繰り返され、実弾が飛び交っている。

武器で殺し合うだけが戦争ではないのだ。

男はそれを机の引き出しに仕舞い、鍵を掛けると次の予定のために立ち上がった。

窓の外には、冬の日差しを浴びたメトロポリタンホテルのガラスが美しくきらめいていた。

SECTION :

代々木ダンジョン　十八層

『はぁ？　世界の危機だぁ？』

早朝も早朝、朝の四時にたたき起こされたサイモンは、突然告げられた冗談のようなセリフを聞きながら、寝ぼけまなこで頭を掻いた。

疲れ切った様子の連絡員が、それでも姿勢を正して彼に命令データを差し出した。

どうやら夜っぴて下りて来たようだ。夜の十層を越えるのは無理だろうから日没までに十一層へと到達していたのだろう。

『はっ、そう伺っております！』

どこの馬鹿の冗談だよと不機嫌な様子でそれを受け取って、復号キーを適用すると、それはきちんと元のテキストに変換された。

つまり、それが仮に冗談だとしても、それはアメリカ合衆国大統領の冗談だということだ。

『マジかよ……』

命令書に添付されていた状況資料を見る限り、もう軍が出動した方がいいんじゃないだろうかと思える内容だった。だが、自国の軍が自国を守るために出動するだけで大騒ぎになる訳の分からない国だ。米軍が直接出動できるはずがない。許可を取るには時間がなさ過ぎた。

『無駄な手続きや話し合いばかりしていて、本当の緊急事態に対応できるのかね』

『なんです？』

『いや、なんでもない。命令は受け取った。ありがとう』

『はっ』

『それで、装備は？』

うちのパーティに命令が下ったのはナタリーがいるからだろうが、それだけでなんとかするのは難しそうだ。

『在日米軍司令官には連絡してあるそうです。便宜上必要なものは、ファルコンを経由して供給されます』

軍としての関与をなくすための苦肉の策ってやつだろう。

サイモンには、今月一杯で退任するはずのマーティネス中将が、休暇じゃなかったのかと、苦虫を嚙み潰したような顔で毒づく姿が見えたような気がした。

巻末特集

It has been three years since the dungeon had been made.
I've decided to quit job and enjoy laid-back lifestyle
since I've ranked at number one in the world all of a sudden.

APPENDIX

NAME: キャサリン=ミッチェル
DATA: Catherine Mitchell / woman / age 27 / 180cm
先祖代々続いている軍人の家系で小さなころから厳しくしつけられた結果、学歴も職歴もスキルも完璧で訓練成績も最優秀、ついでに優れた容姿までくっついて、付いたあだ名がレディ・パーフェクト。もっとも本人はこのあだ名が嫌いで、彼女に向かってそう言った男たちは必ず後悔することになる。階級社会を骨の髄まで叩き込まれて育ってきたせいで、必ず自分のポジションを決めなければ落ち着かない難儀な人。最近少し柔らかくなったという噂だ。彼女の人生に幸あれ。

NAME: 氷室 隆次
ひむろ たかつぐ
DATA: man / age 35 / 175cm
番組製作会社メディア24のディレクター。中央TVの石塚とは大学の同級。愛称はリュージ。制作局のやりすぎに閉口はしているが、仕事は仕事で割り切るタイプ。アシスタント時代はどこにでも突撃することから「火の玉リュージ」と呼ばれていて、今でも現場作業を積極的に手掛けている。アクティブな行動と違って取材は緻密で、対象についての深い洞察や調査により、文化・芸術・科学・社会等について幅広い知識を持つに至るが、見た目はただのおっさんだ。

横浜・ダンジョンビル

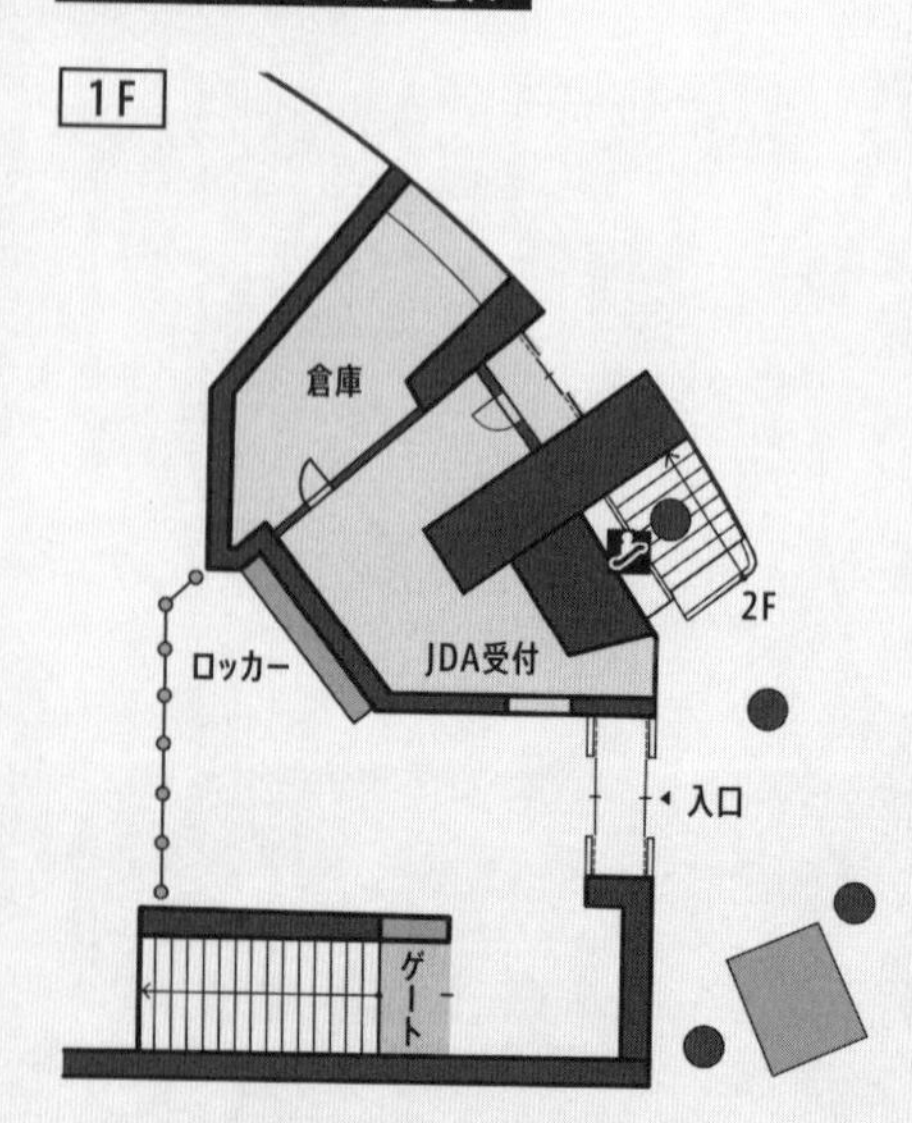

ヌーヴォ・マーレは、横浜桜木町前に建てられた複合型の商業ビルで、その建設中にダンジョンが発生、骨組みしかなかった上層階と違って、穴自体は完成していた地下全体がダンジョン化した施設だ。内装もされていなかったその地下が、どういうわけかほとんど設計通りの外観で出来上がっていることは、色々な憶測を呼んだが原因は分かっていない。一時はビルの建設自体が危ぶまれたが、地下部分を物理的に隔離することで２階から上を計画通り建設して、ダンジョンビルなんて愛称をつけて営業開始しちゃったのは、当時はまだそれほどダンジョンに関する知見が少なかったこともあって、それを一種のアトラクションのように捉えた運営側の悪乗りだ。その結果、地上部が当初の商業施設、地下部がダンジョンという世界的にも類をみない建築物が完成した。ダンジョン化した部分には非破壊属性が付与されることもあって、桜木町駅前に廃墟を作りたくなかった当時の横浜市長がツイッターで「建物の基礎が丈夫になったと思えばいい」と発言、炎上した。

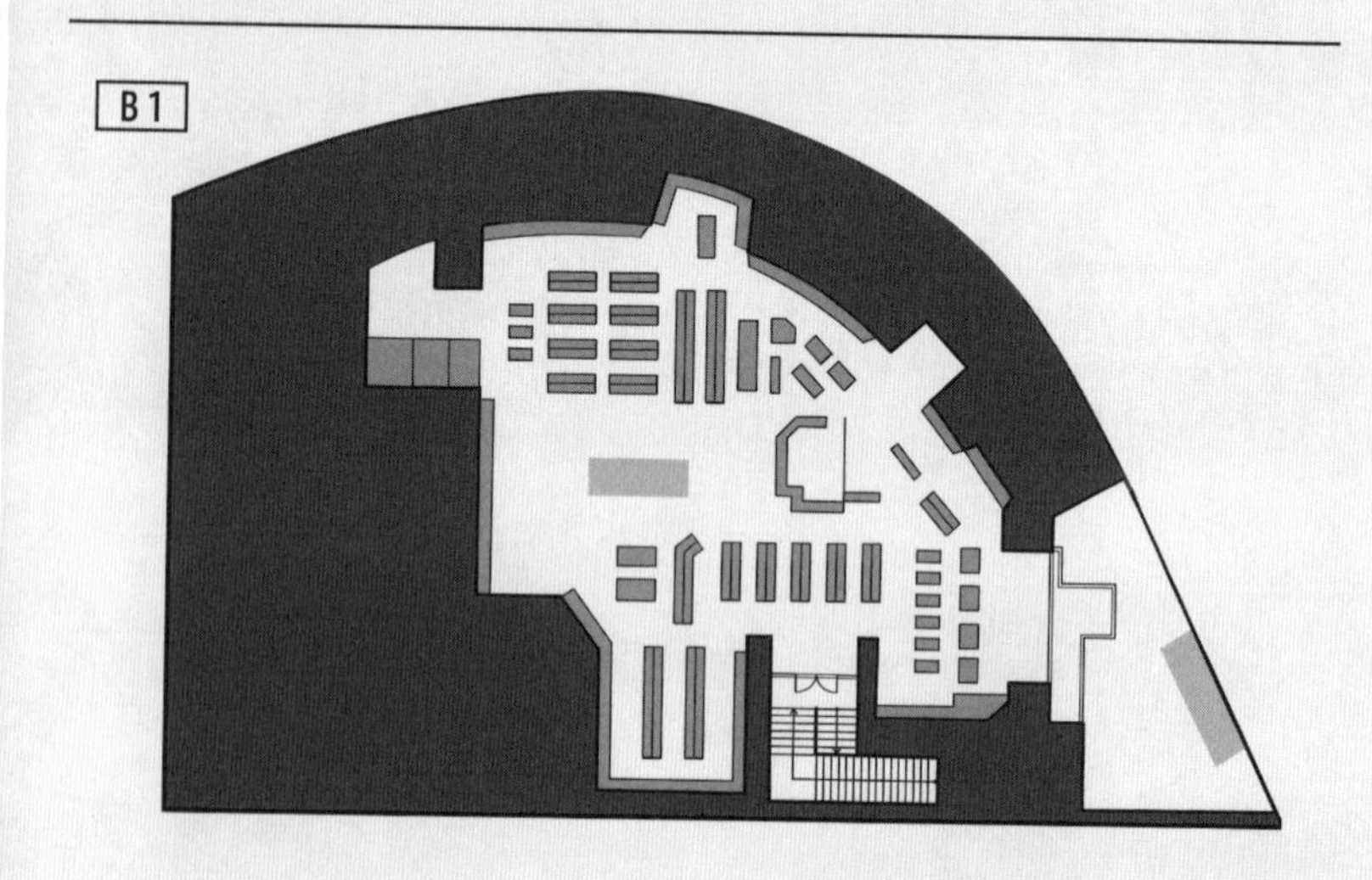

1F

少なくとも１Ｆの内面はダンジョンではない(壊せる)。当初は各種ブランドが入居する予定だったため、天井も高く設備も充実した設計だったが、現在ではＪＤＡの受付とがらんとした空間が広がっているだけの場所だ。今後は三好がダンジョン関係の研究所(津々庵)として魔改造する予定。

B1

地下１階は元々食料品などを売る店舗で細かい区分けが多かった。そのためかどうかは分からないが、ガチャダン特有のワンフロアボス部屋層は、地下２階の駐車場フロアからになっている。

B2以降

ワンフロア全部がボス部屋を構成している。登場するボスは倒すたびに異なるモンスターになり、必ず宝箱が登場することがガチャダンと呼ばれる原因だ。なお、リポップ時間は約４時間で雑魚は今のところポップしない。

芳村のフルコースレシピ

レシピ提供・監修／吉沼 弓美子

時季的にないものは
他の食材を使って
アレンジもできるぞ

アッビナメント(のみもの)のお相手は
皆さんのお好みで！

蛤のペペロンチーノ

材料(2人分)

スパゲッティーニ(ヴォイエロNo.103)　140g
蛤(3～4センチのもの) 400g
昆布　2センチ
菜の花　1/2束
にんにく　1片(5g)
鷹の爪(種を取り出しておく)　1本
オリーブオイル　大さじ1
ひまわり油　大さじ1
塩(茹で用)　適量
クリスマス島の塩(仕上げ用)　適量

作り方

①鍋に洗った蛤と水150ccを入れて中火にかけ、沸騰したら弱火にして口が開いたら飾り 用に8個残して殻から身を取り出し(お好みで、全ての身を取り出してもOK)、半分はそのまま出汁に戻して昆布も加える。出汁を2/3量まで煮詰め火を止めて、昆布を取り出しておく。
②鍋にお湯を沸かして1％の塩を加える。菜の花を茹で水気を絞り、2センチ位の長さに切る。
③②にスパゲッティーニを加え、袋の表示よりも2分短く茹でる。
④フライパンにオリーブオイル・にんにく・鷹の爪を入れて弱火にかけ、じっくりと 火を通し、香りが出てきたら鷹の爪を取り出す。
⑤④にひまわり油を加え③のスパゲッティーニと②の菜の花・①のだし汁と蛤を加え、フライパンをゆすりながら、水分を油が乳化するまで混ぜ合わせる。※水分量が足りない場合にはゆで汁を加えて調整する
⑥塩で味を調え、器に盛る。

新玉ねぎのオーブン焼き

材料(2人分)

新玉ねぎ 1個
A [水 300cc
  塩 3g
オリーブオイル 大さじ2
乾燥オレガノ 小さじ1
オリーブオイル 適量
イタリアンパセリ(みじん切り) 適量

作り方

①Aを混ぜ合わせて1%の塩水を作る。
※耐熱容器の大きさによって、塩水の量は調整する
②新玉ねぎの皮をむき、1センチくらいの幅に輪切りにして耐熱皿に並べる。
③②に①の塩水をひたひたになるまで注ぎ、オリーブオイル大さじ2を回し掛け、乾燥オレガノをふる。
④200℃に予熱をしたオーブンに③を入れ、40~50分玉ねぎが透き通るまで加熱する。
⑤器に玉ねぎを盛り、上からゆで汁とオリーブオイル適量(1切れに対してゆで汁小さじ 2・オリーブオイル小さじ1が目安)をたらし、仕上げにイタリアンパセリを散らす。

フェンネルと鯖の赤ワインソース

材料(2人分)

鯖(3枚おろし)　1枚
塩・黒こしょう　適量
薄力粉 適量
フェンネル(薄切り)　30g
ブラッドオレンジジュース　50cc
赤ワイン　30cc
オレンジマーマレード　20g
オリーブオイル　大さじ1
あればフェンネルの葉　適量

作り方

①鯖は3枚におろして中骨を取り除き、2等分に切る。塩をふって15分程度置き、ペーパーで水気を拭き取り、切り目を入れておく。
②①にフェンネルを挟み、黒こしょうをふって薄力粉をまぶし、余分な粉を落としておく。
③フライパンにオリーブオイルを入れて中火で熱し、②を皮目の方から入れて焼き色がついたら、身の部分も焼く。
④③にブラッドオレンジジュース・赤ワインを加え、沸騰したら弱火にして煮詰める。
⑤オレンジマーマレードを加えて混ぜ合わせ、塩・黒こしょうで味を調える。
⑥器に盛り、上からソースをかけ、あればフェンネルの葉を散らす。

あとがき

もうダンジョンの中へと逃避したくなるくらい暑い日が続く今日この頃、緊急事態宣言のさなかに後書きを書いている之(この)です。いやあ、暑い。作者は夏バテ気味ですが物語は未だに冬。今日も芳村と三好のコンビは元気に代々木を走り回っているようです——え？　発売は冬？　ゴホン。

さて大層寒くなってきた（はずの）今日この頃、皆さまはいかがお過ごしでしょうか。今回から後書きが、解説形式になりました！

一月八日

こうも簡単に〈収納庫〉が世に出てしまって、一番困っているのは、きっと作者と斎賀(さいが)課長です。そもそも超高額な設備が属人性を持っているなんて、同族経営ならともかく、そうでない管理者にとっては悪夢でしょう。押し付けられた斎賀さんはどうするのか。……どうしよう。

一月九日

以前私事で実際に乗った感じだと、代々木から横浜までのタクシー代は、一万五千円弱くらい。初乗りが安くなった反面、長距離は少々値上げになるようです。もっとも縄張りが厳しい業界なので片道だけで稼がなければならない事情もあるようです（縄張りのせいで戻るときに客を乗せることができない）から仕方がないのかもしれません。そしてちらりと渋チーたちが！

一月十日

ダメ好きな人が好きそうな「尻に入った傘は開けない」は４chで見ました。しかしこれを使うのはいかがなものかと思ってしまうくらい酷いことわざですね。

一月十一日

やんごとない人たちに限らず、現代の地球で〈収納庫〉を購入できるお金を持っている人にとって、そんなものが必要とされる状況はほぼありません。この時点では時間遅延も知られていませんし、ムリからぬことでしょう。そうして一グラムを節約することが、同じ重さの金以上に価値がある領域は宇宙開発におけるペイロードくらいなものではないでしょうか。後は趣味の冒険者か犯罪者いちみか、そうでなければ怪盗なんてのも夢が……夢か？

一月十二日

かねがねやらなきゃと思っていたのですが、ついにメチャ苦茶を作ってみました。せんぶりは薬局で手に入るので特に困ることはなかったのですが、アリルイソチオシアネートが超難航。販売していることは確認したのですが普通の小売店には望むべくもなく、ワサビパウダーもオイルも何か違う。ブートキャンパーの気持ちの欠片くらいは知ろうと練りわさびを絞ってみましたが鼻にくるのは比較的短時間でした。アリルイソチオシアネートのＬＤ５０は三百ミリグラムちょっと。とても少量なら健康に影響はないと思われますが実験しないように。

一月十三日

ちょっとどころではなく、ここで二月の終わりのジャビッツセンターを押さえるなんてことは無理だと知ってはいるのですが、二十四日はイベント情報がなく、翌日からファッション系のイベントがあるので、準備日で空いてたに違いないとねじ込みました。

一月十四日

え、ええっと、もしかして主役の二人って悪役なんじゃ……

一月十五日
吉田陽生は、ほとんど最後のチャンスに焦っているということもありますが、ＴＶの現場に携わる人間はしばらく経つと、多かれ少なかれ、こんな感じの価値観を形成しているように思えます。きっと何か、普遍的な業界の方向性というものがありそうです。何というか、穴の奥を覗き込もうとして、どんどんその縁から身を乗り出しているような、そんな感じ。落ちるよ、君。
そしてついにファントム様が（三好にとって）笑撃的にデビュー！　そりゃ知り合いが墓石の上で、『さらば』とか言いながらカッコつけてたら私だって笑います。なお、墓石の上で暴れると、刑法の百八十八条に礼拝所不敬罪というのがあって、これに抵触しますからやらないように。
ファシーラの左手をはじいたのは芳村の指弾です。〈保管庫〉内での加速は不可能だったので、練習したようです。それにしても、芳村がサイモンの〈声真似〉をしたせいで、またまたトラブルの予感がしますね。

一月十六日
パワーアップしたＩＮＴで呼び出したのがちびっこ二頭組でした。グラスは三好の傍にいる主人公と張り合いますが、かーちゃんは俺のもの的な子供の独占欲からか、組織内の順位付けを芳村と争っているのか……しかし争いは同レベルの者たちの間でしか発生しません。グレイサットは我関せずで、マスコット的ポジションを狙っているようです。
そうして横浜が大ピンチに。
ところでファントム様は探検隊に絡むんでしょうか？

一月十七日

ついにレポートが公開されて、彼らのやっていることが世界に知られることになりました。

世の中の危うい部分の最前線にいる人たちは、人一倍危機感を持つか、さもなければ鈍感になって行きます。目をそらしたくなるような情報も見ないわけにはいきません。何しろそれは現実に起こっていることなのですから。

ところでDパワーズって意外と斎賀さんに期待されてますね。仕事を押し付けるからには、お前らも働けってことだろうか。


年年歳歳花相似　歳歳年年本不同、いつの間にか本書も五巻までやってきました。

この場を借りて、イラストを描いてくださっているtt1さんやコミック版を描いてくださっている平(たいら)さん、そうして編集のNさんを始め校正やデザインや印刷に携わるスタッフの方々には厚くお礼を申し上げます。もちろん最大の感謝は、この本を手に取って下さったあなたに。

そうそう、コミック版と言えば、この巻はコミック版の二巻と夢の同時発売になっているはずです。よろしければそちらもお手に取っていただければと思います。やっぱ絵があると違うよね！

さて、突然ですが、私の好きな果物は何でしょう？　ヒントは後書き最初の二ページに。

それではまた次巻でお会いしましょう！

二〇二一年　十一月吉日　　之　貫紀

NEXT VOLUME

MIYOSHI

せせせ先輩！　横浜がピンチ！　ピンチですよ！

YOSHIMURA

ピンチったってなぁ……　あれはＪＤＡや自衛隊さんのお仕事だろ。

MIYOSHI

だけどリミットは私たちが聞いてから42時間ですよ？
大きな組織の対応で間に合いますか？

YOSHIMURA

うーん……

MIYOSHI

比較的体制が整っている保健・医療救護活動でも24時間は
初動体制の確立ですし、緊急対策期と言っても72時間以内ですよ。

YOSHIMURA

しかし相手は下手すりゃ１０万匹を超えるモンスターだぞ？
俺たちにどうにかなるような相手か？ フィクションの大規模
スタンピードでもせいぜい数万ってところだろ。

MIYOSHI

それでも、「2019年1月。横浜が壊滅した」――なんて書かれたら
最後、私たち無過失責任で張り倒されますよ。

YOSHIMURA

なんだそれ。映画のオープニング？

MIYOSHI

それに私たち、状況を鳴瀬さんから聞いてしまったじゃないですか。

YOSHIMURA

うん。

MIYOSHI

ってことはですよ、そうなると予測していたのに
何もしなかったってことで、悪意で加えた不法行為に基づく
損害賠償に関する債務にあたるとみなされませんか？

YOSHIMURA

つまりなんだよ？

非免責債権になっちゃうかもしれないんですよ！
自己破産しても免除されません！

うっ……

いいですか先輩。上物や経済活動のことを無視しても、
みなとみらい地区の面積は1.244㎢で、去年(2018)の基準地価の
平均は145万/㎡ですから、もしも価値がゼロになったら――

い、いや……いくら何でもゼロにはならんだろ？

――1兆8038億ですね。

！ 行くぞ三好！ 地域（主に俺たち）の平和を守るのだ！

というわけで、

Dジェネシス第6巻！ 2022年春発売！

なるべく早く書かせます！

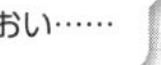

おい……

そして先輩。私たちは、大きな勘違いを――

おっと、それ以上は次巻を――

お楽しみに！

TO BE CONTINUED...

著: 之 貫紀 / この つらのり

PROFILE:
局部銀河群天の川銀河オリオン渦状腕太陽系第 3 惑星生まれ。
東京付近在住。
椅子とベッドと台所に強いこだわりを見せる生き物。
趣味に人生をオールインした結果、いまから老後がちょっと心配な永遠の 21 歳。

DUNGEON POWERS 紹介サイト
https://d-powers.com

イラスト: ttl / とたる

PROFILE:
九つ目の惑星で
喉の奥のコーラを燃やして
絵を描いています。

Dジェネシス公式Twitter
@Dgenesis_3years

Dジェネシス公式サイト
https://product.kadokawa.co.jp/d-genesis/

2021年11月26日　初版発行
2022年12月20日　第3刷発行

著　之 貫紀
イラスト　ttl

発行者　山下直久
編　集　ホビー書籍編集部
編集長　藤田明子
担　当　野浪由美恵
装　丁　騎馬啓人（BALCOLONY.）

発　行　株式会社KADOKAWA
〒102-8177 東京都千代田区富士見2-13-3
電話 0570-002-301（ナビダイヤル）

印刷・製本　図書印刷株式会社

●お問い合わせ
https://www.kadokawa.co.jp/（「お問い合わせ」へお進みください）
※内容によっては、お答えできない場合があります。
※サポートは日本国内のみとさせていただきます。
※Japanese text only

定価はカバーに表示してあります。

本書は著作権法上の保護を受けています。本書の無断複製（コピー、スキャン、デジタル化等）並びに無断複製物の譲渡および配信は、著作権法上での例外を除き禁じられています。また、本書を代行業者等の第三者に依頼して複製する行為は、たとえ個人や家庭内での利用であっても一切認められておりません。
本書におけるサービスのご利用、プレゼントのご応募等に関連してお客様からご提供いただいた個人情報につきましては、弊社のプライバシーポリシー（https://www.kadokawa.co.jp/）の定めるところにより、取り扱わせていただきます。

©Kono tsuranori 2021 Printed in Japan
ISBN:978-4-04-736809-5 C0093

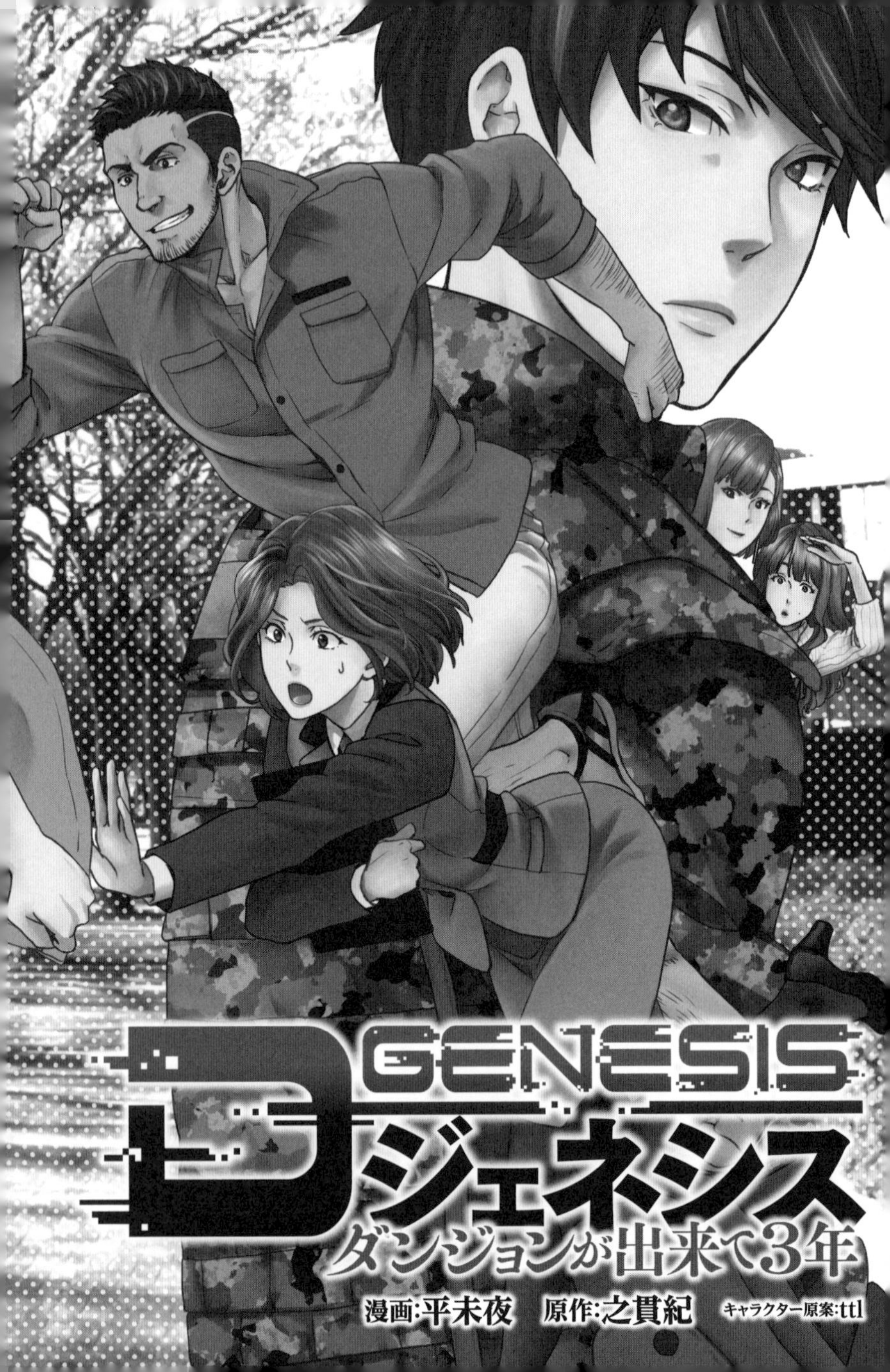
GENESIS
Dジェネシス
ダンジョンが出来て3年
漫画:平未夜　原作:之貫紀　キャラクター原案:ttl

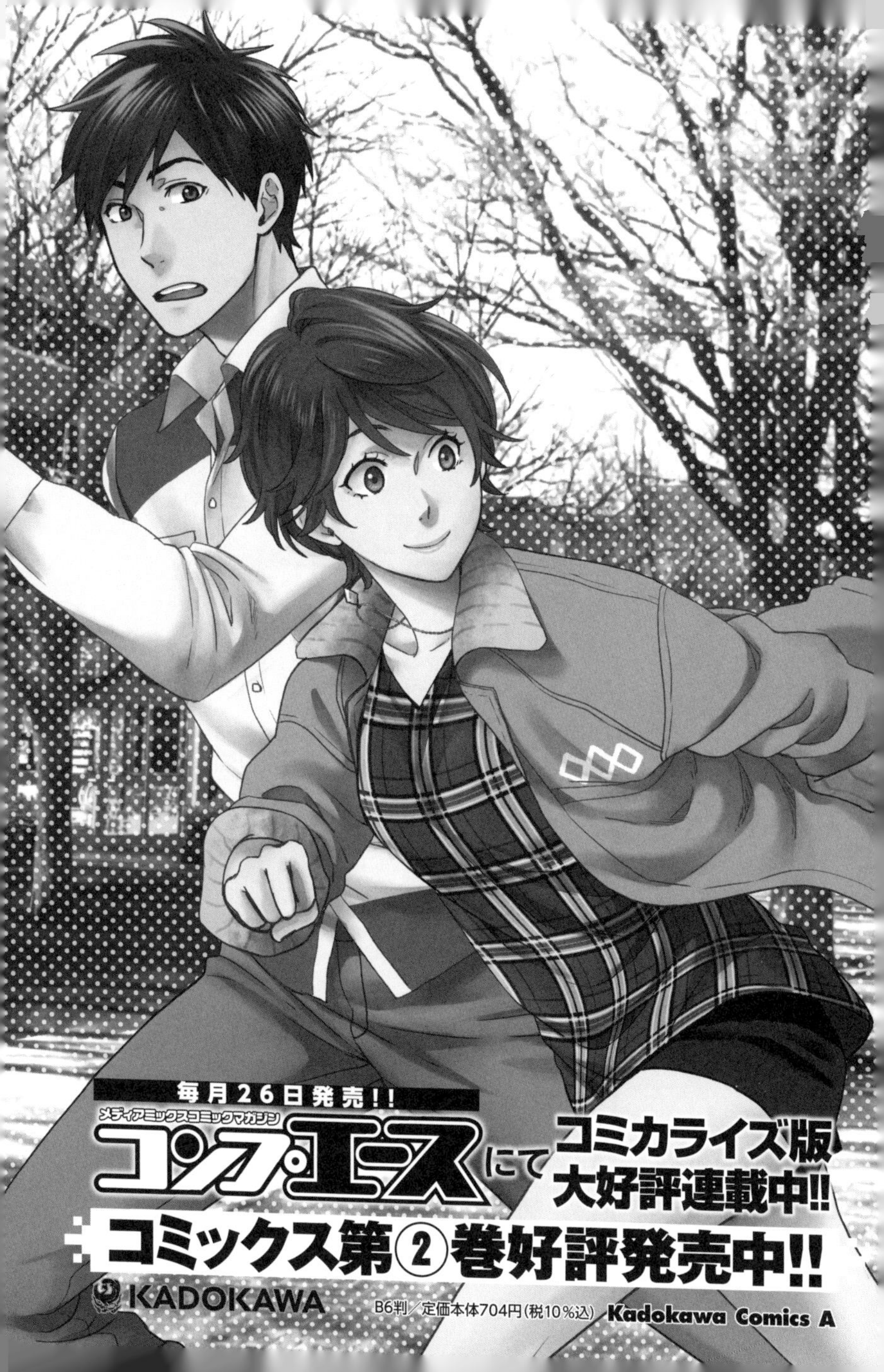
毎月26日発売!!
メディアミックスコミックマガジン
コンプ・エース
にて
コミカライズ版
大好評連載中!!
コミックス第②巻好評発売中!!
KADOKAWA
B6判／定価本体704円(税10%込)
Kadokawa Comics A

世界に外来異種（モンスター）が発生するようになって五十年。
フリーランスの駆除業者としてほそぼそと仕事をする青年・荒野は
ある日、予知夢が見えるという女子高生・未来に出会う。
「荒野さんといれば外来異種から守ってくれる夢をみた」
そこから運命の坂道を転がり続け、
大規模な生物災害に巻き込まれることに!
ただの『人間』が空前絶後な発想力でモンスターを駆逐する
ハードサバイバルアクション!!

全②巻好評発売中!!

現代でモンスター駆除業者をやってたら社長が赤字をなんとかするために無理をしたせいで社員のほとんどが死んだからずっと一人で仕事をしてたら凄いことになりました

著 gulu
画 toi8